세상을 바꾼 위대한
용기와 결단

세상을 바꾼 위대한

용기와 결단

이채윤 지음

자유로운 상상

55 인의 위대한 결단

"당신이 이 세상에서 가장 바라는 것은 무엇인가? 그것은 바로 성공일 것이다."

많은 성공학 책들이 이렇게 묻고 답하고 있다. 그렇다. 사람들은 누구나 성공을 꿈꾼다. 일반적으로 성공이라고 하면 부귀, 명예, 권력, 이 세 가지를 성취하는 것을 뜻한다. 이것은 인간이 문명사회를 이룩한 이후, 인간의 행복을 저울질하는 잣대가 되어왔다. 성공이란 말은 사람들로 하여금 가난과 무명, 실패의 공포를 딛고 일어서게 만드는 원동력이 되었고 행복의 다른 이름이기도 했다.

그러나 이러한 성공, 행복에는 어딘가 부족한 점이 있고 무엇인가 빠진 듯 느껴지는 점이 많다. 많은 사람들이 성공하기 위해서 초과 근무를 하고, 회사에서 내린 어떠한 결정도 기꺼이 따른다. 하지만 그들은 나이가 들었을 때 자신이 끔찍한 인생을 살았다는 사실을 알게 된다. 그것은 이미 많은 것을 성취했다고 자부하는 사람들에게도 공통적으로 나타나는 현상이다.

우리가 추구하는 행복은 지위의 높낮이나 돈의 많고 적음이 아니라 '자아실현'을 통해서 얻어지는 법이다. 자아실현은 자신의 모든 잠재적 능력을 최대한으로 발휘하여 가치 있는 삶을 누리고자 하는 욕구이다. 자아실현의 욕구는 인간으로서의 완성을 목표로 삼고 있다. 하지만 대부분의 현대인들은 세속적인 성공에 급급한 삶을 영위하기에 바쁜 나머지 자신의 인생을 허비하는 경우가 허다하다.

진정으로 성공한 위인들은 부귀, 명예, 권력의 추구보다는 자신이 하고자 하는 어떤 일에 대한 꿈과 소명의식에 자신의 전부를 걸었던 사람들이었다. 이 책에 등장하는 55인 역시 자신의 꿈과 소명의식에 전부를 걸었던 사람들이다. 나는 그들의 성공이 자신의 모든 것을 걸었던 '위대한 결단'에서 온 것임을 이 책을 통해서 조명해보고자 노력했다.

어찌 보면 인류 역사는 끊임없이 무엇인가를 이루고자 노력했던 사람들의 위대한 결단의 산물이다. 그러한 결단을 내릴 줄 아는 사람들은 미숙하지 않은 주도적인 행동을 보여준 사람들이다. 위대한 결단을 내린다는 것은 자신의 꿈을 실행할 수 있는 능력이 있어야 가능한 일이다. 실행이 따르는 결단의 행위는 다른 사람들에게 환영을 받고 자신에게는 성공을 가져다준다.

진정한 결단이란 목표를 설정하고 그 목표에 도달하기 위한 행동을 하는 것이다. 실행 없는 결단이란 없다. 결단하는 사람은 우선순위를 가지고 자신의 일을 실천함으로써 영향력을 발휘하며, 그것을 효과적으로 행사하고 있다.

나는 여러분이 이 책에 소개된 55인을 본받아 인류에게 빛을 던져주는 자신만의 위대한 결단의 삶을 살아가기를 빌고 싶다.

2006년 9월

이채윤

Contents

Chapter 1_
제왕, 대통령

●●●
조광윤
환공
율리우스 카이사르
덩샤오핑
세종대왕
에이브러햄 링컨
칭기즈칸
알렉산더 대왕
유비
데이오케스

창업보다 수성이 중요하다

중국 역사상 무수한 왕조가 일어나 흥망을 거듭했지만 대개의 경우 왕조를 이룩한 왕들은 창업공신들을 무자비하게 숙청했다. 그것은 창업보다는 수성이 그만큼 어렵다는 것을 보여주는 결과이다. 창업주로서 공신들을 무자비하게 숙청한 가장 유명한 이는 한(漢)나라를 일으킨 한 고조 유방을 들 수 있다. 유방은 권좌에 오르자 특별한 죄도 없는 한신, 팽월, 영포, 장오 등의 개국공신들을 모두 처형하고 만다.

그런데 송(宋)나라를 일으킨 조광윤(趙匡胤, 927~976)은 좀 달랐다. 그는 왕권을 유지하는 데도 무력보다는 평화적인 방법을 동원했다.

어느 날 그는 재상 조보를 불러서 물었다.

"내가 황제의 자리에 오르긴 했지만 앞날을 기약할 수가 없구려. 천하의 병권을 잡아서 사직을 공고히 하고 국가의 천년대계를 세우고자 하는데 좋은 방법이 없겠소?"

"절도사들의 병권을 빼앗아야 합니다. 당나라 말부터 5대에 이르기까지 제왕이 빈번히 교체된 것은 절도사들의 권력이 지나치게 컸기 때문입니다. 그러면 천하는 저절로 태평하게 될 것입니다."

조광윤은 그 말에 동감을 표하고 조보에게 그 실천 방법을 물었다.

"우선 근위군을 개편하고 개국공신들이 쥐고 있는 군권을 빼앗는 것이 가장 좋은 방법입니다."

조광윤은 역대의 어떤 황제들도 행사하지 못했던 파격적이고 평화적인 방법을 실행했다. 그는 부하들에게 솔직하고 담백한 태도로 본심을 털어놓았다.

"만약 그대들이 나를 추대하지 않았더라면 어찌 오늘의 내가 있었겠는가? 그런데 이 자리는 편치도 않고 즐겁지도 않은 자리라오. 요즘 나는 밥을 먹을 때도, 잠자리에 들 때도 불안하오."

조광윤의 이 말에 부하들은 깜짝 놀라 그 까닭을 물었다.

"폐하, 어찌 그런 말씀을 하십니까? 천명이 이미 결정됐는데 감히 누가 딴 마음을 먹는단 말입니까?"

그러자 조광윤은 이렇게 말했다.

"나는 그대들의 충성을 의심하는 것이 아니오. 하지만 부하들이 부와 명예가 탐이 나서 그대들을 황제의 자리에 앉히고 어느 날 갑자기 그대들의 몸에 곤룡포를 두르게 할 때, 누가 거절할 수 있겠소?"

그러자 부하들은 머리를 조아리고 눈물을 흘리며 말했다.

"저희들이 어리석어 그 점을 미처 생각하지 못했습니다. 폐하께서는 저희들을 불쌍하게 여기시어 앞으로 나갈 길을 열어주시기 바랍니다."

그러자 조광윤은 이렇게 자신의 생각을 털어놓았다.

"인생은 짧다. 그대들이 병권을 내놓으면 짐은 그대들에게 좋은 땅과 아름다운 거처를 주어 여생을 즐길 수 있도록 해주겠소. 군신 간의 의심을 없애고 서로 편하게 지내는 것이 한결 좋지 않겠는가?"

그리하여 다음날 부하들은 모두 사직하고, 귀족이 되어 황제가 주는 땅으로 물러났다. 이른바 '술잔을 돌리며 병권을 풀어놓았다'는 '배주석병권(杯酒釋兵權)'이라는 역사적 사건이 일어났던 것이다. 조광윤은 이처럼 뛰어난 정치적 견해와 행동을 보여줌으로써 부하들의 항복을 받아냈고, 결국 송나라 300년의 탄탄한 기반을 다질 수 있었다.

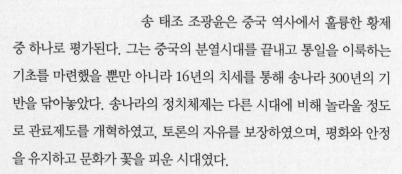

조광윤의 인재 등용

송 태조 조광윤은 중국 역사에서 훌륭한 황제 중 하나로 평가된다. 그는 중국의 분열시대를 끝내고 통일을 이룩하는 기초를 마련했을 뿐만 아니라 16년의 치세를 통해 송나라 300년의 기반을 닦아놓았다. 송나라의 정치체제는 다른 시대에 비해 놀라울 정도로 관료제도를 개혁하였고, 토론의 자유를 보장하였으며, 평화와 안정을 유지하고 문화가 꽃을 피운 시대였다.

태조가 이렇게 탄탄하게 나라의 초석을 다진 데는 명재상 조보의 힘이 컸다. 조보는 승상으로 있으면서 지혜를 다해서 충성을 바쳤지만 직언도 서슴지 않았다.

한번은 조보가 관직에 등용토록 태조에게 어떤 사람을 추천했으나 태조는 등용하지 않았다. 조보는 다음날에도 다시 그를 추천했다. 태조도 마찬가지로 등용하지 않고 맞섰다.

어느 날 조보는 또다시 그 사람을 추천했다. 마침내 태조는 참지 못하고 버럭 성을 내며 조보의 추천서를 발기발기 찢어 바닥에 던져버렸다. 그러자 조보는 찢어진 종잇조각들을 일일이 주워서 집에 돌아와 본래대로 깨끗하게 붙인 다음 다시 태조에게 올렸다. 태조는 하는 수 없이 그의 의견을 받아들였다.

또 이런 일화도 전해진다.

일을 잘해내 승진해야 마땅한 사람이 하나 있었다. 그러나 태조는 그를 좋아하지 않았기 때문에 승진 건을 처리하지 않고 시간을 끌었다. 조보가 그를 승진시킬 것을 강력히 주장하자 화가 난 태조가 고함을 질렀다.

"내가 승진시키지 않겠다면 어쩔 셈이오?"

"형벌은 잘못을 응징하기 위한 것이고, 상은 공에 대한 보답이라는 것은 고금의 당연한 이치입니다. 어찌 좋고 싫음에 따라 처리할 수 있단 말입니까?"

태조는 그 말에 더욱 화가 나 자리를 박차고 나갔다. 그럼에도 조보는 전혀 겁먹지 않고 태조의 뒤를 계속 따라다녔다. 이쯤 되자 태조도 조보의 말을 들을 수밖에 없었다.

그렇게 임용되고 승진된 자는 후에 일을 아주 잘 처리하여 태조가 만족하였다고 한다. 태조의 시책에는 인자함과 인간적인 정조가 스며 있었는데, 태조는 혈연이나 정실보다는 실력과 재능에 바탕을 둔 관료제도를 확립하는 데 힘을 썼다. 이것이 구체적으로 드러난 정책이 바로 과거제도의 정비였다. 그는 과거에 낙방한 사람의 청원을 받아들여 재시험을 명하기도 했고, 과거의 시행과 합격자의 선정과정이 공정하지 못했다는 기미가 조금만 보여도 재시험을 치르도록 했다.

자신을 죽이려던 적을 기용해서
패업을 이룬 제왕

중국의 춘추전국시대만큼 권력을 둘러싼 인간 군상의 모습이 적나라하게 펼쳐졌던 시기는 없을 것이다. 춘추시대 초기에 중국 대륙에는 약 180여 개국이 일어났지만 말기에 이르러 10여 개국으로 줄어들었는데, 제(齊)나라 환공(桓公, 재위 BC 685~BC 643)은 이때 가장 먼저 두각을 나타내며 첫 번째 패자가 된 군주이다. 환공이 패자가 된 이유는 관중(管仲)이라는 탁월한 인재를 제대로 발탁한 데 있었다. 그런데 관중을 등용하게 된 데는 말 못할 기가 막힌 사연이 있다.

당시 제나라는 왕위 계승 문제를 놓고 두 형제가 싸움을 벌이고 있었다. 관중은 공자(公子) 규(糾)를 돕고 있었는데, 규의 이복동생 소백(小白 : 훗날의 환공)이 왕위를 차지하기 위해 도전장을 낸 것이다.

양쪽 진영이 싸움을 벌이던 중에 관중은 적장 소백을 향해서 활을 쏘았다. 복부에 화살을 맞은 소백이 말에서 굴러 떨어지자 관중은 그

16

가 죽은 줄 알고 도성으로의 진군을 서두르지 않았다. 그러나 소백은 허리띠에 화살을 맞은 탓에 살아났고 재빨리 도성을 향해 진군하여 정권을 잡았다. 결국 이 싸움에서 공자 규는 패해서 죽었고 관중은 포로의 신세가 되었다.

그리하여 소백이 즉위하니, 그가 곧 환공이다. 왕위에 오른 환공은 자기를 죽이려 한 관중을 당장 사형에 처하라고 명령했다. 그런데 운명적으로 환공에게는 관중의 친구인 포숙아(鮑叔牙)가 참모의 역할을 하고 있었다. 포숙아는 목숨을 걸고 나서며 환공을 말렸다.

"왕께서 제나라 하나만 다스리는 것으로 만족하신다면 신(臣)만으로도 충분할 것이나, 천하의 패자가 되시려면 관중을 기용하십시오."

포숙아는 관중은 유능한 인재이니 절대 죽이지 말고 오히려 재상의 자리에 임명해달라고 간청한 것이다.

그때 환공은 보통 사람이 할 수 없는 결단을 내린다. 도량이 넓고 식견이 높은 환공은 신뢰하는 포숙아의 진언을 받아들여 관중에 대한 원한을 씻고 재상으로 발탁한 것이다. 관중은 친구 포숙아가 자신을 살려주었을 뿐만 아니라 자기가 차지할 수 있었던 재상의 자리를 양보한 것에 감격했다

재상이 되자 과연 관중의 재능은 빛을 발하기 시작했다. 그는 혼신의 힘을 다해 환공을 보필했고 나라의 발전을 위해 수많은 개혁 정책을 내놓았다. 나라 안팎의 일을 두루 살펴서 관중의 손길이 미치지 않는 곳이 없었다. 안으로는 노인을 공경하고 어린이를 소중히 생각했으며, 가난한 사람들을 보살펴서 끼니를 거르는 백성이 없게 만들었고,

밖으로는 부국강병에 힘을 기울여서 주변에 있는 여러 나라를 동맹으로 만들었다.

그 무렵은 남방에서 일어난 초(楚)나라가 강성해져서 중원을 위협하고 있을 때였다. 중원의 여러 나라들은 초나라의 침략을 막기 위해 경제적, 군사적으로 강성해진 제나라에게 구원을 요청했다. 관중은 탁월한 외교력을 발휘해서 다른 나라를 군사적으로 정복하는 것이 아니라 각국의 제후들을 불러 모아 회맹(會盟)이란 외교적 방식으로 환공을 패자로 만들었다.

환공이 이렇게 관중을 얻어 춘추시대 첫 패자의 영예를 얻은 것은 인재 발탁이 얼마나 중요한지를 잘 보여준다.

관중의 도움으로 천하를 재패한 환공이 관중과 한자리에 있을 때의 일이다.

마침 기러기가 날아가는 모습을 본 환공이 탄식하며 이렇게 말했다.

"중부(仲父)! 저 기러기는 때로 남쪽으로 가기도 하고 북쪽으로 가기도 하는구려. 어느 곳이건 가고 싶으면 가는 것이 기러기의 자랑이겠지. 비록 날개가 있어 그렇게 날아가는 것이지만 나는 날개가 없어도 그렇게 날 수가 있소. 그것은 오직 중부가 곁에 있기 때문이오."

중부란 관중을 지칭하는 말인데, 환공은 왕으로서가 아니라 친구 같은 마음으로 관중을 의지하며 친밀감을 느끼게 되었던 것이다.

그러나 관중이 위기에 처했을 때 친구인 포숙아가 자기가 차지할 수 있었던 재상의 자리를 관중에게 양보하지 않았다면 환공과 관중은 치세의 위업을 이루지 못했을 것이다.

후세 사람들은 이러한 관중과 포숙아의 우정을 '관포지교(管鮑之交)'라 일컬으며 칭찬해 마지않았다. 관중과 포숙아의 이야기는 참된 친구가 권력이나 부를 얻는 것보다 값진 것임을 깨우쳐준다.

제나라 환공이 천하의 패자로 군림하게 된 것은 그를 보좌하는 재상 관중이 있었기 때문이고, 관중이 제나라 재상이 될 수 있었던 것은 그의 능력을 알아준 친구 포숙아가 있었기 때문에 가능한 일이었다. 그래서 세상 사람들은 관중의 재능보다 오히려 친구를 잘 이해해준 포숙아의 인간성을 더 높이 평가하고 있다.

그들은 때로 정치적인 입장이 달랐으나 죽는 날까지 그들의 우정에는 변함이 없었다. 그들의 우정을 중국의 시성(詩聖) 두보(杜甫)는 이렇게 읊었다.

> 손을 젖히면 구름 일고
> 손을 엎치면 비 내리니
> 우글거리는 경박한 무리 어찌 구태여 헤리오
> 그대는 관중 포숙의 가난할 때 사귐을 보지 않았는가
> 이 도리를 지금 사람은 버리기를 흙같이 하누나
>   – 두보, 「빈교행(貧交行)」

관중은 환공을 도와 춘추시대 최초의 패자로 군림하게 만들었을 뿐만 아니라 인간적으로도 아주 친밀한 사이가 되어 대화에 막힘이 없을 정도가 되었다. 진정한 친구 셋만 있다면 그 사람의 인생은 성공한 것이라는 말이 있다. 관중은 환공에게도 친구 같은 신하가 되어 위기와 시련에 처했을 때마다 다시 일어설 수 있는 든든한 힘이 되어주었다. 그래서 관중과 포숙아가 평생 나눈 관포지교의 우정은 중국 역사를 통해서도 가장 귀감이 되고 있는 것이다.

주사위는 던져졌다

로마 시대인 BC 49년 1월의 일이다. 불세출의 영웅 율리우스 카이사르(Gaius Julius Caesar, BC 100~BC 44)가 갈리아 지방 총독을 지내며 로마의 영토를 서유럽 일대까지 확장하자 그의 인기는 로마 시민들 사이에서 하늘을 찔렀다. 그러자 위기를 느낀 원로원은 카이사르에게 군대를 해산하고 로마로 돌아오라는 명령을 내린다.

카이사르는 그 명령이 자신을 축출하려는 원로원의 음모라는 것을 직감적으로 알아차렸다. 그는 명령을 따를 수도 불복할 수도 없는 처지가 되어 고민에 빠진다. 자신은 잘못한 것도 없는데 호출을 받은 것이다. 명령에 따라 로마로 들어갈 경우 원로원은 누명을 씌워서 자신을 제거하려 할 것이 뻔했고, 그렇다고 명령을 따르지 않는다면 국법을 위반한 반역자가 되어 마찬가지 입장이 될 것이란 사실을 그는 누구보다 잘 알고 있었다.

진퇴양난의 고민에 빠진 카이사르는 심사숙고 끝에 결단을 내렸다. 그는 전군을 향해서 외쳤다.

"주사위는 던져졌다!"

카이사르는 그 말과 함께 로마 원로원의 음모를 격파하기 위해서 휘하의 군대를 이끌고 루비콘 강을 건넜다. 실전에서 무예를 갈고 닦은 카이사르의 정예부대는 로마를 순식간에 장악했다.

그 과정에서 폼페이우스를 비롯한 그의 정적들은 달아나거나 그의 포로가 되었다. 그런데 로마를 평정한 카이사르는 수많은 정적들을 아무 조건 없이 석방해서 사람들을 놀라게 했다. 그는 최대의 정적 폼페이우스 파 사람들까지도 석방하는 관용을 베풀었다. 그가 석방한 사람들 중에는 놀랍게도 에노발부스 역시 포함되어 있었다. 에노발부스는 로마 원로원에 의해 카이사르의 후임으로 갈리아 총독에 임명된 인물로서, 카이사르에게는 달아난 폼페이우스와 맞먹는 최대의 적이었던 것이다. 이러한 사실이 알려진 후 로마는 카이사르를 중심으로 뭉치기 시작했다.

당대의 웅변가이자 유세객인 키케로는 카이사르의 용기와 관용에 탄복을 하면서 친구에게 이렇게 말했다.

"적을 용서하는 카이사르와 자기편을 버리고 달아난 폼페이우스는 얼마나 다른가!"

그리고 키케로는 카이사르에게 편지를 보내 그의 관대한 조치에 대해서 칭찬을 아끼지 않았다. 카이사르는 행군 중인데도 답장을 보내왔다.

"나를 잘 이해해주는 당신이 하는 말이니까, 내 행동에서 어떤 의미의 잔인성도 찾아볼 수 없다는 당신의 말을 믿어야 할 겁니다. 그렇게 행동한 것 자체로 나는 이미 만족하고 있지만, 당신까지 찬성해주니 만족을 넘어서 기쁘기 한량없소. 내가 석방한 사람들이 다시 나에게 칼을 들이댄다 해도, 그런 일로 마음을 어지럽히고 싶지는 않소. 내가 무엇보다도 나 자신에게 요구하는 것은 내 생각에 충실하게 사는 거요. 따라서 남들도 자기 생각에 충실하게 사는 것이 당연하다고 생각하오."

카이사르의 이런 여유는 고매한 인격과 자부심, 넘치는 자신감에서 생겨난 것이다. 나아가 카이사르는 관용과 포용으로 정적들을 대하면서 보다 큰 틀의 정치를 할 수 있으리란 구상을 하고 있었다. 상대에 대한 배려, 특히 정적을 그렇게 과감하게 용서하는 데는 상당한 용기가 필요하다. 그것이 아무리 정치적인 제스처일지라도 범인들은 그런 용단을 내리지 못하는 법이다.

카 이 사 르 의   카 리 스 마

역사상 가장 큰 용서와 관용을 정적들이나 자신의 부하들에게 베푼 사람으로 카이사르만 한 인물도 없을 것이다. 그는 전쟁에서 사로잡힌 포로들이 자기들의 고국으로 돌아가기를 원하면 식량과 노자를 주고 풀어주곤 했다. 그러나 대부분의 포로들은 카이사르의 병사가 되기를 원하고 귀국을 거부했다. 카이사르의 병사가 되는 것은 그 시대 사나이들의 최고의 자부심이었던 것이다. 카이사르는 그들을 모두 받아들였다.

그러자 카이사르와 함께 10년 이상을 목숨 걸고 싸웠던 최정예 병사들이 불만을 품고 들고일어났다. 포로로 잡힌 적군을 존중하고 평등한 기회를 준 카이사르에게 서운함을 느낀 로마 병사들이 전쟁을 못하겠다며 고향으로 돌려 보내줄 것을 요구했던 것이다. 당시 로마군의 최정예 부대는 순수한 로마 시민이 아니면 될 수 없었기에 그들의 자부심은 대단했다.

카이사르는 소란을 피우는 그들 앞에 나타났다. 참모들이 성난 병사들이 어떤 짓을 할지 모른다며 말렸지만 카이사르는 호위병도 없이 혼자서 소란이 이는 곳으로 걸어갔다. 순간 숨이 막힐 것 같은 정적이 흘렀다.

병사들은 카이사르가 혼자서 걸어오자 모두 입을 다물고 그의 일거수일투족을 바라보며 그의 말에 귀를 기울였다. 카이사르는 병사들을 향해서 입을 열었다.

"친애하는 로마 시민들이여! 나는 그대들이 바라는 것을 들어줄 것입니다! 그 동안 열심히 싸워준 그대들의 노고를 치하하는 바입니다. 그대들의 요구를 모두 받아들이겠습니다."

그 말을 들은 순간 병사들은 모두 충격을 받고 물을 끼얹은 듯이 조용해졌다.

그 동안 카이사르가 병사들을 향해서 연설할 때 먼저 던진 첫마디는 늘 '형제들이여!'였다. 그러나 그는 지금 병사들에게 '로마의 시민들이여'라고 말했다. 병사들은 그 말의 묘한 뉘앙스를 이내 알아챘다. 그들은 자신들이 로마 시민이 되는 순간 더 이상 카이사르의 병사가 아니라는 사실을 깨달았던 것이다.

잠시 정적이 흐른 후, 병사들은 자기들의 잘못을 깨닫고 모두들 울부짖으며 카이사르에게 잘못을 빌기 시작했다. 그들은 하나같이 다시 카이사르의 병사가 되게 해달라고 애원했다. 한참 후 카이사르는 그런 병사들의 애원을 받아들이고 돌아섰다.

그것은 진정한 카리스마를 가진 영웅의 모습을 보여주는 드라마틱한 한 장면이 아닐 수 없다. 카이사르는 적은 물론 자신을 죽이려는 정적에게도 관대하게 대했고, 그들과 똑같이 헐뜯고 비판하는 옹졸한 짓은 하지 않았던 사람이다.

그는 자신에 대한 비판과 모략이 있을 때마다 "내가 나의 신념에 충실하며 살 듯 상대도 그럴 권리가 있다"며 오히려 주변 사람들을 설득했다. 그가 그런 행동을 할 수 있었던 것은 합리적인 이성과 인격, 그리고 자신에 대한 당당함과 자부심을 가지고 있었기 때문이었다.

유명한 카이사르 연구가 존 H. 콜린스는 카이사르를 제대로 알게 되면 그에게서 매력을 느끼지 않을 사람이 아무도 없을 것이라며 그를 찬양하고 있다.

개혁, 개방의 설계자

"먹을 것을 가진 자가 결국 모든 것을 가진 자이다." "흰 고양이든 검은 고양이든 쥐만 잘 잡으면 좋은 고양이다."

이것은 중국을 개혁, 개방의 길로 이끌고 경제 성장의 불을 지핀 덩샤오핑(鄧小平, 1904~1997)이 즐겨 하던 말이다.

그는 중국에서 공산 정권이 수립된 이후 마오쩌둥(毛澤東)의 충실한 부하로서 선두에 서서 격렬한 투쟁을 벌였다. 그러나 마오쩌둥의 대약진운동이 실패한 후 굶주리고 헐벗은 백성들의 고단함을 보고 '흰 고양이 검은 고양이(黑猫白猫)'로 표방되는 경제우선론을 제창했다. 그는 문화혁명 때에 수정 자본주의자(주자파)로 몰려 모든 직책을 박탈당하고 연금 생활을 해야 했다.

덩샤오핑의 '흑묘백묘론'은 그가 실권을 완전히 장악한 후에 제기한 것이 아니라, 일찍이 1960년대 초에 과감하게 주장했던 것이다. 그래서 문화혁명 시기에 마오쩌둥의 처 장칭(江靑)은 덩샤오핑이 가정 단위의 도급생산과 영농을 주장하여 '개인 경영 바람'을 불러일으키고 노골적으로 자본주의를 부활시키려는 음모를 꾸몄다며 그를 공개 비판했다. 덩샤오핑은 그때 큰아들이 심문을 받다가 홍위병들에게 3층 건물에서 내던져져 하반신이 마비되는 시련을 겪었고, 본인은 1969년부터 1973년까지 강서성의 한 공장에서 육체노동을 하는 신세가 되었다.

그러나 그는 3번씩이나 복권과 실각을 거듭하면서 오뚝이처럼 다시 일어났다. 1976년 마오쩌둥이 사망한 후 권력투쟁 끝에 정권을 잡은 덩샤오핑은 절대화되어 있던 마오쩌둥의 사상적 영향력을 축소시키고, 개혁과 개방을 통해서 경제를 성장시키는 노력을 기울이기 시작한다. 생산력의 발전 없이는 사회주의도 실현할 수 없다는 것이 그의 변함없는 이론이었다.

1978년 12월에 열린 제11기 3차 중국공산당 중앙위원회 전체회의는 공식적인 덩샤오핑 시대의 출발을 알렸고, 그것을 분수령으로 중국은 개혁, 개방의 실험에 돌입했다.

그 후 중국은 지난 4반세기 동안 연 평균 9%에 달하는 놀라운 경제 성장을 거듭하면서 세계를 놀라게 하고 있다. 중국은 현재 국가총생산 세계 제6위의 경제 대국으로 성장했고 '세계의 공장'으로서의 역할을 톡톡히 하고 있다.

중국이 이런 추세로 경제 발전을 거듭할 경우 2010년에는 독일 경제를, 2015년에는 일본을, 2039년에는 미국을 추월할 수 있다는 예측을 낳고 있다. 세계의 많은 학자들 중에 중국이 미국과 더불어 21세기 최대의 국가가 될 것이라는 데 이의를 제기하는 사람은 별로 없다.

　2001년 11월 중국의 WTO 가입과 2008년 베이징 올림픽의 유치는 13억 중국인에게 무한한 자긍심과 세계 경제로의 도약이라는 희망을 심어주었고, 외국 투자가들에게는 13억이라는 거대 시장을 열어주었다.

　덩샤오핑은 은퇴한 후 유명한 화가에게 「쌍묘도(雙猫圖)」를 그려달라고 부탁해서 그 그림을 집에 걸었다. 그림에는 두 마리의 고양이가 그려져 있는데, 한 마리는 온몸의 털이 희고 다른 한 마리는 털이 아주 검게 빛나는 것이었다. 그림의 윗면에는 "흰 고양이든 검은 고양이든 쥐만 잘 잡으면 좋은 고양이다"라는 글이 씌어 있다.

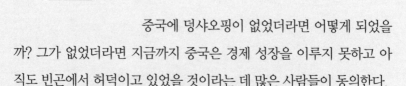

덩샤오핑의 오뚝이 인생

중국에 덩샤오핑이 없었더라면 어떻게 되었을까? 그가 없었더라면 지금까지 중국은 경제 성장을 이루지 못하고 아직도 빈곤에서 허덕이고 있었을 것이라는 데 많은 사람들이 동의한다.

덩샤오핑은 중국의 최고지도자가 되기까지 세 번의 커다란 정치적 좌절을 겪었다. 덩샤오핑은 중국 사천성에 있는 작은 마을에서 지주의 아들로 태어났다. 그는 신문화운동인 5·4운동 이후 중국의 많은 젊은 이들이 유럽으로 유학을 떠날 무렵 16세의 나이로 파리 유학을 떠난다. 그는 프랑스 유학 중에 영원한 동지가 되는 저우언라이(周恩來)를 만났고, 공산주의자가 되어 귀국한다.

덩샤오핑은 귀국 후 마오쩌둥과 함께 공산당 활동을 하면서 지도적인 정치·군사 조직가가 되었다. 그러나 30년대 초 마오쩌둥이 권력의 핵심에서 밀려났을 때 덩샤오핑도 함께 직위에서 해임되었다. 이것이 최초의 정치적 패배였다.

그러나 덩샤오핑은 중국공산당의 장정(長征)에 참여하여 마오쩌둥과 함께 다시 핵심 요직에 들어갔다. 그는 중국 대륙에서 공산당이 패권을 차지한 뒤인 1952년 총리가 되었다. 1954년에 중국공산당 총서기, 1955년에는 정치국 위원이 되면서 덩은 대외정책과 국내정치 면에서 모두 중요한 정책 결정자로 부상했다. 그 무렵 그는 류사오치(劉少奇) 같은 실용주의적인 지도자들과 긴밀한 관계를 맺으면서 점점 마오쩌둥과 갈등을 빚게 되었다. 덩샤오핑은 1960년대 후반 마오쩌둥을 추종하는 급진파가 일으킨 문화대혁명 과정에서 공격을 받고 일체의 직위를 박탈당했다. 그것이 그의 두 번째 좌절이었다.

그러나 1973년에 덩샤오핑은 저우언라이의 후원으로 복권되어 총리가 되었으며, 1975년에는 당 중앙위원회의 부주석, 정치국 위원 총참모장이 되었다. 하지만 1976년 1월 그의 유력한 후원자였던 저우언라이가 죽으면서 그는 세 번째 시련을 겪게 된다. 저우언라이의 사후에 마오쩌둥의 부인 강청 등 4인방에 의해 다시 권좌에서 밀려난 것이다.

그러나 그는 시련을 극복하고 다시 일어났다. 그래서 그에게는 '오뚝이'란 별명이 붙여졌는데, 1978년 권력을 잡은 뒤 개혁과 개방으로 사회주의 실험에 성공을 거두자 이번에는 '개혁의 설계사'라고 불리기 시작했다. 덩샤오핑은 평생 동안 전면에 나서 공식적인 최고의 자리에 앉지 않았고, 죽을 때까지 실권을 쥐지 않았지만 최고 실력자로 추앙 받는 인물이었다.

백성을 위해 한글을 창제한 왕

우리 역사상 가장 존경하는 인물로 사람들은 세종대왕(재위 1418~1450)을 많이 꼽는다. 세종대왕은 우리 역사에서 가장 찬란한 문화의 시대를 연 것과 동시에 수많은 업적을 남겼다. 그 중에서도 최고의 업적은 우리가 직접적으로 고마움을 느끼고 지금까지 사용하고 있는 한글의 창제이다.

세종은 왕위에 오른 후, 우리말이 있지만 소리가 전혀 다르고 어려운 한자를 쓰는 탓에 많은 백성들이 문맹으로 지내고 있는 것이 못내 안타까웠다. 그는 우리말과는 본질적으로 다른 한자 대신에 우리 글자를 만들 것을 결심했다. 세종은 많은 유학자들의 반대에도 불구하고 정인지, 성삼문, 신숙주, 최항, 박팽년, 이개 등의 뛰어난 학자들에게 우리 소리를 알맞게 쓸 수 있는 글자를 만드는 한글 연구를 명령했다.

1443년 12월, 세종과 집현전 학사들은 드디어 '한글'을 완성했다. 그 후 3년 동안 실제 사용이 가능한지를 실험한 뒤, 1446년 9월 한글

해설서 『훈민정음』과 함께 정식으로 반포했다.

한글 창제의 동기는 『훈민정음』 서문에 간결하게 나타나 있다.

"우리나라 말은 중국 글자와 서로 맞지 않다. 그래서 일반 백성이 말하고자 하나 제 뜻을 능히 펴지 못하는 자가 많은지라, 내 이를 불쌍히 여겨 새로 28자를 만드나니 사람마다 쉽게 익혀 일용에 편케 하고자 할 따름이다."

이 말은 당시로서는 무척 진보적인 자주 정신과 민주적인 의식의 표출이었다.

한글의 가치는 500년이 지난 지금 디지털 시대를 맞이해서 더욱 빛나고 있다. 21세기의 벽두, 우리나라는 정보화시대의 선진국 지위를 자리매김했는데, 이는 다름 아닌 한국인이 사용하는 한글의 우수성 때문이다.

한글은 컴퓨터 자판에서 왼손은 자음, 오른손은 모음을 치게 되어 있고, 오른손 왼손을 번갈아 가면서 빠른 속도로 타이핑하는 것이 가능하다. 이것이 가능한 문자는 지구상에 한글밖에 없다.

중국의 한자나 일본어의 가나를 문자메시지로 전송할 때 한글의 우수성은 대번에 확인된다. 가나는 히라가나와 가타가나를 합쳐서 102자인데, 핸드폰의 자판에 다 배열할 수가 없어서 몇 단계를 거쳐야 한 글자를 칠 수 있다. 보통 영어 알파벳에 의존해서 일본어를 표현하는 방식을 취한다. 즉 'か'를 'ka'로, 'せ'는 'se'로 입력해야 한다. 각 단어가 영어 발음 표기에 맞게 입력돼야 화면에서 가나로 바뀌는 것이다. 게다가 문장마다 한자 변환을 해줘야 하므로 속도가 더디다. 가령

'추'로 발음되는 한자만 해도 '中'을 비롯해 20개가 넘으므로 그것을 다 골라내야 한다.

이러니 인터넷 친화도가 한국보다 낮을 수밖에 없다. 말레이시아처럼 언어가 여러 가지인 국가들은 컴퓨터 입력방식 개발부터 골칫덩어리다.

24개의 자음과 모음만으로 자판 내에서 모든 문자 입력을 단번에 해결할 수 있는 한글은 하늘의 축복이자 과학이다. 휴대전화로 문자를 보낼 때 한글로 5초면 되는 문장을 중국, 일본 문자는 35초의 시간이 걸린다. 한글의 입력 속도가 7배 정도 빠른데, 이것이 한국의 IT 경쟁력이다. 정보화에 있어서 한글은 영어에 비해서도 사람이 인식할 수 있는 속도가 10배 정도 빠르다고 한다.

가령 '코리아'라고 발음할 때 스펠링을 모를 경우 영어에서는 'C'인지 'K'인지 분간을 못하지만 한글에서는 그럴 이유가 없다. 한글은 알파벳보다도 월등히 우수한 단연 세계 최고의 문자이다.

세종은 정치적 · 경제적 안정을 바탕으로 한글의 창제를 비롯하여 문화와 과학기술의 황금기를 여는 한편, 축적된 국력을 바탕으로 국토를 넓히고 국방에 주력해서 조선 시대의 기틀을 다진 성군이다.

세종은 집현전을 중심으로 인재를 모아 기르며 학문 연구와 각종 편찬사업을 벌였고, 음악과 미술 등 예술 활동을 지원했다.

"한 시대가 부흥하는 것은 반드시 그 시대에 인물이 있기 때문이요, 한 시대가 쇠퇴하는 것은 반드시 세상을 구제할 만큼 유능한 보좌가 없기 때문이다."

세종은 이렇게 말하며 국가의 인재가 모인 터전인 집현전에서 유능한 인재를 기르는 데 정성을 기울였다.

어느 추운 겨울날 밤이었다. 세종은 내관을 불러 말했다.

"집현전에 가서 누가 지금까지 책을 보고 있는지 살펴보고 오너라."

얼마 뒤 내관이 돌아와 보고했다.

"신숙주가 아직도 책을 읽고 있사옵니다."

이미 새벽에 이른 시간이었다. 세종은 내관과 함께 조용히 집현전으로 향했다. 그때 비로소 방의 불이 꺼지는 것이 보였다. 세종은 가만히 안으로 들어가서 잠든 신숙주에게 자신이 입고 있던 수달피 조끼를 벗어서 덮어주었다. 아침이 되어 곤한 잠에서 깨어난 신숙주는 자신의 몸에 걸쳐져 있는 세종의 조끼를 보고 깜짝 놀랐다.

'이것은 상감의 어의가 아닌가!'

그는 감격해서 눈물을 흘렸다.

그 뒤로 신숙주는 더욱 열심히 집현전 일에 열정을 쏟았다. 이 이야기가 퍼지자 조정 신료들은 모두 대왕의 덕을 칭송했다.

세종은 재위 30년 동안 수백 명의 인재들을 뽑아서 훈련하고 이들을 밤낮으로 독려했다. 이들은 보통 20대 초반의 나이에 집현전에 들어가서 고된 수련을 통해 나라 안에서 최고로 손꼽히는 인재로 거듭났다.

세종은 재위 16년부터 집현전 학사들이 경전, 역사, 자서, 시부 가운데 강독한 분량을 기록했다가 월말에 보고하게 했으며, 열흘에 한 차례씩 시험을 치르게 했다. 그래서 실력이 없는 자들은 도태되었고 뛰어난 자들만 살아남아 최고의 실력자로 거듭났다. 이들은 집현전을 떠나 외직으로 나아갈 때면 태산 같은 자부심과 큰 과업을 이루었다는 자긍심이 대단했다.

어떠한 상황에서도
이성적으로 대처한 대통령

1863년 7월 4일, 미국에서 남북전쟁이 한창 치열할 때의 이야기다. 리 장군 휘하의 남군은 게티즈버그에서 치열한 격전을 벌였으나 북군의 총공세에 더 이상 견디지 못하고 후퇴하다가 포토맥 강에서 멈추고 말았다. 밤새 내린 폭우로 강이 범람하여 도저히 건널 수가 없었던 것이다. 리 장군은 그 자리에서 주저앉았다. 뒤로는 의기충천한 북군이 포위망을 좁혀오고 있으니 항복할 도리밖에는 다른 수가 없었다.

링컨(Abraham Lincoln, 1809~1865)은 남군을 궤멸시켜 전쟁을 끝낼 호기가 찾아온 것을 기뻐하며 특사까지 파견하여 미드 장군에게 작전회의 같은 건 생략하고 즉시 남군을 추격할 것을 명령했다. 그러나 미드 장군은 링컨의 명령과는 정반대로 작전회의를 열어 시간을 지체했고 여러 가지 구실을 만들어 즉각적인 공격을 거부했다. 그러는 동안 넘쳐흐르던 강물은 줄어들었고 남군은 유유히 강을 건너 무사히 퇴각

할 수 있었다. 링컨이 격노한 것은 당연한 일이었다. 몹시 분노한 링컨은 미드 장군에게 한 통의 편지를 썼다.

　미드 장군님께

　나는 리 장군의 탈출로 비롯될 앞으로의 불행한 사태에 대한 중요성을 장군께서 올바로 인식하지 못한 것으로 생각합니다. 적은 바로 우리의 손아귀에 있었으며 그들을 추격했더라면 전쟁을 종결시킬 수도 있었을 것입니다. 그러나 이 절대적인 기회를 상실한 현재로서는 전쟁의 종결을 기대하기가 힘들게 되었습니다. 왜냐하면 지금으로서는 그 당시 병력의 2/3 정도도 사용하기 힘든 상황이 되었기 때문입니다. 그러므로 앞으로는 장군의 활약을 기대하기란 힘들 것이며 기대하지도 않을 것입니다. 다시 한 번 말씀드립니다만, 장군께서는 천재일우의 기회를 놓친 것입니다. 그 때문에 나 역시 말할 수 없을 정도로 괴로움을 겪고 있습니다.

미드 장군이 이 편지를 받아보고는 어떻게 생각하였을까?

그러나 미드는 이 편지를 읽지 못했다. 왜냐하면 링컨은 이 편지를 부치지 않았으며, 그의 서류함 속에서 사후에 발견됐기 때문이다. 아마도 링컨은 이 편지를 쓰고 나서 한참 동안 창밖을 내다보며 다음과 같이 중얼거렸을 것이다.

"잠깐 생각해보자. 내가 너무 서두르고 있는 것이 아닌가? 내가 이처럼 편안하게 백악관에 앉아서 미드 장군에게 공격 명령을 내리는 것은 쉬운 일이다. 그러나 내가 직접 게티즈버그 전선에서 미드 장군처럼 부하들의 죽음을 목격하고 그들의 비명과 아우성을 들었더라면 아마 나 자신도 미드 장군처럼 선뜻 공격할 마음이 생기지 않았을 것이다. 어쩌면 나 역시 미드와 같은 태도를 취했을지 모른다. 이미 엎질러진 물이다. 내가 이 편지를 보냄으로써 내 기분은 어느 정도 풀리겠지만, 이 편지를 받는 미드의 심정은 어떨까? 그때 그가 어떤 상태였는지는 모르겠지만, 자신의 상황을 정당화시키고 나를 비난하려 들 것이다. 그렇다면 둘 사이에 반감만 쌓이게 되고 서로의 틈이 벌어져 나는 한 사람을 잃게 될 것이다.”

링컨은 과거의 쓰라린 경험들을 바탕으로 비난과 힐책 따위가 서로에게 아무런 도움도 되지 않는다는 사실을 깨닫게 된 것이다. 그래서 링컨은 이 편지를 보내지 않고 책상 서랍에 넣어버렸다.

“인간은 자신이 결심한 만큼 행복해진다.”

이것은 행복해지는 방법에 대해 핵심을 찌른 링컨의 명언이다.

결심한 만큼 행복해진다

에이브러햄 링컨은 미국 역사상 가장 큰 업적을 남긴 대통령으로 기록되고 있지만 경제적인 고민이 있었다. 물론 링컨이 어린 시절 통나무집에서 살며 어렵게 자라난 것은 널리 알려진 사실이지만 그는 대통령이 되고 나서도 경제적으로 곤란을 겪고 있었다. 자신의 대통령 취임식에 참석하기 위해서 여비를 빌려야만 할 정도였다.

그러나 그는 늘 자신의 명언을 읊조리며 살았다.

"인간은 자신이 결심한 만큼 행복해진다."

링컨은 대통령 재임 시에도 하루도 편안한 날이 없었다. 왜냐하면 그는 미국 역사상 초유의 전쟁인 남북전쟁을 치르고 있었기 때문이었다. 처음에 전쟁은 링컨의 북군 쪽에 불리하게 돌아가고 있었고, 그를 공격하는 무리들은 날마다 그를 향해 비난을 퍼부어댔다.

만약 링컨이 자신에게 쏟아지는 신랄한 비난에 맞서 대응하는 것이 어리석은 행위임을 깨닫지 못했다면, 아마도 그는 남북전쟁 중에 과로로 쓰러지고 말았을 것이다. 아니, 그 이전에 이미 대통령이 될 수 없었을 것이다. 그가 자신에 대한 비난을 처리한 방식은 고전으로서 사람들에게 전해지고 있다.

맥아더 장군은 그 필사본을 전쟁 중에 사령부의 자기 책상 위에 놓아두었고, 윈스턴 처칠은 액자에 넣어서 서재에 걸어놓았다고 한다.

그것은 다음과 같은 문장이었다.

내가 나한테 쏟아지는 비난에 신경을 쓰고 있다는 걸 느끼는 순간, 나는 공직을 사임하고 다른 사업을 시작하는 게 나와 국민을 위한 길이라고 생각한다. 나는 내가 알고 있는 지식을 총동원하여 최선을 다하고 있다. 그리고 포기하지 않고 끝까지 밀고 나갈 결심이 되어 있다. 그 결과가 좋다면 비판 따위는 아무 문제가 되지 않는다. 그러나 만일 결과가 좋지 않으면, 천사 10명이 나의 옳음을 증언해준다 해도 그것은 아무 쓸모없는 것이 되고 만다.

따라서 부당한 비판을 받을 때는 다음 말을 상기하라.

'최선을 다하라. 자신이 옳다고 믿는 것이라면 다른 사람의 말을 두려워할 필요가 없다. 어떤 일을 하더라도 비판은 있기 마련이다.'

암살을 당해 천수를 누리지는 못했지만, 링컨처럼 생사관이 투철했던 사람도 드물 것이다. 그는 평상시 이렇게 말하며 그 신조대로 살았던 사람이다.

"나는 죽어간다는 사실을 조금도 두려워하지 않는다. '지금 자연스럽게 죽어간다면 얼마나 즐거울까'라고까지 생각한다. 하지만 나도 이렇게 인간으로 태어난 이상 어떤 삶의 보람이 느껴질 때까지 살아 있을 의무가 있다고 생각한다. 자기가 살아가는 목적은 자신의 이름을 우리 시대의 사건과 연결 짓는 것이다. 이 세상에 함께 살아 있는 삶에게 있어서 자신의 이름과 어떤 유익한 일과를 연결 짓는 일이다."

역사상 최대의 제국을 세운 사람

1998년 미국의 『뉴욕타임스』는 지난 천 년 동안 인류 역사에 가장 큰 영향을 끼친 인물로 칭기즈칸(1155~1227)을 선정했다. 잘 알려져 있다시피 칭기즈칸은 세계에서 가장 넓은 땅을 정복하면서 단절되어 있던 동서양 문명의 교류를 이끌어낸 '정복왕'이다. 그가 정복한 땅은 알렉산더, 카이사르, 나폴레옹이 정복한 땅을 합친 것보다도 넓다고 한다.

당시 몽골 초원은 여러 부족들이 통합을 이루지 못한 혼란스러운 사회였다. 칭기즈칸은 아홉 살에 아버지를 잃고, 청년 시절 적군과 싸우다가 포로로 잡히는 신세가 되기도 했고, 사랑하는 아내가 적에게 붙잡혀 가는 비운을 겪기도 했다. 그러나 34세 때 드디어 강적 타이추트 부족을 격파함으로써 몽골족의 힘을 하나로 결집시키고 대수령 '칸'이 되었다. 그때 그는 이런 결심을 한다.

"나는 몽골을 하나로 통일했듯이 이 세상을 하나로 통일할 것이다."

그 후 칭기즈칸은 뛰어난 용맹성, 전투에서의 냉혹성, 관대한 외교술, 그리고 탁월한 조직력 등을 발휘하여 1백만 명의 몽골족을 이끌고 전 세계를 누비며 1억 5천만 명 이상의 인구를 통치하는 기적 같은 역사를 만들어냈다.

그가 이끄는 몽골 기갑군단은 보급부대가 따로 없는 전원 기병으로, 다른 나라 군대의 3~4배가 넘는 스피드로 진군하면서 적군을 바람처럼 제압했다. 그의 군대는 하루 300킬로미터 이상을 이동했는데, 그들의 이동 속도는 제2차 세계대전 때 독일의 기갑군단보다 빨랐다고 한다.

몽골 제국의 성공 비결은 한마디로 칭기즈칸이 제시한 '꿈'에 있었다.

"한 사람이 꿈을 꾸면 꿈으로 끝나지만 만인이 꿈을 꾸면 얼마든지 현실로 만들 수 있다."

칭기즈칸은 자신의 꿈을 만인의 꿈으로 만드는 데 자신을 바침으로써 만인의 꿈을 이끌어냈고 대제국을 건설할 수 있었다. 그는 적에게는 무자비하고 부하들에게는 한없이 너그러웠다. 그는 자신을 위해서 목숨을 바치는 부하들에게는 상상 이상의 대우를 해주었고 자기 핏줄처럼 사랑했다. 그럼으로써 그는 승리의 제1조건인 절대 충성을 받아냈다. 몽골이 대제국을 건설한 후 반포되었던 율법에는 이런 말이 적혀 있다.

"칭기즈칸께서는 다른 사람이 없는 데서 혼자 음식을 먹는 것을 금하셨다. 먹으려면 다른 사람과 같이 먹어야 한다. 전우보다 많이 먹는 것을 금지한다."

칭기즈칸은 그렇게 몽골 군대에 자긍심과 평등주의, 전우애를 심었다. 몽골 군대는 전투에서 적들에게 잔인하기로 소문이 나 있었지만 통치는 너그럽게 했다. 언어가 다르고 종교가 다르다고 차별을 두지 않았고, 피정복자가 세금만 잘 내고 반란을 일으키지 않으면 자치를 허용했다. 포로를 처형하거나 노예로 삼는 대신 기술자는 따로 추려내서 무기를 만들게 하고 무술이 뛰어난 자는 용병으로 재교육시켜 철저하게 활용하였으며, 자신들만의 독특한 정보전달 네트워크를 구축함으로써 근 200년간 세계 제국을 경영했다.

어찌 보면 칭기즈칸은 현대 경영의 '아웃소싱(outsourcing)' 전략을 이미 체득하고 있었던 셈이다. 800년이 지난 오늘날, 칭기즈칸은 세계화와 정보화시대를 맞이하여 인류 역사상 최고의 스피드 경영, 효율경영을 시행한 CEO로 재평가받고 있다.

집안이 나쁘다고 탓하지 말라.

나는 아홉 살 때 아버지를 잃고 마을에서 쫓겨났다.

가난하다고 말하지 말라.

나는 들쥐를 잡아먹으며 연명했고,

목숨을 건 전쟁이 내 직업이고 내 일이었다.

작은 나라에서 태어났다고 말하지 말라.

그림자 말고는 친구도 없고 병사로만 20만,

백성은 어린애와 노인까지 합쳐 백만도 되지 않았다.

내가 세계를 정복하는 데 동원한 몽골 병사는

적들의 200분의 1에 불과했다.

배운 게 없다고, 힘이 없다고 탓하지 말라.

나는 내 이름도 쓸 줄 몰랐으나

남의 말에 귀 기울이면서 현명해지는 법을 배웠다.

너무 막막하다고, 그래서 포기해야겠다고 말하지 말라.

나는 목에 칼을 쓰고도 탈출했고,

뺨에 화살을 맞고 죽었다 살아나기도 했다.

적은 밖에 있는 것이 아니라 내 안에 있었다.

나는 내게 거추장스러운 것은 깡그리 쓸어버렸다.

나를 극복하는 그 순간 나는 칭기즈칸이 되었다.

나는 승리를 도둑질하고 싶지 않다

08

── 알렉산더 대왕 ──

　　　　　기원전 334년, 20세의 젊은 나이로 마케도니아의 왕위에 오른 알렉산더(Alexander, BC 356~BC 323) 대왕은 세계 정복과 지배의 꿈을 꾸고 그 포부를 펼쳐나가기 시작했다. 그는 지중해 연안의 유럽과 아시아는 물론 아프리카까지 점령해 세계를 하나의 제국으로 만들고, 이집트에 자신의 이름을 따 '알렉산드리아'라는 거대한 도시를 세우고 세계를 지배하려는 뜻을 세웠다. 그는 야만적인 문명을 몰아내고 그리스 사상과 예술과 철학을 모든 점령지에 보급시켜 하나의 관대한 정신세계를 형성하기를 원했다.

　알렉산더는 마침내 페르시아와 마지막 결전을 치르기 위해 동방 원정길에 올랐다. 알렉산더의 마케도니아 · 그리스 연합군과 페르시아군이 국운을 건 결전을 위해 전 병력을 집결시키고 페르시아의 가우가멜라에서 맞서게 되었다.

　이미 날이 저물었으므로 알렉산더 대왕은 다음날 일전을 치르기로 하고 대기 명령을 내렸다. 그런데 적진의 형세를 지켜보던 대왕의 참모인 파르메니온 장군이 황급하게 대왕의 막사로 들어왔다.

"폐하, 큰일 났습니다. 적의 병력이 엄청나게 불어나고 있습니다. 적진은 마치 불야성 같습니다."

척후병들 역시 페르시아 진영에는 후방에서 지원군들이 속속 도착하고 있다고 알려왔다. 과연 적진 일대에 타오르는 횃불이 어두운 밤하늘을 새빨갛게 불태우고 있는 것이 알렉산더의 진영에서도 보일 정도였다. 그러나 막사를 나와 적진을 살펴본 대왕은 가만히 적진을 바라보기만 할 뿐 한마디도 하지 않았다. 파르메니온은 참다못해 말했다.

"폐하, 이런 상태라면 내일 싸움은 승산이 없을지 모릅니다. 지금 당장 야습을 감행해서 적진을 분쇄해야 합니다. 그러면 승리는 의심할 여지가 없습니다."

그러자 젊은 대왕은 밝은 얼굴로 돌아보며 말했다.

"파르메니온, 나는 승리를 도둑질하고 싶지 않다. 그것은 내 허영도 아니고 허세도 아니다. 진정한 페르시아 정복은 페르시아 왕 다리우스의 투지를 빼앗는 것이다. 우리가 야습을 해서 이긴다 해도 그는 정당한 싸움이 아니었다고 주장하면서 다시 투지를 불태우며 더욱 이를 악물고 달려들 것이다. 그래서는 목적을 달성했다고 할 수 없다. 때문에 이 싸움은 밝은 대낮에 정정당당하게 승부를 가려야 한다. 그러니 그렇게 초조해하지 말고 내일을 기다리자."

알렉산더는 아무렇지도 않게 말하고 막사로 들어가 버렸다. 그리고 곧이어 잠든 대왕의 조용한 숨소리가 밖으로 새어나왔다. 그때 파르메니온 장군은 알렉산더가 고르게 내쉬는 숨소리를 듣고 태산과도 같은 무게를 느꼈다. 어쩌면 저렇게 태평할 수 있을까 싶었던 것이다.

파르메니온 장군이 그렇게 조바심을 쳤지만 다음날 알렉산더의 대군은 페르시아와의 전투에서 결정적인 승리를 거두었다. 페르시아의 국왕 다리우스는 중앙아시아로 도망쳤다가 거기에서 살해되고 페르시아는 멸망했다.

알렉산더는 그렇게 초탈한 경지에서 정정당당하게 승리를 얻음으로써 부하들의 더 큰 존경과 신뢰를 받는 위대한 왕이 되었다. 그는 사태가 아무리 급변해도 그 상황을 정확하게 인식하고 어떻게 대응할지를 확인하면 허둥거릴 이유가 조금도 없다는 것을 보여주고 있다.

알렉산더 대왕의 지혜

       알렉산더는 마케도니아의 대왕 필리포스 2세의 아들로 태어났다. 그는 13~16세의 소년기에 그리스의 위대한 철학자 아리스토텔레스에게 교육받게 되었는데 그의 영향으로 철학과 의학, 과학적 탐구에 흥미를 갖고 세계에 대한 견문을 넓히게 되었다. 아버지가 암살당하자 젊은 나이에 왕위에 오른 그는 페르시아 제국을 무너뜨리고 이집트를 정복한 후 인도까지 진출하였으며, 지역 왕국들로 이루어진 헬레니즘 세계의 토대를 쌓았다. 그는 살아 있을 때부터 정복왕의 전설적인 주인공이 되었다.

  한번은 알렉산더 대왕이 군대를 이끌고 열 배나 되는 적들과 싸우게 되었다. 싸움터로 가던 도중 대왕은 작은 사원에 들러서 승리를 기원하는 기도를 올렸다. 기도를 마치고 나오자, 장수들과 병사들이 기대에 찬 눈빛으로 대왕을 바라보았다. 대왕은 손에 동전 하나를 들고 말했다.

  "자, 이제 기도를 마쳤다. 이 기도는 틀림없이 영험이 있을 것이다. 나는 이 동전을 던져 영험을 시험해보고자 한다. 이 동전을 공중에 던져 앞면이 나오면 우리가 승리하는 것이고, 뒷면이 나오면 우리는 패배할 것이다."

  대왕은 비장한 표정으로 동전을 하늘 높이 던졌다. 모두들 숨을 죽이고 동전을 주시했다. 군사들이 떨어진 동전을 보니 동전은 앞면이 위로 올라와 있었다.

"앞면이다! 우리가 이긴다!"

기쁜 함성이 천지를 뒤흔들었다. 군사들의 사기는 단번에 올라갔고, 그들은 그 날 전투에서 적을 격파할 수 있었다. 승리를 축하하는 자리에서 한 장수가 말했다.

"운명이란 무서운 것입니다. 저희가 열 배나 되는 적을 이겼으니 말입니다."

그러자 알렉산더 대왕이 말했다.

"과연 그럴까? 그 동전은 양쪽 다 앞면이었다네."

나를 믿는 민중들을 버릴 수는 없다

유비(劉備, 161~223)는 소설 『삼국지연의』에서 의인으로 그려지고 있다. 악역은 말할 것도 없이 조조(曹操)이다. 이 두 사람의 대결이 소설에서 드라마틱하게 형성되어 있으나 실제 두 사람의 승부는 항상 유비가 당하는 쪽이었다. 좀 더 사실대로 말한다면 유비는 조조에게 역부족이었다.

조조가 대군을 동원해 남쪽을 정벌할 때의 일이다.

유비는 형주를 거점으로 하는 유표의 손님으로 번성에 주둔하고 있었다. 때마침 유표가 죽고 그의 아들 유종이 뒤를 이었으나 유종은 조조의 세력을 두려워해 항복했다. 조조의 대군과 맞서 싸울 수가 없어 유비는 할 수 없이 근거지였던 번성을 버리고 강릉으로 철수하기 위해서 대열을 재정비하려 했다. 그런데 유종이 단념한 형주의 민중들이 유비의 대열로 합류하면서 그 수가 10만 명을 넘고, 마차 수레가 수천 대에 이르렀다.

그리하여 유비군의 철수는 매우 더뎌질 수밖에 없었다. 조조군의 추격이 거세어지자 유비의 참모 가운데 한 사람이 진언을 했다.

"장군, 속도를 빨리하지 않으면 조조군에게 붙잡힐 지경입니다. 뒤따라오는 민중들은 스스로 살 길을 찾으라 하고 우리 군대를 앞서 보내야 할 줄로 압니다."

이 말에 유비는 이렇게 말했다.

"당장 급하다고 나를 믿고 따라나선 민중들을 여기서 버리고 달아날 수는 없다. 우리가 모두 살아 돌아가든지 아니면 모두 죽음을 당하든지 그것은 하늘에 맡길 일이다."

이것이 유비의 기본적인 세계관이었다. 아니나 다를까 유비의 본대는 이내 조조의 병사들에게 따라잡혀 큰 피해를 당했다. 유비 또한 처자를 버리고 도망할 수밖에 없었다. 유비가 조조와 다른 고난의 인생 행로를 걸을 수밖에 없었던 가장 큰 이유가 바로 이런 것이다.

유비의 인생은 굴곡이 심한 편이었다. 젊었을 때 후한말의 혼란을 틈타 군사를 일으켰지만 50세가 되도록 자기의 세력을 가지지 못했다. 당시의 50세라면 이미 만년에 가까운 나이다. 그러나 유비는 만년이 되어 촉(蜀, 지금의 사천성)의 땅에 자신의 세력을 일으키는 데 성공했다. 이것을 보통 '촉한 왕조'라 한다. 촉한은 조조가 이룩한 위(魏) 왕조를 대기업으로 친다면 기껏해야 중소기업 정도라 할 것이다. 그러나 맨손으로 시작해 이 정도라도 일으킨 것을 보면 기적에 가까운 일이라 할 만하다.

그 같은 기적을 가능하게 한 것은 무엇일까. 한마디로 말해 제갈공명, 관우, 장비를 비롯해 그의 아랫사람들이 모두 유비를 위해 몸과 마음을 아끼지 않고 일했기 때문이다. 유비에게는 아랫사람들이 '이 사람을 위해서라면 목숨을 던져도 아쉬움이 없다'라고 생각할 수 있을 만큼 인간적인 매력이 넘쳤다. 어쩌면 이것이 유비가 가진 최대의 정치적 자산이라 말할 수 있겠다.

요즘 들어서 『삼국지연의』의 주인공들에 대한 해석이 아주 분분하지만 '의리' 하면 역시 유비의 사람들을 따라올 집단은 없을 성싶다. 개인적인 능력 면에서는 조조가 유비를 훨씬 앞서는 탓에 현대의 평자들은 능력 위주의 해석을 해서 현대에는 조조 같은 사람이 어울린다고도 하지만, 사실 사람살이는 능력도 중요하지만 인간다움을 지녀야 멋이 있는 것이 아닐까.

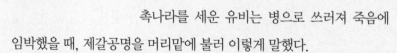

촉나라를 세운 유비는 병으로 쓰러져 죽음에 임박했을 때, 제갈공명을 머리맡에 불러 이렇게 말했다.

"공명의 재능은 조비에 비해 열 배가 넘으니 필히 나라를 안정케 하고 마침내 큰일을 해낼 것으로 믿소. 내 아들 유선은 어리고 재능이 부족하니 그가 이 나라를 다스리지 못할 것 같으면 공명이 알아서 나랏일을 맡기 바라오."

중국에 수많은 황제가 있었으나, 신하에게 이렇게 두터운 신뢰를 가진 황제는 없었다.

그때 제갈공명은 유비의 말에 이렇게 대답했다.

"신 공명은 목숨이 다할 때까지 작은 군주(유선)를 받들어 나라를 일으키겠습니다."

이 말과 같이 제갈공명은 유비의 사후에도 몸과 마음을 다하여 그의 아들이자 촉나라의 왕인 유선을 도와 나라를 일으켰다. 제갈공명이 그렇게 충성을 다한 것은 유비로부터 받은 두터운 신뢰가 있었기 때문이다.

유비의 두터운 신뢰는 물론 제갈공명에 한한 것이 아니었다. 너무도 유명한 관우와 장비와는 '도원결의'를 통해 형제애로 맺어졌으며, 이 두 사람은 처음부터 끝까지 생사를 함께했다.

제갈공명을 군사(軍師)로 맞이했을 때 유비는 마흔일곱 살, 불우했다고는 해도 천군만마를 거느린 역전의 장수였다. 그에 비해 제갈공명은 스물일곱 살, 일부에서 이름이 알려졌다고는 하나 백면서생에 불과했다. 유비는 그런 상대에게 '삼고초려'를 하여 군사로 맞이한 것이다. 그것은 아무나 할 수 있는 일이 아니었다.

후일 공명은 「출사표」에서 다음과 같이 회상하고 있다.

"선제께서는 비천한 나를 찾아와 스스로 몸을 굽혔다. 그것도 한 번이 아니라 무려 세 번씩이나 낮고 초라한 나의 집을 찾아, 내게 세상의 일을 묻고 뜻을 구하고자 했다. 어찌 감격하지 않으리오. 내가 선제의 뜻을 따르는 것은 너무도 당연한 일이다."

자기 자신을 믿는 자는 남을 의심하지 않는다. 자신을 확신하는 사람만이 또한 타인을 신뢰할 수 있다. 현재의 자신을 믿는 사람은 미래의 자신을 믿을 수 있으며 또한 자신이 바라는 대로 느끼고 행동한다.

자신을 신비화시켜라

기원전 8세기, 중동지역에 있던 메디아라는 나라는 오랫동안 아시리아의 지배를 받고 있었다. 마침내 메디아 사람들은 반란을 일으켜서 독립을 쟁취했다. 그들은 아시리아의 오랜 압제에 시달린 터라 전제정치를 피하기 위해 한 사람에게 절대 권력을 주지 않기로 하고 왕도 세우지 않고 민주정치를 폈다. 그러나 강력한 지도자가 없었기 때문에 나라는 곧 혼란에 빠져들고 말았다.

그때 메디아의 한 고을에 데이오케스(Deioces)라는 족장이 살고 있었다. 그는 아주 명석한 사람으로 공정하게 분쟁을 해결함으로써 널리 이름이 알려져 있었다. 많은 사람들이 그의 소문을 듣고 법적인 분쟁이 생기면 모두 그를 찾아갔다.

그는 차츰 메디아 땅의 유일한 법적 중재자이자 재판관이 되었다. 그런데 그는 가장 이름이 드높아질 시기에 갑자기 일을 그만두겠다고 선언했다.

"남의 문제들을 처리해주느라 정작 나의 일은 하나도 못 하고 있소. 이제부터는 내 일을 하고 싶소."

이것이 그의 은퇴 이유였다. 그러자 나라는 다시 혼돈으로 빠져들었다. 데이오케스와 같은 강력한 중재자가 사라지자 다시 범죄와 혼탁한 싸움질이 늘어났다. 메디아 사람들은 난국을 타개하기 위해서 회의를 열었다. 한 족장이 말했다.

"이런 식으로 가다가는 나라가 또 망하고 말 것이오. 우리도 왕을 세워서 강력한 통치를 펴야만 합니다."

그들은 왕을 세우기로 결정했다. 그들은 물론 공명정대하기로 소문난 데이오케스를 왕으로 옹립하기로 결정했다. 그런데 문제는 데이오케스의 완강한 거절이었다. 그러나 사람들이 당신만이 이 나라를 구할 수 있는 사람이라고 애원하며 매달리자 그는 마침내 수락했다.

그러나 알고 보면 데이오케스는 매우 큰 야망을 가진 사람이었다. 그는 일찌감치 메디아에 강력한 지도자가 필요하다고 보았다. 그래서 그는 재판관으로서 절정에 이르렀을 때, 남들이 자신을 가장 필요로 할 때 물러나는 결단을 내렸던 것이다. 그것은 자신의 '값'을 올리는 처세였다. 그는 자신이 너무 쉽게 접근할 수 있는 사람이 되어버리면 사람들의 존경심이 희박해진다고 생각했다. 그는 모습을 감춤으로써 자신을 신비화시키고 메디아 사람들에게 그가 얼마나 필요한 사람인지를 각인시켰다. 결국 그의 예상대로 사람들은 다시 그를 찾아왔다. 그러나 데이오케스는 왕위를 받아들이는 대신 이런 조건을 내세웠다.

"나는 사람들과 그 전처럼 쉽게 만나고 싶지 않소. 그래서는 나라를

제대로 이끌어나갈 수가 없을 것이오. 내가 거처할 새로운 궁전을 짓
도록 하겠소."

사람들은 그의 요구를 들어주었다. 궁전이 완성되자 데이오케스는
그 안으로 들어갔다. 궁전은 담으로 겹겹이 둘러싸여 일반인들이 접근
할 수 없었다. 데이오케스는 일반인은 자신이 있는 곳에 들어올 수 없
다고 못 박았다. 왕에게 말을 하려면 사람을 통해야 했다. 데이오케스
는 부재(不在)가 가지는 힘을 확인하자 그것을 극단으로 밀고 나갔다.
왕궁에 있는 사람들도 일주일에 한 번, 허락을 받을 때만 왕을 볼 수 있
게 한 것이다.

데이오케스는 53년 동안 메디아를 통치하며 거대한 제국으로 확장
시켰다. 그리하여 그는 훗날 그의 5대손인 키루스가 페르시아 제국을
건설할 수 있는 기초를 닦았다. 데이오케스가 통치하는 동안 사람들의
존경심은 점차 숭배로 바뀌었다. 결국 사람들은 그가 '신의 아들'이라
고 믿게 되었다.

메디아 왕국

　　기원전 6세기 초 메디아의 캬샤레스 왕은 아시리아의 수도 니네베를 공격하여 아시리아 제국을 붕괴시켰다. 또한 그는 리디아 왕국과 싸워서 소아시아 동쪽을 차지함으로써 서쪽으로는 카파도키아, 동쪽으로는 인더스 강 근방에 이르는 대제국을 건설했다.

　　메디아는 카스피 해의 서쪽과 남쪽에 자리 잡은 국가였다. 대부분 해발고도 900미터에서 1,500미터에 이르는 산맥들로 이루어진 지형 속에서 메디아인들은 유목민으로 살아왔었다. 유목국가였던 메디아는 품종이 좋은 말과 낙타, 나귀, 노새, 소, 염소, 양과 같은 가축들을 노리는 아시리아의 침입을 많이 받았다. 그것이 메디아의 초창기 모습이었다. 그러다 데이오케스가 등장하면서 메디아에 통일의 기운이 감돌기 시작한다. 기원전 2세기의 역사가 헤로도토스는 이렇게 쓰고 있다.

　　"메디아 사람들은 데이오케스라는 통치자가 다스리는 하나의 통일 왕국을 형성했다."

　　메디아는 유목국가였지만 아시리아를 병합한 후, 상당한 수준의 도금술과 제련술을 발달시켜 새로운 무기를 만들어냈다. 그들의 무기는 페르시아에 그대로 전수되었고 대(對)바빌로니아 전쟁(BC 554~BC 539)에서 신바빌로니아의 멸망을 초래할 정도로 강력한 힘을 발휘했다.

Chapter 2_
사업가

•••

미래를 내다보는 혜안

기회를 잡는 자는 미래를 내다보는 혜안이 있어야 한다. 빌 게이츠(Bill Gates, 1955~)야말로 미래를 제대로 내다보고 특유의 순발력으로 그 기회를 낚아챈 대표적인 기업인이다.

2006년 3월 9일, 미국의 종합경제지 『포브스』는 세계 갑부 793명의 명단을 발표하면서 빌 게이츠가 500억 달러의 순자산을 보유해 12년 연속 세계 최고 부자의 자리를 차지했다고 밝혔다.

빌 게이츠의 성공 신화는 그의 나이 20세 때 마이크로소프트(MS)를 창업한 데서 비롯된다. 그는 고등학교 시절 틈틈이 컴퓨터 프로그램을 만드는 아르바이트를 하면서 자신에게 다가온 '평생의 기회'에 대한 예감을 가졌다.

"폴! 앞으로는 집집마다 퍼스널 컴퓨터가 보편화되는 시대가 올 거야."

고등학생인 빌 게이츠가 친구인 폴 앨런(Poul Allen)에게 말했다.

"정말 그럴까?"

폴은 반신반의하며 물었다.

"내 말이 맞을 거야."

빌 게이츠는 저렴한 컴퓨터가 가져올 미래상을 펼쳐 보였다. 당시는 컴퓨터 전문가들조차 컴퓨터는 국가기관이나 큰 회사에서 업무용으로 쓸 수 있을 뿐이란 생각을 하고 있을 때였다. 빌의 설명을 들은 폴은 동의했고, 두 사람은 곧 의기투합했다. 1975년, 두 사람은 헛간에서 뮤지컬 연습을 하면서 스타의 꿈을 키우는 영화 속의 주인공처럼 젊은 패기 하나만으로 회사를 차렸다.

빌 게이츠는 꾸물거릴 시간이 없다고 생각했다. '책상 위의 작은 컴퓨터를 위한 베이직 프로그램'을 개발하는 것이 그의 첫 사업이었다. 그는 그것이 곧 전 세계의 직장과 가정에 보급되어 폭발적인 수요를 창출할 것임을 예측하고 흥분을 감추지 못했다.

그 절호의 기회를 놓치고 싶지 않았던 빌 게이츠는 모험을 시도했다. 그는 프로그램을 개발할 시간이 없다는 판단에 따라 시애틀의 한 회사에서 초기 개발 단계에 있던 소프트웨어인 Q-DOS를 50달러의 헐값에 구입했다. 그는 수정에 수정을 거듭한 끝에 그 프로그램을 MS-DOS로 탈바꿈시켰다. 또한 빌 게이츠는 IBM을 상대로 뛰어난 비즈니스 능력을 발휘해 그 제품을 IBM PC를 작동시키는 운영체계로 끼워 넣는 데 성공했다.

1981년 8월, IBM PC가 시장을 강타했다. 빌 게이츠의 예상은 맞아떨어졌다. IBM PC는 순식간에 퍼스널 컴퓨터 시장을 장악했고, IBM

PC가 전 세계 퍼스널 컴퓨터의 표준으로 자리매김함에 따라 MS-DOS는 덩달아 전 세계의 퍼스널 컴퓨터를 구동시키는 세계적인 표준 소프트웨어가 됐다.

그 후 윈도우로 이어지는 MS의 운영체계는 전 세계 퍼스널 컴퓨터의 90% 이상을 움직이게 되었다. 그리하여 MS는 그 거대한 IBM을 누르고 세계 제일의 컴퓨터 제국을 이뤄냈으며, 빌 게이츠는 컴퓨터 시대의 황제로 등극했다. 어찌 보면 IBM은 MS를 위해서 'PC'라는 용어와 제품을 널리 보급시킨 셈이었다.

20여 년이 지난 지금도 MS의 운영체계는 세계 퍼스널 컴퓨터의 표준으로 군림하고 있다. 그 결과 빌 게이츠는 10여 년간 세계 제일의 갑부 자리를 유지하게 된 것이다.

부 (富) 의 사 회 환 원

2006년 6월 15일, 빌 게이츠는 "앞으로 2년 후
인 2008년 7월부터 일상적인 회사 업무에서 손을 떼고 '빌 앤드 멜린
다 게이츠 재단(Bill and Melinda Foundation)'에서 세계 보건 및 교육
사업에 더 많은 시간을 보낼 것"이라고 밝혔다. 그는 발표문에서 "이
번 결정은 힘든 결정이었다. 하지만 나는 복지사업을 경영 외에 또 하
나 중요하고 도전할 만한 분야로 생각하고 있고, 그래서 매우 행복하
다"라고 말했다.

빌 게이츠는 현재 세계 제일의 부자이자 기부를 많이 하는 사람이
다. 하지만 그는 아내 멜린다 게이츠를 만나기 전까지는 박애나 자선
사업에 관심 있는 인물은 아니었다. 그는 1990년대 초까지는 기부를
권하는 아버지 윌리엄 H. 게이츠의 말에 들은 척도 하지 않았다. 그러
나 사랑스런 아내의 설득에 그는 결국 마음을 돌렸다.

1994년 1월, 빌 게이츠가 자기 회사 직원인 멜린다와 결혼했을 때
세상 사람들은 놀라움을 금치 못했다. 세계 최고의 부자가 선택한 여
인이 외모나 집안이 너무도 평범한 여인이었기 때문이다. 그녀는 미국
의 평범한 집안에서 자라났으며, 듀크 대학에서 컴퓨터공학 학사와 경
영학 석사(MBA) 학위를 취득하고 1987년 MS에 입사해서 빌 게이츠와
결혼할 때까지 프로그램 매니저로 일했다.

현대판 신데렐라가 된 그녀는 결혼 이후 남편을 설득해서 '자선의

여왕'으로 변신했다. 멜린다가 제3세계 저개발 국가의 헐벗고 굶주린 사람들을 돕겠다고 나서게 된 계기는 1993년 아프리카 여행에서 비롯되었다. 멜린다는 여행 중 흙길을 맨발로 걸어가는 여성들의 모습에서 큰 충격을 받았다.

"아무리 눈을 씻고 둘러봐도 도대체 신발을 신은 여성을 찾을 수가 없었어요. 아프리카는 나를 영원히 변화시켰어요"라고 그녀는 회고했다.

그녀는 2000년 제3세계 빈민 구호와 질병 퇴치를 위해 '빌 앤드 멜린다 게이츠 재단'을 설립하고 1999년 이후 2003년까지 5년간 자그마치 230억 달러(27조 원)를 기부했다. 이 금액은 빌 게이츠가 가진 전 재산의 절반에 해당한다.

멜린다는 독점 시비에 휘말리고, 기업 사냥꾼이라는 일부의 손가락질을 받던 빌 게이츠를 결국 저개발 국가 어린이의 교육과 난치병 연구 등 사회 공헌 프로그램에 천문학적인 규모의 돈을 기부하는 세계 최고의 자선사업가로 변신시켰다. '빌 앤드 멜린다 게이츠 재단'은 1998년 한국이 유치한 국제백신연구소(IVI)에도 개도국 어린이를 위한 백신 개발 연구기금으로 1억 달러를 내놓은 바 있다.

빌 게이츠는 이렇게 말하며 기업인의 사회 공헌 의무를 강조하고 있다.

"성공을 거둔 기업가는 부를 사회에 돌리고, 또 세계의 불평등을 개선할 수 있는 길을 찾아야 한다."

대량 생산의 시대를 연 자동차왕

헨리 포드(Henry Ford, 1863~1947)는 가난한 농부의 아들로 태어났다. 그는 16세에 학교를 중퇴하고 직공, 시계수리공 생활을 하다가 기계 공작소에 들어가서 자동차란 물건과 조우하게 된다. 그는 자동차를 연구하기 시작하면서 자동차야말로 새 시대가 요구하는 필수품이 될 것임을 간파했다. 그는 33세가 되던 1886년, 4륜 마차 차체에 가솔린 엔진을 장착한 자동차를 최초로 완성하고 환희에 들뜬다.

헨리 포드는 그 후에도 오랜 연구와 실험을 거듭한 끝에 1903년 드디어 '포드 자동차 회사'를 설립하고 본격적인 자동차 생산에 들어간다. 그때 포드는 20세기를 송두리째 변혁시킬 중대한 결심을 했다.

"내 목적은 대중을 위한 자동차를 만드는 것이다. 성실하게 일하는 사람이라면 누구라도 살 수 있는 저렴한 가격의 자동차를 만들어서 집집마다 자동차를 소유하게 할 것이다. 그러면 그들은 신이 창조한 이

넓은 세상에서 가족들과 함께 여가를 마음껏 즐길 수 있을 테고, 말은 도로에서 사라지고 그 대신 자동차가 달리게 될 것이다."

이 결심은 그에게 새로운 대량 생산방식을 도입하게 만들었다. 어느 날 그는 도축장을 지나다가 도축된 고기들이 컨베이어 벨트를 타고 운반되는 것을 보고는 무릎을 쳤다. 그는 즉시 자동차 공장에 컨베이어 벨트를 설치했고 분업식 조립 라인을 만들어냈다. 이 '일괄 생산방식'의 도입은 공장 생산방식에 엄청난 변화를 가져왔고 놀랄 만한 반향을 불러일으켰다.

1913년 미시간 주에 건설된 포드 자동차 공장에서 최초로 가동된 일괄 생산 라인은 자동차 생산에 혁명을 몰고 왔다. 생산시간은 1/10로, 가격은 1/3로 떨어진 것이다. 공장 내부에는 컨베이어 벨트가 물 흐르듯이 연결되었고 노동자들은 분업식 라인에 배치되어 엔진, 바퀴, 차체, 새시를 조립하고 컨베이어 벨트가 끝나는 곳에서는 완성된 자동차가 떨어져 나왔다. 연간 16만 대였던 생산량이 36만 대로 늘어났고, 850달러에 이르던 자동차 가격은 440달러로 내렸다. 이로써 포드는 전 세계 자동차의 절반 이상을 생산하여 내보내기 시작했다.

자동차의 대량 생산은 대량의 수요를 창출했고 이는 거대 기업을 탄생시키는 촉매제가 되었다. 또한 자동차의 대량 공급은 여행의 개념을 근본적으로 바꾸는 등 인간 생활의 전반을 변화시켰고 다양한 종류의 산업을 일으키는 데 큰 기여를 했다. 포드는 산업혁명을 완성하고 새로운 산업 생산방식의 청사진을 제시한 셈이 된 것이다.

1923년 한 해 동안 포드 자동차는 212만 898대라는 경이적인 숫자의 자동차를 생산했는데, 이 'T형' 자동차는 1927년 생산을 멈출 때까지 1,700만 대라는 어마어마한 숫자를 생산해서 20세기 초 최고의 히트 상품이 되었다.

영국의 소설가 올더스 헉슬리는 『멋진 신세계(Brave new world)』란 소설에서 포드의 대량 생산 라인이 일으킨 혁명을 일컬어 '포드 기원(紀元)'이라는 용어를 만들어내기도 했다.

포드는 '자동차왕'의 영예를 얻음과 동시에 세계 최고의 갑부가 되었다. 하지만 그는 검소하고 절약하는 생활을 견지했고, 장작을 패는 것으로 건강 관리를 하며 이런 말을 했다.

"내 손으로 장작을 패라. 그러면 이중으로 따뜻해진다."

헨리 포드, 현대를 발명한 사나이

'자동차왕'으로 불리는 헨리 포드는 1863년 미시간 주 디어본에서 가난한 농부의 아들로 태어났다. 포드는 12세 때 증기엔진을 목격하고 자동차에 대한 꿈을 꾸기 시작했다. 포드와 자동차에 관한 다음과 같은 일화가 있다.

어느 날 밤 포드의 어머니는 갑자기 혼수상태에 빠졌다. 열두 살 난 헨리 포드는 늦은 밤에 30리를 숨차게 달려가서 의사를 데리고 왔다. 그러나 어머니는 의사가 도착하기 전에 숨을 거두었다. 어린 포드는 어머니가 돌아가시기 전에 의사를 데리고 오지 못한 것이 가슴 아팠다. 그때 그는 기차처럼 빠르고, 말처럼 아무 데나 달릴 수 있는 차를 만들겠다고 결심했다.

1896년, 포드는 자신의 집 창고를 개조한 실험실에서 최초의 '포드 1호'를 끌고 모두가 잠든 새벽의 거리로 나왔다. 자전거 바퀴에 4륜 마차의 차대를 얹고 자신이 직접 만든 2기통짜리 휘발유 엔진을 장착한 볼품없는 이 자동차가 인류의 새로운 발이 되어줄 것이란 사실은 아무도 몰랐다.

당시 디트로이트에는 50여 개 이상의 자동차 회사들이 존재하고 있었다. 그들은 자동차를 부자들의 기호품이나 경주용으로만 생각하고 있었다. 그러나 포드는 달랐다. 그는 자동차가 미래의 주요한 운송수단이 될 것이며, 대중의 필수품으로 자리 잡을 것임을 간파했다. 처음 포드의 꿈은 모든 농민들에게 마차 대신 기동력이 뛰어난 자동차를 보급하는 것이었다. 포드는 자신의 자동차를 저렴한 가격에 누구나 구입할 수 있도록 하겠다고 공언했다.

1908년, 그는 드디어 세계 최초의 양산 대중차 'T형 포드'의 제작을 개시했다. 또 그는 1913년 조립 라인 방식에 의한 양산체제인 포드 시스템을 확립했다.

포드 이전의 자동차가 장인들에 의해 수공 생산되던 수공품이었다면, 포드는 대량 생산과 생산기술 혁신을 통해 자동차를 공산품으로 생산해낸 것이다. 지금까지는 노동자들이 공구를 들고 작업대로 찾아가 제품을 만들고 조립해왔지만 포드에 이르러서는 컨베이어 벨트가 끊임없이 생산 조립품을 실어 나르고, 노동자들은 나눠 받은 작업 동작을 온종일 반복하는 풍경이 일상화되었다.

포드는 그 밖에도 수많은 기술상의 새로운 기법을 개발했고 계획, 조직, 관리에 있어서 합리적 경영방식을 도입했다. 그가 처음 자동차 회사를 설립했을 당시 자동차를 사거나 바꾸기 위해 기다리는 고객은 거의 없었다. 그는 자동차를 만드는 것과 동시에 고객을 만들어야 했다. 그의 자동차 생산과 소비에 대한 독창적인 생각은 맞아떨어졌고, 동시에 '현대'의 출발점이 되었다.

포드의 새로운 시스템으로 인해서 미국은 대규모 공장 단지와 전용기계 등을 이용한 대량 생산체제로 변환되었다. 전 세계는 그러한 '포드주의(Fordism)'를 따라갔으며 그것은 20세기 인류사회를 바꾸어놓았다.

한국 컴퓨터 바이러스 백신의 파수꾼

살다 보면 양자택일의 순간, 결단의 순간이 누구에게나 오는 법이다. 이때 선택을 잘한 사람은 성공의 가도를 달리고 그렇지 못한 사람은 조금은 쓸쓸한 삶을 살게 된다. 한국 컴퓨터 바이러스 백신의 대부 안철수(1962~)에게는 그런 순간이 두 번이나 찾아왔다.

첫 번째 순간은 그가 군대를 제대했을 때 찾아왔다. 안철수는 3년 동안 해군에서 군의관으로 복무했는데, 그가 제대하자마자 여러 대학에서 교수로 초빙하겠다는 제의가 들어왔다. 그는 군대에 가기 전에 박사학위를 딴 상태였음으로 20대 박사에 20대 교수로서의 화려한 삶이 열리는 순간이었다. 하지만 그는 그 길을 버리고 다른 길을 선택했다. 그는 군복무 중에도 컴퓨터 바이러스 백신인 'V3'를 개발해서 전국의 컴퓨터 사용자들에게 무상으로 배포하고 있었는데, 그는 아버지의 소원대로 의대를 나와 박사학위까지 받았지만 자신이 하고 싶은 그 일을 하기로 결정한 것이다.

안철수는 1995년 3월 15일, 평생을 컴퓨터 바이러스 백신을 연구하는 데 바치기로 결심하고 '안철수바이러스연구소'를 차렸다. 7명의 직원을 데리고 서초동의 조그만 사무실에서 출범한 연구소는 처음부터 적자를 면하기 어려웠다. 바이러스 백신을 만들어서 7년 동안이나 무상으로 배포해온 탓에 사람들은 돈을 주고 백신을 사려고 하지 않았기 때문이었다. 하는 수 없이 그는 사재를 털고 부모님에게 돈을 빌려 직원들 월급을 주면서 연구소를 꾸려나갔다. 자신이 경영을 너무 모른다는 생각에 그는 프로그램 연구와 개발은 직원들에게 맡기고 경영학을 배우러 미국 펜실베이니아 대학 경영대학원인 와튼 스쿨로 유학을 떠났다. 이메일로 사업 보고를 받고 결재를 하면서 2년간의 힘겨운 경영학 석사 과정을 마치고 학위를 수여 받았다.

그때 안철수에게는 두 번째 결단의 순간이 찾아왔다. 세계 최대의 컴퓨터 바이러스 백신 회사인 맥아피(현 내셔널 어소시에이트)가 1천만 달러를 내놓으며 '안철수바이러스연구소'를 매입할 의사를 피력한 것이다. 당시 연구소는 극심한 재정난에 처해 있던 터라 그 금액은 결코 무시할 수 있는 돈이 아니었다. 하지만 그는 그 엄청난 제의를 단호히 거절했다. 후일 그는 이렇게 거절의 변을 밝혔다.

"상업적 이익만을 따지는 외국 기업에 회사를 팔면 가족, 직원, 우리나라 고객 모두가 피해를 본다. 직원들은 쫓겨나고 고객은 백신을 사는 데 비싼 돈을 들여야 했을 것이다. 나에게는 돈보다 인간 관계, 성취욕구 등이 훨씬 중요했다."

이런 신념에 찬 선택은 훗날 그에게 커다란 성공을 가져다주었고 그를 한국을 대표하는 스타 CEO로 탄생시켰다.

2001년 안철수는 자신의 연구소를 코스닥 시장에 등록하는 데 성공하면서 스타 CEO로 떠올랐고 벤처 신화의 한가운데 우뚝 서게 된다. 이때 안철수연구소의 공모주 청약 규모는 약 440억 원어치 정도였는데, 주식을 사겠다고 신청한 금액은 모두 1조 5천억 원이나 될 정도로 투자가들이 몰려들었던 것이다. 안철수연구소가 그 정도의 성과를 낼 수 있었던 것은 회사 설립 후 일관된 가치를 고수하여 시장에 믿음을 주었기 때문이었다.

만약 안철수가 당장의 어려움을 이기지 못하고 연구소를 팔아 넘겼더라면 지금 안철수연구소는 존재하지도 않고 우리나라는 외국계 회사의 비싼 백신을 사서 써야만 하는 '백신 식민지'가 되어 있을지도 모를 일이다.

안철수는 회사를 세운 지 정확히 10년째 되는 날인 2005년 3월 18일, 안철수연구소의 CEO 자리에서 물러났다. 그의 퇴진은 동종업계는 물론 한국 기업인들에게 큰 충격을 주었다. 40대 중반의 한참 일할 나이에 잘나가는 회사의 창업주가 물러난다는 것은 누구도 납득하지 못할 일이었기 때문이다.

그러나 안철수는 회사가 정상적으로 성장하고 10년이 지나면 물러날 것이라고 늘 주변 사람들에게 말해왔었다.

"안철수연구소의 설립자이자 주주(그는 회사 주식을 38.45% 갖고 있다)의 눈으로 최고경영자인 나를 평가해서 부족하다고 판단되면 언제든지 물러나겠다고 늘 다짐해왔습니다."

2004년 안철수연구소는 당기순이익이 국내 소프트웨어 업체로는 최고 기록인 106억 원에 달했고, 매출은 315억 원을 올렸다. 그것은 전년도인 2003년과 비교하면 매출은 14%, 순이익은 155.3% 늘어난 것이다. 더구나 창립 10년 만에 순이익 100억 원대 기업 대열에 든 쾌거를 이룩한 것이고, 같은 시기에 다른 컴퓨터 보안업체들의 매출과 이익은 대부분 정체되거나 크게 떨어졌다는 사실을 감안하면 경쟁업체들의 부러움을 사기에 충분한 실적이었다.

그런데 이러한 시기에 안철수는 회사 운영을 전문 경영인에게 맡기고 사퇴를 결정했다. 사퇴를 결정한 후, 안철수는 곧바로 사장실에서

짐을 정리하며 취재차 찾아간 어느 신문사의 기자에게 이렇게 말했다.

"지난 10년 동안 나는 절벽을 오르는 등반가였습니다. 이제 등산을 마친 것처럼 홀가분합니다."

그러면서 그는 세상에서 가장 행복한 표정을 지었다. 기자는 15년 동안 안철수를 보아왔지만 오늘처럼 행복한 표정은 처음 보는 것 같다고 말했다. 그러자 안철수는 이렇게 대답했다.

"제대로 보셨습니다. 사람을 많이 만나는 것을 싫어하지도 않지만, 좋아하는 성격도 아닙니다. 그래서 의대에 가서도 실험실에서 연구하는 것을 더 좋아했지요. 회사를 설립해 사장을 맡은 것도 한글과컴퓨터에 속아서였습니다. 제가 사장을 해야 투자를 하겠다고 했어요. 자신 없다고 했더니, 사장은 사람을 많이 만나지 않아도 된다고 했습니다. 곧 속았다는 것을 알았지만 이미 시작했으니 어쩌겠어요. 게다가 식구(직원)까지 딸렸으니. 그러니 어찌 행복할 수가 있었겠습니까?"

"그래도 늘 웃는 모습이었는데요?"

"2003년이었을 겁니다. 매출이 갑자기 정체되기 시작했어요. 곧 다시 좋아질 것이라고 믿었지만 마음은 편치 않더라구요. 어느 날인가 나도 모르게 회사에서 심각한 표정을 지었던 것 같습니다. 나갔다 들어오니 사무실 분위기가 축 늘어져 있더군요. 아차 싶었습니다. 한번은 회사일과 관련한 사소한 고민거리 하나를 지나가는 말로 아내에게 얘기한 적이 있었는데요. 며칠 동안 밤잠까지 설치는 거예요. 그러니 회사에서도 집에서도 모두 잘되고 있다는 표정을 지을 수밖에요. 남들은 성공했다고 할지 모르나, 나는 늘 긴장 속에서 살았습니다."

'황의 법칙'을 세운 '미스터 반도체'

　　황창규(1953~) 삼성전자 반도체총괄 사장은 근래 들어 부쩍 매스컴의 각광을 받고 있는 인물이다. 그것은 그가 세운 '황의 법칙'이 그 동안 컴퓨터 세계를 지배한 '무어의 법칙'을 대신할 대체 법칙으로 자리 잡고 있기 때문이다. 그는 2002년, 메모리 집적도가 2년에 2배로 증가한다는 무어의 법칙이 한물간 것이고 이제는 1년에 2배로 증가한다는 '황의 법칙'을 주창했는데 직접 삼성전자의 기술력으로 증명해 보이고 있는 것이다.

　　모든 사업의 성공에는 선견지명과 운이 따라야 하는 법이다. 황창규가 오늘날 '황의 법칙'을 세우고 '미스터 반도체'라는 닉네임을 가질 정도로 국제적인 인정을 받게 된 데는 천재적 엔지니어로서의 선견지명이 있었고 운이 따라주었기 때문이다.

　　1998년이 저물어갈 무렵의 일이다. 황창규는 매주 월요일마다 열리는 삼성전자 경영위원회에서 '낸드(NAND : 데이터 저장형) 플래시에 투자해야 한다'는 주장을 몇 주째 펴고 있었다.

　플래시메모리는 전원이 끊겨도 데이터를 보존하는 롬의 장점과 정보의 입출력이 자유로운 램의 장점을 모두 지니고 있어서 쓰임새가 갈수록 커지고 있는 반도체였다. 그러나 개발 초기 단계에 있었기 때문에 삼성 수뇌부는 물론 구조조정본부도 황 사장이 주장하는 새로운 낸드 방식에 대한 시장의 향방을 점치기 어려워서 선뜻 결정을 내리지 못한 채 시간을 보내고 있었다.

　황 사장은 속이 탔지만 달리 방법이 없었다. 그러던 중에 일본 도시바가 낸드 플래시메모리 사업 합작을 삼성에 제의했다. 당시 일본 반도체업계는 혹독한 불황으로 구조조정을 추진하고 있었는데, 도시바는 D램 사업을 정리하면서 낸드 플래시메모리 사업에 승부수를 걸기 위해 삼성 측에 극비 제안을 해온 것이다.

　그때 황창규는 단호하게 독자 개발을 주장했다.

　"낸드 플래시는 우리 회사가 수종사업으로 키워온 핵심 프로젝트입니다. 독자적으로 사업을 추진하는 것이 바람직합니다. 도시바에 비해 기술 수준이 조금 뒤지지만 수년 안에 따라잡을 수 있습니다."

　다행히 삼성 이건희 회장은 황 사장의 주장을 받아들였고, 도시바의 제의는 정중히 거절되었다. 천재적 엔지니어와 선견력을 가진 오너의 결단이 훗날 반도체의 역사를 바꾸어놓는 순간이었다. 그때 그러한 결단이 없었다면 낸드 플래시메모리 사업은 도시바의 그늘에 가려 몇 년은 후퇴했을 것이다. 그 후 삼성은 도시바의 견제를 완전히 따돌리면서 낸드에서 우월한 입지를 확보해나갔다.

황 사장은 낸드 플래시메모리 개발에 진력하여 2002년 마침내 1기가 메모리 개발에 성공하면서 '황의 법칙'을 발표했고, 2004년 8기가 낸드 플래시의 개발에 성공함으로써 삼성은 황의 법칙을 5년째 입증해 보였다. 삼성은 1999년 256메가비트(Mb)에서 2000년 512메가, 2002년 2기가, 2003년 4기가에 이어 8기가를 개발해낸 것이다. 삼성은 2004년 낸드 플래시의 세계 시장점유율 65%를 달성함으로써 명실상부한 월드 베스트 제품을 만들어냈다.

　2004년 삼성반도체는 매출 18조 2,200억 원, 영업 이익 7조 4,800억 원으로 41%라는 기록적인 영업 이익률을 달성했다. 이는 삼성전자 전체 이익의 62%를 차지하는 경이로운 기록이었다.

반도체에 홀리다

　　황창규는 현재 삼성전자 반도체총괄 사장이다. 그는 한국의 메모리반도체가 미국, 일본을 꺾고 10년 이상 부동의 세계 1위를 지키게 한 일등공신이자, 지금 한국에 가장 많은 돈을 벌어다주는 사람이기도 하다.

　황창규는 1953년 부산에서 태어났다. 어려서부터 기계 만지는 것을 좋아했던 그는 물리학자가 되는 것이 꿈이었다. 그가 중고등학생이던 1960년대는 미국과 소련의 우주 개발 경쟁이 치열했다. 1968년 미국의 아폴로 11호가 달 착륙에 성공하기까지 학생들 사이에서는 우주 개발의 주요 학문인 물리학에 관심이 많았다. 평소 수학과 과학을 좋아했던 그는 고등학교 3학년이 됐을 때, 정통 물리보다는 각종 실험을 통해서 물리 이론을 재구성해보는 실용물리학에 흥미를 가지게 되었다.

　공무원이었던 황창규의 아버지는 아들이 법대나 의대에 갈 것을 희망했지만, 그는 물리학에 대한 흥미를 버리지 못하고 서울대 전기공학과에 진학했다. 실용물리학에 심취했던 그는 전기공학과 전자공학의 커리큘럼이 별로 차이나는 것은 아니지만 전자보다 전기가 조금 범위가 넓다는 것을 알고, 좀 더 폭넓은 공부를 해보고 싶어서 전기공학을 선택한 것이다.

　그러나 처음부터 그가 반도체를 생각하고 있었던 것은 아니었다. 그는 대학교 3학년 때까지 전공을 살리는 차원에서 전기공학을 열심히 공부했다. 그러던 어느 날, 그는 운명과도 같은 책을 만나게 된다.

인텔 창업자 중의 한 사람인 앤디 글로브가 쓴 『반도체의 물리와 기술(Physics and Technology of Semiconductor Device)』이라는 반도체 이론서를 접하게 된 것이다. 1975년 어느 날의 일이었다. 앤디 글로브의 저서는 반도체의 바이블이라 할 수 있었는데, 당시 원본을 구할 수 없어서 복사본을 구해다가 읽고 또 읽으면서 반도체와의 인연을 쌓아 갔다.

이 책을 읽고서 자신의 인생에 대한 큰 영감을 받은 그는 홀린 듯이 반도체를 파고들었다. 그의 표현에 따르자면 "어디에 홀린 사람처럼" 반도체에 푹 빠졌던 시절이었다.

그는 반도체를 파고들수록 재미를 느꼈다. 반도체를 알기 위해서는 전기회로를 이해해야 했고, 또 수학과 화학을 알아야 했다. 그래서 반도체를 공부하려면 전기전자뿐만 아니라 응용물리학과 화학 등을 두루 알아야 했다. 지적 호기심이 넘치는 대학생이었던 그는 반도체 안에는 수학, 화학, 물리학의 영역을 넘나드는 그 무엇이 있다는 것을 알았다. 그는 반도체를 제대로 공부하기 위해서 수학, 화학, 응용물리학 등 다른 학과에서 배우는 것까지 섭렵하면서 반도체야말로 고도화된 산업사회의 미래라는 것을 강하게 깨닫는다.

1977년, 황창규에게 또 다른 계기가 찾아왔다. 세계 최초로 트랜지스터를 개발하여 1956년 노벨물리학상을 탄 윌리엄 쇼클리가 한국을 방문한 것이다. 황창규는 트랜지스터 발명에 얽힌 경험과 연구를 주제로 한 윌리엄 쇼클리의 특강을 듣고 반도체 엔지니어가 되겠다는 꿈을 굳혔다. 이후 그는 반도체에 자신의 인생을 걸기로 결정하고 대학원에 진학해서도 쉼 없이 반도체를 공부했다. 그는 반도체 외의 다른 것에 대해서는 별다른 관심을 갖지 못했고 다른 의미도 발견하지 못했다.

하드웨어의 황제

─ 마 이 클 델 ─

　　　　　　　　빌 게이츠가 소프트웨어의 황제라면 하드웨어의 황제는 누구일까? IBM? HP? 인텔? 아니다. 지금 세계 하드웨어의 황제는 마이클 델(Michael S. Dell, 1965~)이다. 델 컴퓨터의 창업자이자 회장인 델은 세계에서 가장 많은 PC를 팔아 가장 많은 돈을 벌고 있는 사람이다.

　세계 최강의 하드웨어 회사로 자리 잡은 델 컴퓨터의 시작은 마이클 델의 아주 간단한 아이디어 하나에서 비롯되었다. 대학교 신입생 시절 자신이 조립했던 애플 컴퓨터의 성능을 향상시키기 위해서 뜯었다 붙였다를 반복하던 그는 새로운 아이디어를 떠올렸다.

　"내가 이렇게 힘든 것을 보면 일반 사용자들은 더 힘들 것이다. 기본적인 지식이 없거나 시간이 없어서 PC를 제대로 사용하지 못하는 사람들을 위해 PC를 업그레이드해주자."

　그 아이디어가 그를 하드웨어의 최강자로 만든 핵심 키워드였다.

그는 당장 학교를 때려치웠다. 그러자 부모님들이 펄쩍 뛰며 그를 막고 나섰다. 그의 아버지는 치과의사였고 어머니는 금융회사의 임원인 탓에 집안은 부유했고, 부모들은 아들이 불안한 미래를 선택하는 것을 용납하지 못하는 분위기였다. 하지만 마이클은 부모를 설득했고 조건부로 2학년 진학을 포기했다. 6개월 동안 성과를 올리지 못하면 다시 복학한다는 조건이었다.

마이클은 1천 달러를 가지고 사업을 시작했다. 그런데 그의 예상은 적중해서 한 달 만에 18만 달러어치의 PC를 팔았고, 불과 20세의 나이에 갑부가 되는 길을 걷기 시작했다.

마이클은 거기에 그치지 않았다. 그는 '고객 맞춤 서비스'를 시작했다. 그것은 단순한 조립이나 업그레이드 차원이 아닌 그야말로 고객 맞춤, 고객 만족 시대를 예고하는 혁명적 서비스 시대를 여는 아이디어였다.

마이클의 중간상인을 배제한 고객 맞춤형 컴퓨터는 단시간에 미국 전역을 휩쓸었다. 중간상인이 없는 탓에 가격은 12%가 쌌고, 재고율은 6%가 낮아 타 회사의 추종을 불허했다. 더욱 놀라운 것은 마이클이 이러한 실적을 올린 때는 인터넷이 활성화되기 이전이라는 사실이다. 그는 종래의 우편 배달방식을 통해서 그러한 실적을 올린 것이었다.

당연히 인터넷의 등장은 마이클의 아이디어와 영업력에 불을 댕겼다. 1996년부터 시작된 인터넷 판매는 연간 50% 이상의 성장을 보였고, 그는 최강의 기업 IBM과 컴팩을 단기간에 누르고 하드웨어의 황제로 등극했다.

마이클 델은 1965년 2월 23일, 텍사스의 휴스턴에서 3형제 중 둘째로 태어났다. 그는 어머니가 증권 중개인인 까닭에 어렸을 때부터 식탁에서 증권시세나 증권가에서 일어나는 이야기를 들으며 자랐다. 그래서인지 그는 어린 시절부터 사업에 남다른 관심을 보였다. 12세 때 친구 아버지의 영향으로 친구와 함께 우표 수집에 열을 올린 적이 있었다. 그는 중국 식당에 가서 접시닦이를 하면서 모은 돈으로 경매를 통해 우표를 수집하기도 했다. 그때 그에게 문득 이런 생각이 떠올랐다.

"세상에 공짜로 일하는 사람은 없다. 당연히 우표 중개인들도 수수료를 두둑이 챙기고 있을 것이다. 그렇다면 우표를 사기 위해 그들에게 돈을 지불하느니 내가 직접 중개에 나서는 편이 더 낫지 않을까?"

델은 이 생각을 직접 실행해보았다. 그는 우표 가격의 변동 추이와 우표 유통에 대해 관심을 기울이기 시작했다. 그는 우표에 관한 잡지를 정기적으로 보고 우표 가격이 계속 오르고 있다는 사실을 발견했다. 그리고 어느 시기에 이르러 델은 그 동안 수집해온 우표를 팔 수 있는 적기라 판단했다. 그는 곧 주변 사람들에게 그들이 갖고 있는 우표를 자신에게 넘기라고 권유했다. 우표가 모이자 그는 그것을 가지고 사업을 시작했다. 델은 우선 신문에 광고를 내고 자신이 중개인이 되어 우표를 팔았다. 그 결과 그는 2천 달러의 수입을 올릴 수 있었고, 이

일로 인해 중간상인이 얼마만큼의 수입을 벌어들이는지 알 수 있었다.

어린 시절부터 비즈니스의 구조를 깨달은 마이클 델은 자기만의 방식을 가지고 그 누구보다 전략적 변신에 능했다. 그는 델 컴퓨터의 초창기에는 직접 판매방식을 구축한 뒤 주문 제작방식으로 이를 재창출했고, 1996년부터는 웹사이트를 200여 회에 걸쳐서 갱신하는 등 인터넷을 통한 요구사항을 수렴함으로써 재래식 비즈니스를 디지털 환경으로 완전히 바꾸었다. 즉 제조, 판매, 서비스의 모든 것을 디지털화함으로써 고객들에게 강력한 가치 제안을 제시했고, 본질적으로 무수익 지대로 접어든 산업 분야에서조차 가치를 포착해내는 메커니즘을 개발해냈다.

21세기에 들어서 PC 업계는 성장을 멈추고 제 살 뜯어먹기 식의 경쟁에 휩싸였다. 이제 당면한 가장 주된 이슈는 무수익 지대에서 어떻게 해야 돈을 버느냐는 것이다. 마이클 델은 사람들에게 이렇게 말한다.

"무엇을 해야 할까 결정하는 것은 간단하다. 오히려 무엇을 하지 말아야 할지를 결정하기가 더 어렵다. 그게 더 중요하다."

경영의 신

　　마쓰시타 고노스케(松下幸之助, 1894~1989)는
일본에서 '경영의 신'이란 극찬과 함께 가장 존경받는 기업인이다.

　　그는 1894년 와카야마에서 쌀 도매업을 하는 집안의 8남매 중 막내
로 태어났다. 어려서 아버지의 사업이 몰락하는 바람에 초등학교 4학
년을 다니다 중퇴하고 자전거포에서 일을 하다가 17세가 되던 해 '오
사카 전등회사'에 취직을 한다. 성실함과 훌륭한 손재주로 인정을 받
고 초고속 승진을 하던 그는 22세 되던 1917년에 직접 '마쓰시타 전기
회사'를 설립했다. 마쓰시타가 직접 설계한 플러그 어댑터가 인기를
끌면서 회사는 직원이 20명이나 될 정도로 급속하게 성장했다.

　　마쓰시타가 다음에 제작한 제품은 혁신적인 자전거 램프였다. 그러
나 이 제품은 소비자의 눈길을 끌지 못했다. 그러자 마쓰시타는 혁신
적인 판매방식을 고안해냈다. 자전거 램프를 자전거포에 주고 대금을
나누어 받는 '외상 직거래'망을 전국적으로 펼쳐나간 것이다. 결과는

대성공이었다.

1925년 그는 '내쇼날'이라는 상표로 수출을 시작했고, 1927년에는 당시로서는 획기적인 신문광고를 대대적으로 해나갔다. 그러면서 그는 서양의 어떤 기업에서도 시도하지 않은 '고객 서비스'란 개념을 도입했다. 마쓰시타는 '애프터서비스'라는 개념을 최초로 도입하면서 이런 말을 했다.

"고객의 눈길이나 끌어 상품을 판매할 생각을 하지 마라. 고객에게 도움을 줄 상품을 만들어 팔아야 한다. 판매하는 것보다 판매한 후의 서비스가 더 중요하다. 판매한 후 서비스를 잘해주면 그 사람은 평생 고객이 되는 것이다."

그러다 보니 마쓰시타의 제품은 날개 돋친 듯이 팔려나갔다.

마쓰시타는 1931년 특허권을 사서 라디오 관련 업체가 그것을 자유롭게 이용하도록 배려하면서 사회 정의를 중요시하는 기업가 정신을 주창했다. 1932년에 이르러 마쓰시타는 공장 10개, 직원 1천 명을 넘어섰고 특허권을 280여 개나 보유한 대기업의 길로 들어서며 산업왕국의 초석을 다졌다.

마쓰시타가 거둔 성공은 제품의 질 외에도 소매업자와 소비자들에게 새로운 서비스의 개념을 심어준 데서 기인한 것이다. 그는 헨리 포드가 이룩한 대량 생산의 방식에 고품질과 서비스란 개념을 추가함으로써 국민에게 봉사하는 기업이라는 개념을 만들어냈다.

마쓰시타는 1947년 PHP(Peace, Happiness, Prosperity)협회를 설립하여 기업의 사회 기여를 강조했고, 1960년에는 업계 최초로 주5일 근무제를 실시하여 고객 만족뿐만 아니라 '직원 만족'이란 개념 또한 이 끌어냈다.

그는 1929년 출간한 『기업경영 목표의 근간(Basic Management Objective)』이란 책에서 기업의 사회적 의무에 대해 이렇게 강조했다.

"우리는 산업 일꾼으로서 책임을 통감하면서 기업 활동을 통해 사회 발전에 참여하고, 사회 복지를 위해 최선을 다해야 한다. 그렇게 함으로써 삶의 질을 지속적으로 향상시키는 것이다."

그는 또 기업이 이익을 남기지 못하는 것에 대해서 이렇게 정의하고 있다.

"그것은 사회에 대한 죄악이다. 우리는 사회의 자본, 인력, 물자를 이용한다. 하지만 흑자를 내지 못한다면 우리는 다른 곳에서 쓸 수 있는 소중한 자원을 낭비하는 것이다."

남들보다 두 가지가 모자랐기 때문

마쓰시타는 초등학교 성적이 100명 중에 45등일 정도로 평범한 아이였다. 그는 아버지의 파산으로 그나마 다니던 학교를 중퇴하고 이곳저곳 공장을 돌아다니며 다양한 경력을 쌓는다.

훗날 마쓰시타 고노스케에게 『니혼게이자이』 신문의 산업전문기자가 이렇게 물었다.

"회장님은 남들과 무엇이 달랐기에 이처럼 71개 계열사에 종업원 13만 명을 거느린 세계적인 그룹을 키워낼 수 있었습니까?"

마쓰시타 회장은 그의 질문에 한참 망설이다가 대답했다.

"저는 남들보다 두 가지가 모자랐기 때문입니다. 첫째, 저는 머리가 남들보다 좀 모자랐고 둘째로, 몸이 다른 사람보다 약했습니다."

초등학교 4학년 중퇴가 학력의 전부인 그는 머리가 모자라기 때문에 똑똑한 사람들에게 일을 맡겼고, 몸이 약했기에 힘든 일은 힘센 사람에게 맡겼다는 것이다. 자신이 혼자서 할 수 없는 일을 계속해서 맡겨나가다 보니 결국 세계적인 기업의 회장이 되어 있더라는 것이었다.

연구가들은 마쓰시타가 평범한 사람들과 달랐던 점은 이런 어려움을 장애물이 아니라 도전으로 여겼고, 여기에서 받은 충격들을 에너지로 바꾸어 평생 자기 성장의 길을 걸었던 데 있다고 해석한다. 마쓰시타에게 이런 어려움들이 없었다면 그는 평범한 한 일본인으로서 세상을 마쳤을지도 모른다고까지 이야기한다.

그는 기업의 사회적 책임에 대해서 진작 이렇게 설파하고 있다.

"기업의 사회적 책임은 단순한 기부나 자선 활동이 아니라 좋은 제품을 만들어 싼값에 공급하는 것이며, 기업가 활동의 목적은 이익 추구가 아니라 사업을 통해 공동생활의 향상을 도모하는 데 있다. 따라서 기업경영은 단순히 자기 기업만을 번영하게 하는 것이 아니라 다른 기업과 구입처, 고객, 거래자, 주주, 은행, 지역사회 등 여러 부분과의 다면적 관계 하에서 동시적인 발전을 추구해야 한다."

마쓰시타 고노스케는 제2차 세계대전 이전의 대공황 때에도 감원을 하지 않은 것으로 유명하다. 그는 또 요즘 유행하고 있는 지식경영의 선구자이기도 하다.

"우리가 알고 있듯이 지금의 지식 환경은 매우 복잡하고 어려우며 예측할 수 없는 상황이다. 이럴 때 회사의 생존 자체가 더욱 위험해진다. 우리가 가지고 있는 지식을 매일 어떻게 활용하느냐에 따라 성패가 결정된다."

그가 사망한 지 20년이 가까워오고 있지만 마쓰시타 전기에는 그가 일궈놓은 일을 감히 건드리는 사람이 없다. 어떻게 보면 아직까지도 창업자 마쓰시타 고노스케의 혼이 마쓰시타를 경영하고 있는 셈이다.

소매상으로
세계 제1의 기업이 된 월마트

뛰어난 직관력으로 사업에서 커다란 성공을
거둔 사람으로 월마트의 창업자 샘 월튼(Sam Walton, 1918~1992)을
들 수 있다. 그는 1962년 미국 아칸소 주의 인구 5천 명도 안 되는 소
도시 로저스에서 소매점으로 시작해서 40년 만인 2001년 총매출액
2,200억 달러에 이르는 세계 제1위의 기업을 만들어냈다.

샘 월튼은 어느 날 사업을 구상하다가 미국 내의 대규모 유통업체들
이 대도시에만 몰려 있다는 데 착안했다. 당시 유통 마켓이 없는 작은
마을 사람들은 차를 몰고 대도시로 나가서 물건을 사오거나 자기 마을
의 가게에서 비싼 가격에 물건을 사야 했다. 샘 월튼은 인구 5천 명 이
하의 마을을 선정하고, 원가를 낮추기 위해 창고형 매장을 만들었다.
그리고 생산자들로부터 아주 저렴한 가격에 물건을 공급 받아 미국 내
에서 가장 싼 가격으로 팔기 시작했다. 그러자 주민들의 반응은 그야
말로 대단했다. 이런 고객 밀착전략이 성공을 거두자 샘 월튼은 소도

17

— 샘 월튼 —

시 전체를 장악한 여세를 몰아서 대도시로 진출하여 엄청난 성공을 거두게 된 것이다.

월마트가 이처럼 순식간에 세계 정상으로 뛰어오른 성공 비결은 무엇일까? 그것은 '항상 소비자의 편에 선다'는 전략 아래 소비자들이 원하는 것이 무엇인가를 파악하고 서비스를 제공하는 데서부터 시작되었다.

샘 월튼은 '낮은 가격', '지속적인 매장 관리', '친절한 종업원'이라는 세 가지 마케팅 원칙을 내세웠다. 이것이 조그만 소매점을 세계 최대의 유통업체로 만들어낸 비결이다.

첫째, 월마트는 낮은 가격으로 소비자들을 불러들인다. 지속적인 비용 관리, 투명한 기업문화, 납품업체와의 협력, 첨단 기술의 활용 등 다양한 노력을 통해서 고객에게 좋은 가격으로 양질의 상품을 제공하는 것이다.

둘째, 월마트는 지속적인 매장 관리를 통해 어떠한 상품이라도 소비자가 원하는 때 구입할 수 있도록 했다.

셋째, 친절한 고객 서비스를 제공한다. 이는 기본 원칙일 뿐 아니라 월마트를 상징하는 마케팅 원칙이기도 하다. 이것은 샘 월튼의 제1규칙인 "소비자는 항상 옳다"라는 말에서도 잘 나타나 있다.

그는 누구보다도 소비자들의 심리를 잘 파악하고 있었다. 소비자들은 항상 풍부하게 갖춰진 질 좋은 상품을 가능한 한 최저가로 구입할 수 있어야 하고, 더불어 구매 상품의 소비자 만족 보장, 친절하고 전문적인 서비스, 원활한 주차시설, 편리한 쇼핑 공간이 주는 즐거운 쇼핑 경험 등 모든 것을 원한다는 사실을 알고 있었고 거기에 맞춰서 사업을 전개했다. 그래서 월마트는 소비자가 원하는 모든 것을 줄 수 있었고 그것이 성공의 비결이 된 것이다.

현재 월마트는 2000년대 들어서 5년 연속 세계 최고의 매출을 올리는 기업으로 선정되었다. 미국 내 50개 주 전역과 아르헨티나, 브라질, 캐나다, 중국, 독일, 멕시코, 푸에르토리코, 영국, 일본, 한국 등 10개국에 4,700여 개의 점포와 130만 명의 종업원을 거느린 월마트는 자동차 판매, 금융 서비스 분야까지 포함하는 거대 체인을 실험 중에 있다.

월마트와 K마트 간의 30년 경쟁 이야기

월마트의 창업자 샘 월튼이 처음 사업을 시작했을 때, K마트는 이미 전국적인 체인망을 가진 거대 기업이었다. 그러나 월튼은 아이디어로 승부를 걸기 시작했다.

월마트와 K마트의 치열한 싸움은 1987년, 안토니니가 K마트의 새로운 CEO로 부임할 무렵에 시작되었다. 그때만 해도 K마트는 월마트보다 월등히 앞서 있었다. K마트가 2,223개의 점포와 256억 달러의 외형을 갖고 있는 데 반하여, 월마트의 점포수는 1,198개에 불과했고 매출액 또한 160억 달러에 지나지 않았다. 순이익도 K마트가 훨씬 더 많았다.

사실 1980년대 말만 하더라도 대부분의 미국인들이 월마트의 점포는커녕 이 회사의 광고도 본 적이 없을 정도로 월마트의 인지도는 낮았다. 월마트는 대체로 중소도시의 한적한 외곽지역에 자리 잡고 있는데 비해 K마트는 주로 도심의 비싼 땅에 위치해 있었고 특히 광고에 힘을 기울인 탓이었다.

월튼은 그런 것에 개의치 않고 본사와 각 점포를 연결하는 컴퓨터 시스템과 트럭, 그리고 유통센터의 건설에 많은 돈을 투자했고 유통센터를 중심으로 점포를 늘려나갔다. 물류가 원활해지자 월마트는 땅값이 비싼 대도시에서도 K마트보다 더 싸게 물건을 팔 수가 있게 되었다. 그 결과 일반 상품과 식료품을 같은 가게에서 싸게 판다는 개념으로 시작된 월마트의 슈퍼센터는 전국적으로 엄청난 인기를 끌기 시작했고 차츰 대세가 기울기 시작했다.

우선 K마트는 시내 한복판에 체인점이 들어서 있는 바람에 교통 체증으로 물품을 제때에 수송하지 못하는 것이 최대의 골칫거리였다. 주요 고객인 백인 중산층이 1980년대 이후 점차 교외로 빠져나갔는데도 시대의 흐름을 간파하지 못하고 안이하게 대처한 것도 패인이 되었다.

반면 월마트는 점포 부지와 점포 인테리어비 대금 등 절약한 자금을 최신 물류 시스템을 설치하는 데 투자했고, 고속도로망을 따라 제때에 제품을 공급하는 체계를 만들어내면서 미국 서민들이 가장 즐겨 찾는 소매업체로 자리잡아갔다.

그러자 K마트의 안토니니는 할인점의 의존도를 낮추는 전략을 구사하면서 스포츠 용품을 파는 스포츠 오소리티, 사무용품 체인인 오피스 맥스 등 할인점 외의 부문을 강화해나갔다.

그러나 월튼은 안토니니와는 정반대로 오로지 모든 것을 할인 판매에 걸었다. 그는 캘리포니아에 본사를 둔 프라이스 클럽을 본떠 회원제 할인점인 샘스 클럽을 시작했고, 또한 할인점과 식품점을 결합한 슈퍼센터라는 새로운 업태를 개발했다. 이러한 월마트의 전략은 맞아떨어져서 폭발적인 매출 성장을 이루어냈다.

1990년, 월마트는 드디어 K마트를 따라잡는다. 힘이 분산된 K마트는 할인점 분야에서 급속도로 월마트에게 시장을 빼앗겼을 뿐만 아니라, 전문점의 수익성도 기대에 크게 못 미치면서 30여 년에 걸친 월마트와의 주도권 경쟁에서 결국 밀리고 말았다.

내일을 향해 사는 거야

리 아이아코카(Lee Iacocca, 1924~)는 1970년 대에 오일쇼크가 세계를 강타하고 있을 때, 다 쓰러져가는 자동차 회사 크라이슬러를 기적적으로 회생시킴으로써 미국의 국민적 영웅으로 떠올랐던 입지전적 기업인이다.

아이아코카는 크라이슬러의 회장이 되기 전에 32년간이나 근무하던 포드 자동차에서 기업주인 헨리 포드 2세와의 불화 때문에 잘못도 없이 쫓겨나는 수모를 겪었던 비운의 주인공이었다.

그는 대학을 졸업한 후 처음 포드 자동차에 취직을 했고 포드 자동차를 평생의 직장으로 생각하고 헌신적인 노력을 기울였다. 아이아코카는 포드 자동차에 재직하는 동안 유명한 '머스탱'을 출시해서 크나큰 성공을 포드에 안겨주었다. 그 공을 인정받아 그는 8년 동안 포드 자동차 사장으로 있으면서 회사를 건실하게 이끌어왔었다. 그는 자신이 해고당하는 수모를 겪으며 쫓겨나리라고는 꿈에도 생각지 못했던 것이다.

그러나 아이아코카는 좌절만 하고 있지는 않았다. 그는 비록 해고는 당했지만 그 불운을 뒤집을 결심을 했다. 때마침 파산 직전으로 내몰려 휘청거리는 크라이슬러에서 그를 회장으로 초빙하는 제의가 들어왔다. 기업 평가에서 회생 불능이란 평가가 내려진 탓에 내로라하는 CEO들이 모두들 사양하는 회사였지만 아이아코카는 자신을 증명하는 좋은 기회로 삼기로 결심했다.

그는 어떠한 방법을 동원해서라도 반드시 성공을 거두고 말겠다는 각오를 단단히 하고 크라이슬러에 대한 경영 분석에 들어갔다. 그는 우선 노조의 양해를 얻어 크라이슬러 경영을 재정비하고 현장에서 신제품 개발을 감독했다. 그러나 전 세계를 휩쓴 석유 파동은 너무나 심각했고 크라이슬러는 도저히 회생이 불가능한 것처럼 보였다. 하지만 아이아코카는 내일을 향한 열정을 가지고 담대하고 과감하게 일에 도전했다. 그는 온갖 어려움 끝에 크라이슬러만이 만들어낼 수 있는 멋진 소형차 개발에 성공했다. 그 차는 국민의 뜨거운 사랑을 받았고, 크라이슬러는 드디어 흑자를 기록하게 되었다.

1982년 여름, 크라이슬러의 회장이 된 지 만 7년이 되기 전에 아이아코카는 고질적인 부채 15억 달러를 일시에 갚아버리고도 7억 달러의 순이익을 남기는 신화를 일구어냈다. 또한 그는 약속대로 5년 만에 정리 해고한 근로자들을 다시 불러들였고, 5% 삭감했던 근로자들의 연봉도 원래 수준으로 올려놓았다. 그리하여 아이아코카는 미국의 영웅적인 기업인이 되었다.

아이아코카는 자신의 경력을 바탕으로 효율적인 조직, 시장에 강한 신상품 개발, 노사관계, 광고와 마케팅 등 경영 전반에 걸친 깊은 통찰력을 발휘함으로써 자신의 불운을 새로운 도전 정신으로 극복한 대표적인 기업인으로 꼽히고 있다.

아이아코카는 자서전에서 이런 재미있는 희망의 말을 남겼다.

지난달에는 무슨 걱정을 했었지?

작년에는?

그것 봐라. 기억조차 못 하고 있잖니.

그러니까 오늘 네가 걱정하는 것도 별로 걱정할 일이 아닌 거야.

잊어버려라.

내일을 향해 사는 거야.

아이아코카는 그의 자서전에서 훌륭한 경영자
의 자질을 단 한마디로 요약하라면 그것은 '결단력'이라고 밝히고 있
다. 그는 세계에서 가장 이상적인 컴퓨터를 사용한다면 필요한 모든
도표와 수치를 수집할 수 있겠지만 결국에 가서는 모든 정보를 바탕으
로 해서 계획표를 짜고 그 계획표대로 '실행'해야만 하는데, 그것을
실행하는 데 필요한 것은 결단력이라는 것이다.

여기서의 실행이란 마구잡이식 실행이 아니다. 크라이슬러 회장으
로 있을 때 그의 사무실 책상 위에는 컴퓨터가 없었다. 사람들은 그것
을 보고 놀라곤 했다. 어떻게 크라이슬러 회장의 방에 컴퓨터가 없을
수 있단 말인가?

그러나 아이아코카는 성공의 열쇠는 정보가 아니라고 말한다. 오늘
날 기업이 직면하고 있는 가장 커다란 문제는 대부분의 중역들이 지나
치게 많은 정보를 갖고 있다는 것이다. 그것은 그들을 당혹하게 만들
고, 그들은 그 수많은 정보들을 어떻게 처리해야 할지 모른다는 것이
다.

그는 조사 및 마케팅 연구가 자신의 본능적인 예감과 맞아떨어질 경
우에 한해서 모험을 감행했다. 직관에 따라 행동한다고 할 수도 있겠
지만, 그는 객관적 사실이 자신의 육감을 뒷받침해준다고 믿어지는 시
점을 알았고 그때에만 결단을 내렸던 것이다.

의사 결정을 할 때 자신의 비중이 작아지게 내버려두는 경영자들이 의외로 많다. 그러한 현상은 특히 교육 수준이 너무 높은 경영자들 사이에 두드러지게 나타난다.

아이아코카는 자신의 뒤를 이어 포드 자동차의 사장이 된 필립 콜드웰(Philip Caldwell)에게 이런 이야기를 해주었다.

"필립, 자네의 문제점은 모든 확증된 사실들이 수중에 들어오기 전까지 어떠한 행동도 취하지 말라고 가르치는 하버드 경영대학원의 교육이 머릿속에 뿌리박혀 있다는 것일세. 확증된 사실들 중 95%가 확보되어 있다고 하더라도 나머지 5%를 마저 수중에 넣으려면 다시 6개월이라는 시간이 걸릴 것이고, 자네가 그 5%까지 합쳐서 100% 확증된 사실들을 확보해놓았을 때는 이미 자네의 정보는 묵은 것이 되어버릴걸세. 시장의 상황이 그 동안 변해버렸기 때문이지. 인생이란 말일세, 타이밍을 얼마만큼 잘 맞추는가에 따라서 승패가 좌우되는 거야."

처자식 빼고 다 바꾸자

19
이
건
희

1987년 창업주 이병철 회장의 별세로 삼성호의 키를 잡게 된 46세의 젊은 회장 이건희(1942~)는 앞으로 자신이 무엇을 어떻게 해야 하는가를 곰곰이 생각했다. 그는 회장이 된 이듬해인 1988년 '제2창업선언'을 발표하고 대대적인 구조조정에 들어갔다. 그러나 여러 해가 지나도 50년 동안 굳어온 삼성의 체질은 쉽게 바뀌지 않았다.

이건희 회장은 자신이 이끄는 삼성이 3류 기업으로 전락할지 모른다는 불안을 떨쳐버릴 수 없었다. 그래서 그는 회장 취임 6년째를 맞은 1993년 6월 7일, 독일 프랑크푸르트에서 그 유명한 '신경영선언'을 발표하기에 이르렀다. 그는 '처자식 빼고 다 바꾸자', '양(量) 위주의 경영을 버리고 질(質) 위주로 가자'는 메시지를 던졌다. 이것은 삼성 조직 전체에 대한 대폭적인 수술을 알리는 신호탄이었다.

이 회장의 리더십은 그때부터 빛을 발하기 시작했다. 그는 4개월간

LA, 도쿄, 프랑크푸르트, 오사카, 런던으로 1,800여 명의 임직원을 불러들여 장장 500시간에 걸쳐 삼성의 비전을 직접 설파했다. 이 회장이 쏟아낸 말들은 '이건희 신드롬'으로 불리며 우리나라 경제계 전체에 큰 반향을 일으켰다.

신경영선언은 한마디로 '잘나가는' 것으로 알고 있던 삼성인들에게 그들이 국내에서의 일등에 만족하며 희희낙락하던 우물 안 개구리임을 일깨우는 새로운 비전 제시였다.

"양과 질의 비중이 1 : 99가 되어서도 안 된다. 0 : 100이다. 10 : 90이나 1 : 99로 생각한다면, 이것이 언젠가는 5 : 5로 간다. 한쪽을 0으로 만들지 않는 한 절대로 안 된다."

신경영은 삼성의 색깔을 완전히 바꾸기 시작했다. 이건희 회장은 신경영의 핵심 키워드를 '질을 높이는 경영'으로 잡았고, 품질에 대해 확고한 의지를 보였다. 그는 불량품이 나올 경우 몇 개월이 걸리더라도 공장 라인을 돌리지 못하게 했다. 그는 완전한 제품이 나오기 전까지는 라인을 가동시키지 않고 사재라도 털어서 종업원들의 임금을 주겠다고 선언했다.

질 위주의 신경영은 지난 13년간 괄목할 만한 성과를 냈다. 1990년대 중반까지 세계 일등 제품이 단 한 개도 없던 삼성은 D램 반도체, 낸드 플래시메모리, LCD, CDMA 방식 휴대폰 등 세계 시장점유율 1위 제품을 19개로 늘렸다.

신경영의 성과는 매출액에서도 충분히 증명되고 있다. 삼성의 매출은 이건희 회장 취임 후인 1987년 13조 5천억 원에서 2004년 135조 3천억 원으로 10배, 세전이익은 1,900억 원에서 19조 원으로 100배, 증시 시가총액은 1조 원에서 100조 원으로 100배가 증가했다.

삼성은 2004년 그룹 전체 수출액이 527억 달러에 이르고, 그룹 내 대표 기업인 삼성전자는 순이익 100억 달러를 넘기면서 세계 초일류 기업인 '100억 달러 그룹'에 합류했다. 삼성의 수출 총액은 한국 총수출액의 21.4%에 달하는 것으로서 매출 135조 3천억 원, 세전이익 19조 원이라는 사상 최대의 실적으로 세계 초일류기업의 면모를 과시한 것이다.

2005년 4월 미국의 시사주간지 『타임』은 '세계에서 가장 영향력 있는 100인' 가운데 한 사람으로 이건희 회장을 뽑았다. 이는 그의 리더십이 이제 국내를 넘어 전 세계에 영향을 미치고 있음을 입증하는 결과라고 할 수 있다.

사업에 대한 선견력

　　　　　　1974년, 이건희가 동양방송 이사로 있었을 때의 일이다. 1973년의 오일쇼크를 겪으면서 이건희는 자원이 없는 한국의 비참한 현실을 뼈저리게 느끼고 있었다. 당시 일본 업체들이 TV와 냉장고에 들어가는 핵심부품인 IC(집적회로)의 물량과 가격을 통제하며 횡포를 부리자, 이건희는 우리나라가 국제적인 경쟁력을 갖추려면 두뇌로 경쟁해야 하고 부가가치가 높은 하이테크 산업에 진출해야 한다고 생각했다. 그리고 여러 가지 사업 유형을 검토하다가 반도체가 전자산업의 씨앗이 될 것임을 인식하고 반도체사업이 가장 유망하다는 결론을 내렸다. 이건희의 사업에 대한 선견력은 일찍이 반도체사업의 미래를 내다보는 데서부터 나타났다고 보는 게 옳을 것이다.

　내가 기업 경영에 몸담은 것은 66년 동양방송에서부터였다. 처음 입사한 그때부터 지금까지 많은 어려움을 겪고 결단의 순간을 거쳤지만, 지금 와서 돌이켜보면 반도체사업처럼 내 어깨를 무겁게 했던 일도 없는 것 같다.

　사실 나는 어려서부터 전자와 자동차 기술에 남다른 관심을 가지고 있었다. 일본 유학 시절에도 새로 나온 전자제품들을 사다 뜯어보는 것이 취미였다. 수많은 전자제품을 만져보면서 나는 자원이 없는 우리나라가 선진국 틈에 끼여 경쟁하려면 머리를 쓰는 수밖에 없다고 생각하게 되었다. 특히 73년에 닥친 오일쇼크에 큰 충격을 받은 이후, 그 동안 내 나름대로 한국은 부가가치가 높은 첨단 하이테크 산업에 진출해야 한다는 확신을 가졌다.

74년, 마침 한국반도체라는 회사가 파산에 직면했다는 소식을 들었다. 무엇보다도 '반도체'라는 이름에 끌렸다. 산업을 물색하면서 반도체사업을 염두에 두고 있던 중이었다. 시대 조류가 산업사회에서 정보사회로 넘어가는 조짐을 보이고 있었고, 그 중 핵심인 반도체사업이 우리 민족의 재주와 특성에 딱 들어맞는 업종이라고 생각하고 있었다. 우리는 '젓가락 문화권' 이어서 손재주가 좋고, 주거 생활 자체가 신발을 벗고 생활하는 등 청결을 중시한다. 이런 문화는 반도체 생산에 아주 적합하다. 반도체 생산은 미세한 작업이 요구되고, 먼지 하나라도 있으면 안 되는 고도의 청정상태를 유지해야 하는 공정이기 때문이다.

— 에세이집 『생각 좀 하며 세상을 보자』 중에서

마침 국내에는 시계에 들어가는 칩인 '워치칩'을 만드는 한국반도체란 회사가 부천에 공장을 가지고 있었다. 당시 그 공장은 초기 단계의 IC를 사용하여 숫자로 표시하는 전자 손목시계를 만들고 있었는데, 이 제품은 박정희 대통령 시절 청와대를 방문하는 외국인들에게 '한국의 기술'을 과시하는 선물이 되기도 했다. 이 회사는 미국의 캠코 사와 합작으로 운영하는 합작회사였는데 경영 미숙으로 어려움을 겪고 있었다.

이건희는 부친인 이병철에게 한국반도체를 인수하자고 건의했다. 그러나 이병철은 아직까지 반도체의 중요성을 잘 인식하지 못하고 있었고, 비서진들도 사업 전망에 대한 확신을 갖지 못한 탓에 결단을 내리지 못했다.

그로부터 며칠 후 이건희는 자신의 사재를 털어서 국내 최초의 웨이퍼 가공업체인 한국반도체를 인수하여 삼성반도체를 설립한다. 그것이 삼성 반도체사업의 씨앗이 되었다. 1974년 12월 6일의 일이었고, 이건희는 당시 갓 서른 살을 넘긴 청년이었다. 만약 미래를 내다보는 그 결단이 없었다면 현재의 초일류기업 삼성은 존재하지 않았을지도 모른다.

커피를 갈아 금으로 만드는 스타벅스

스타벅스는 마이크로소프트와 더불어 시애틀을 대표하는 세계적인 기업이다. 스타벅스의 회장 하워드 슐츠(Howard Schultz, 1953~)는 1천 년의 커피 역사를 새로 쓴 사나이다. 그러나 그는 스타벅스의 창업자가 아니다.

1982년 우연히 스타벅스 매장을 처음 찾았을 때, 그는 자극적인 커피 향기에 사로잡혔다. 당시 스타벅스는 시애틀에 네 개의 매장을 갖고 있던 조그만 회사였는데 원두커피만을 고집하고 있었다. 당시는 대부분의 사람들이 커피 하면 캔 커피를 연상할 때였다. 스타벅스의 직접 갈아서 만들어낸 원두커피를 세 모금째 마신 후, 하워드 슐츠는 마치 신대륙이라도 발견한 것 같은 느낌이었다. 그 전까지 마셨던 커피는 커피도 아니라는 생각이 들었다.

커피라는 신대륙을 발견한 그는 다국적 기업의 부사장직과 뉴욕에서의 안락한 삶을 포기하고 4,800킬로미터나 떨어져 있는 조그만 소매업체에 합류하여 새로운 세계의 개척에 나선다.

스타벅스 사업에 합류하여 1년 정도 지났을 때, 커피 재료를 수입하기 위해서 이탈리아로 출장을 간 하워드 슐츠는 밀라노 광장에서 예전에는 생각도 못했던 아이디어를 떠올렸다. 그는 밀라노 광장 부근의 이탈리아인들이 아침을 카페에서 시작해서 저녁 늦게까지 그곳에서 친구들과 이야기를 나누며 시간을 보내는 모습을 발견한 것이다. 그는 그런 이탈리아인들을 보면서 이런 풍경이 미국에서도 가능하지 않을까 생각했다. 그러자 그의 가슴은 새로운 커피 사업에 대한 생각으로 요동치기 시작했다. 그는 마침내 자신을 미치게 할 일을 찾아낸 것이다.

하워드 슐츠는 시애틀로 돌아와 경영진에게 자신의 아이디어를 내놓았다. 그러나 경영진은 그의 이야기를 이해하지 못했다. 하지만 그는 '스타벅스 카페'에 대한 생각을 멈출 수가 없었다. 그는 마침내 자신의 온갖 능력을 동원하여 스타벅스의 경영권을 인수한 후 자신이 생각한 '스타벅스 카페' 사업에 전력투구하기 시작했다.

그는 미국 전역에 수많은 직장인들이 출근 전에도 들르고, 하루 일과가 끝나도 다시 친구나 동료들과 들러서 담소를 즐길 수 있고, 시장에 물건을 사러 온 사람도 잠깐 들러서 쉴 수 있고, 젊은이들이 술이 아닌 커피를 즐기면서 데이트를 할 수 있는 안락하고 편안한 공간을 만들어가기 시작했다. 스타벅스 카페는 그의 예상대로 대성공을 거두었다.

스타벅스는 해발 900~1,500미터에서 재배되는 최고급 아라비카산

원두만을 사용하고, '바리스타'라고 불리는 스타벅스의 직원들은 커피를 만들면서 고객과 즐거운 대화를 계속해 자연스럽게 친밀감이 형성되도록 유도한다. 스타벅스는 이러한 감성 전략으로 커피 판매를 넘어서 친밀한 서비스와 아늑한 만남의 공간을 제공하는 브랜드화된 커피 서비스를 실현했다. 스타벅스는 커피를 통한 특별한 서비스 체험, 사람들의 이야기 공간을 제공하여 고객과의 관계를 만들어감으로써, 20년 만에 세계 최고의 종합 커피 브랜드로 성장했다.

스타벅스는 2005년 말 미국에 6,888개 매장을, 유럽과 아시아 등 40여 개국에 2,783개 지점을 보유하고 있다. 한국에서도 1999년 이대 앞 1호점을 시작으로 2004년 7월 마침내 이태원 100호점을 열기까지 말그대로 눈부신 성장을 일궈냈다. 2006년 8월 현재 전국에 174개의 스타벅스 매장이 있다.

스타벅스는 빈 스톡(Bean Stock)이라는 스톡옵션으로 대표되는 사원복지가 유명하며, 2005년 『포춘』지에 의해 세계 100대 최고 직장 중 하나로 꼽히기도 했다.

스타벅스의 성공 나누기

하워드 슐츠는 스타벅스의 성장을 기록한 『당신의 마음을 쏟아 부어라(Pour Your Heart into It)』라는 책을 펴냈다. 그 책에는 그의 경영철학이 고스란히 담겨 있다. 그는 불만에 가득 찬 택시 운전사 일을 하고 있는 아버지를 보면서 어린 시절을 보냈다. 슐츠가 일곱 살이었을 때 아버지는 직장에서 다리를 다쳤다. 그런데도 의료보험이나 노동자 보상을 받지 못했기에 그의 가정은 어려움을 겪었다. 그것은 슐츠에게 충격을 주었고 강한 인상을 남겼다.

"많은 세월이 흐른 지금도, 다리에 붕대를 감고 세상에서 버려진 채 구부정하게 의자에 앉아 있던 아버지의 모습이 마음속에 아프게 자리잡고 있어요. 그래서 아버지가 육체노동자로서 일터에서 어떻게 대접받았는가를 깊이 생각하게 되었지요."

그래서 슐츠는 자신의 사업체에서 일하는 모든 직원에게(파트타임 종사자를 포함) 빈 스톡의 이윤과 스톡옵션을 주기로 했음을 그의 책에서 밝혔다.

슐츠의 이러한 경영방침은 처음에는 주주들에게 그다지 호응을 얻지 못했다. 미국기업으로는 처음으로 파트타임 직원에게도 스톡옵션을 준다는 결정을 했을 때, 주주들의 동의를 끌어내기란 쉬운 일이 아니었다.

그러나 슐츠는 '성공 나누기'에 대한 자신의 견해를 이렇게 강조하며 주주들의 동의를 구했다.

"성공은 공유할 때 가장 유익합니다. 고객의 마음을 사로잡고자 한다면 우리 직원들을 생기 있게 해야 하지요. 뒤에 방치해두어서는 안 되는 것입니다. 지난 10~15년간의 부산물 중 하나는 고위 관리자와 일반 직원들 간에 신뢰의 분열이 일어나기도 한다는 것이지요. 그렇기 때문에 말로만 할 게 아니라, 우리가 일하고 살아가는 환경에서 매일 행동의 변화를 주어야 합니다. 일단 신뢰가 깨지고 나면 사람의 마음을 사로잡을 수 있는 능력은 사라지게 됩니다. 매우 심각한 일이지요. 사람들을 의욕적으로 만들고 마치 자기 일처럼 일하게 하는 능력은 그들이 실제로 그 일의 일부가 되었을 때만 발휘될 수 있습니다. 가장 중요한 것은 리더와 직원 간의 신뢰감을 강화시키는 것입니다. 내 역할은 직원들에게 보다 좋은 환경을 마련해주고, 리더의 결정에 대해 좀더 좋게 느낄 수 있도록 하는 거라고 생각합니다. 오늘날 비즈니스 리더들은 고객과 직원 모두와 친밀해야 합니다. 우리는 전보다 더 사람들에게 가까이 다가가야 할 것입니다."

이렇게 해서 스타벅스에서는 결국 모든 사람들이 성공하게 되었다.

위기를 정직으로 극복하다

개인이든 회사든 잘나갈 때보다 위기 상황이 닥쳐왔을 때 그것을 슬기롭게 이겨나감으로써 진정한 성장을 하고 자신의 진면목을 보여주게 되는 법이다. 그런 점에서 존슨앤존슨(J&J)이 1982년 보여준 위기관리 능력은 세계 기업사에 기록될 만큼 탁월한 것이었다.

존슨앤존슨은 잘 알려져 있다시피 51개국에 150여 개의 현지법인을 가지고 있는 다국적 제약회사이다. 1887년 설립된 이 회사는 일회용 반창고에서부터 베이비로션 같은 유아용품, 각종 약품과 의료기기 등을 만들어 전 세계에 팔고 있다. 그런데 어처구니없는 이유 때문에 이 회사에 절체절명의 위기가 닥쳐왔다.

1982년 9월 30일 아침, 시카고에서 존슨앤존슨이 만든 해열진통제인 타이레놀을 먹고 사람이 죽은 사건이 발생했다. 그런데 그 후 48시간 동안 똑같은 이유로 7명의 사람이 죽었다. 그들이 먹은 타이레놀 캡

슐 속에 청산가리가 들어 있었던 것으로 밝혀지면서 세상은 발칵 뒤집혔다. 나중에 밝혀졌지만 어떤 정신병자가 타이레놀 캡슐을 열어 원래의 약을 빼고 청산가리를 집어넣은 후 상점 선반에 올려놓았던 것이다.

그런데 그 사건에 대한 존슨앤존슨의 대응은 매우 신속하고 솔직했다. 첫 사망자가 생긴 직후 미국 전역에 있는 타이레놀 전량을 수거하고, 그 날 오후에는 병원과 약국, 도매상에 주의를 환기시키는 50만 통의 편지를 보냈다. 회사가 직접적인 잘못이 없다는 것으로 밝혀진 후에도 당시의 존슨앤존슨의 회장이었던 짐 버크(Jim Burke)는 위기에 대처하는 결단력 있는 용기를 보여주었다. 그는 사건 발생 직후 TV에 출현해서 책임을 회피하려고 하지 않고 상황을 자세히 알렸고, 이렇게 말함으로써 시청자들에게 정직하고 책임감 있는 모습을 보여주었다.

"우리는 타이레놀의 장래에 대한 생각은 일단 접어두기로 했습니다. 다만 우리가 진정으로 소비자를 보호할 수 있는 모든 방법을 동원하고 있는 모습을 보여주고 싶을 뿐입니다."

이러한 솔직함은 시청자들에게 비난보다 호의적인 반응을 얻어내는 데 성공했다.

사건이 일어난 후 회사가 거두어들인 타이레놀은 1억 달러에 달했다. 회사 측은 전량을 폐기했고, 새롭게 만든 제품은 3중 포장방식을 택해서 다시는 불미스런 사고가 일어나지 않도록 조치했다.

또한 존슨앤존슨은 해명광고를 내는 대신 소비자에게 직접 상황을 설명하는 전용 전화를 개설했다. 한 달 동안에 3만 통이 넘는 전화가 걸려왔고 3천 통이 넘는 편지가 왔는데 회사는 한 통도 빠지지 않고 일일이 답장을 보냈다. 또 미국 전역의 의사, 간호사, 약사들에게 회사의 입장을 알리는 편지를 200만 통이나 보냈다. 이 기간 동안 전 사원들은 회장의 리더십을 따라 별도의 수당 없이도 자원하여 시간외 근무를 하면서 회사를 위기에서 구하고자 하는 노력을 기울였다.

그 결과 존슨앤존슨은 소비자들에게 전보다 높은 신뢰를 얻게 되었고 윤리경영의 전형적 사례로 꼽히는 신화를 만들어냈다. 이 사건이 전화위복이 되어 타이레놀은 지금까지도 처방전이 필요 없는 의약품 중 가장 잘 팔리는 제품이 되었다.

직장과 가정의 조화

존슨앤존슨은 직원들의 가정에 대해 세심한 배려를 하는 회사로 정평이 나 있다. 1980년대에 들어 이 회사는 사원들의 가정 문제가 가장 중요하다는 사실을 깨닫고 배려를 기울이기 시작했다.

1982년의 타이레놀 사건 이후 회사 전체가 흔들리고 있을 때, 직원들 역시 위기를 절감하고 있었다. 그때 회사의 경영진은 대외적인 문제보다 직원들과 그들의 부양가족에 대한 배려를 먼저 생각했다. 다행히 회사는 공중의 안전을 위한 조치를 적절하게 취했던 탓에 전보다 더 두터운 국민적 신임을 얻고 있었다.

존슨앤존슨 경영진이 타이레놀 사건으로 인해 빚어진 회사 안팎의 문제를 해결하느라 정신이 없을 당시, 공교롭게도 미국 사회는 인구구조의 변화로 인한 직장과 가정의 조화 문제에 봉착하고 있었다. 유례없는 수의 여성들이 취업활동을 하고 있었고, 맞벌이 부부도 엄청나게 늘어나고 있었다.

존슨앤존슨은 직원들을 대상으로 설문조사를 실시했다. 이때 직원들의 반 정도는 여성들이었는데, 이들 대부분은 직장과 가정 사이에서 많은 스트레스를 받고 있었다. 조사 결과 경영진은 직장일과 가사의 상충 문제에 대해 뭔가 조치가 필요하다는 확신을 얻었고, 회사가 책임지고 이 문제를 적극적으로 지원하기로 결정했다.

그 후 존슨앤존슨은 '직장과 가정의 조화'라는 프로그램을 전 직원들에게 적용시켜 나갔다. 최장 1년간의 무급 육아휴가, 응급조치를 받아야 하는 가족을 보살피기 위한 유급 결근이나 조퇴의 허용, 재택근무 등과 같은 융통성 있는 근무방식 채택, 직원 가족을 위한 육아시설 또는 양로원 물색, 사정이 어려운 직원들에 대한 육아비용 및 양로비용 보조, 전근 직원들의 자녀들과 배우자를 위한 학교 및 직장 알선 등의 파격적인 내용을 담은 프로그램이었다.

이렇게 시작된 존슨앤존슨의 새로운 복지 프로그램은 1991년 '가정 및 직장 연구소'라는 기관의 평가에서 188개 회사들 가운데 1위로 꼽히기도 했다.

그러나 이 프로그램은 여기서 끝나지 않았다. 존슨앤존슨은 학교에 다니는 자녀들이 수업을 마친 후부터 부모가 귀가할 때까지 공백 시간에 자녀들을 돌봐주는 제도를 만들었다. 이 회사는 또 학교의 방학과 휴일에 대비한 보육 프로그램도 준비해놓고 있다. 뉴저지 공장의 경우, 그 지역에서 열리는 여름 캠프에 직원 자녀들이 참가할 수 있도록 약 100명분 정도를 예약해놓고, 자녀들을 회사에서 캠프장까지 데려다주고 다시 데려오는 셔틀버스도 운행하고 있다.

이 회사의 책임자는 이런 프로그램들이 비용이 많이 들기는 하지만 직원들이 회사일에 전념할 수 있기 때문에 기업 운용에 더 효과적이라고 설명하고 있다.

세계 1, 2위 사업만 남기고 모두 버려라

영국의 『파이낸셜타임스』는 2004년 11월 19일자 기사에서 세계에서 가장 존경받는 기업인을 조사한 결과 2002년 현직에서 물러난 GE 회장 잭 웰치(Jack Welch, 1935~)가 2위로 선정되었다고 보도했다. 도대체 잭 웰치는 어떻게 GE를 경영했기에 이렇듯 꾸준한 인기를 누리고 있는 것일까?

잭 웰치는 1981년 CEO로 취임하자, 경영학 교과서나 이론서에도 없는 전혀 새로운 개념의 경영방식을 회사에 도입했다. 이른바 구조조정이었다. 그는 뛰어난 직관력과 독특한 리더십을 발휘하며 40만 명이 넘는 세계에서 가장 복잡한 조직이었던 GE를 단순하고 민첩한 조직으로 만드는 작업에 착수한 것이다. 그의 구조조정은 10만 명 이상의 대규모 해고를 불러왔고, 그는 '중성자탄 잭'이라는 별명으로 불리며 악명 높은 CEO의 대명사가 되었다.

그는 300여 개가 넘었던 사업 부문을 10여 개의 핵심사업으로 재편

성했다. 그리고 '세계 1, 2위 사업만 남기고 모두 버린다'는 원칙 아래 육성할 사업과 정리할 사업을 명확히 구분했다. 그는 지금 당장 큰 문제가 없더라도 10년 뒤 경쟁력을 상실할 것으로 예상되는 사업은 저항을 무릅쓰고 과감히 처분했다.

잭 웰치는 각 사업부를 대상으로 "고쳐라, 매각하라, 아니면 폐쇄하라"라는 명령과 함께 세계에서 1, 2위를 해야 한다는 명확한 목표를 제시했고, 구성원들이 적극적으로 움직이는 시스템을 만들어나갔다.

그는 6시그마, 세계화, e비즈니스 등의 지식경영 전략으로 GE를 혁신하는 데 열정을 기울였고, 마침내 GE를 군살 없는 조직으로 만드는데 성공했다. GE는 규모면에서 1/10밖에 되지 않는 다른 작은 회사들보다도 더 민첩하게 움직이는 조직으로 변신했고 세계 최고의 기업으로 우뚝 서게 되었다.

잭 웰치의 취임 초기에 120억 달러에 불과했던 GE의 시장 가치는 4,500억 달러로 치솟아 세계 최대의 기업이 되었다. 이러한 GE의 성장 모델은 미국 내 많은 기업들을 자극하여 소위 '신경제'를 창출해냈고, 미국이 80년대의 불황을 성공적으로 극복하고 90년대 들어 또다시 세계 최강의 경쟁력을 자랑하게 만드는 견인차 노릇을 해냈다.

잭 웰치의 혁신은 거기에 그치지 않았다.

그는 조직 전체를 살아 숨쉬게 만들 변화에 대한 열망으로 '역 멘토링(Reverse Mentoring)' 제도를 실시했다. 기존 인력이 신입사원을 대상으로 교육시키고 조언해주는 일반적인 멘토링 제도와 달리, GE는 디지털 네이티브(Digital Natives)인 신입사원들이 기성세대인 조직의

상위 관리자 1천 명을 대상으로 멘토링을 실시하게 한 것이다. GE는 이 '역 멘토링'을 통해서 새로운 IT기술에 대한 감각이 떨어지는 관리자들의 디지털 마인드를 향상시켰고, 세대 간 대화의 물꼬를 트는 시너지 효과를 이루어냈다.

잭 웰치가 혁신경영을 주창하며 도전적인 목표를 제시하고 변화를 주도한 결과, 강력한 구조조정으로 회사 규모는 작아졌음에도 불구하고 20년이 지난 지금 GE의 가치는 무려 40배가 넘는 규모가 되었다.

잭 웰치가 GE 경영에서 보여준 리더십은 칭기 즈칸의 몽골 기병식 개혁을 활용한 것으로 유명하다. 그는 GE의 회장 으로 있을 때 이런 말을 했다.

"간편하지 않으면 빨라질 수 없고, 빨라지지 않으면 이길 수 없다. 엔지니어에게 있어서 간편함이란 간결하면서도 기능이 우수한 디자인 을 뜻하고, 영업자에게 간편함이란 투명한 거래를 뜻한다. 생산 현장 에서는 모든 작업 인원이 납득할 수 있는 상식적인 작업 과정을 뜻하 고, 인간관계에 있어서는 쉽게 말하고 솔직하고 정직하게 대하는 것을 뜻한다."

이것이야말로 칭기즈칸식 경영의 현대적 변용이 아닐까? 잭 웰치는 회사에 필요하지 않은 자는 가차 없이 잘랐고, 1위를 할 수 없는 기업 은 아낌없이 팔아치웠으며, 1위 기업이나 1위 가능성이 있는 기업은 언제든지 사들였다. 처음에 그는 엄청난 비난과 여론의 비판에 직면했 지만, 기업경영에서 몽골 기병식 스피드와 정보화기술이 집약된 네트 워킹을 동원함으로써 GE는 나날이 커져갔고 고용도 당연히 늘어났다.

그는 CEO가 된 이후 20년간 거대한 공룡이라고 불리는 GE를 벤처 기업처럼 날렵한 기업으로 만들어냈고 규모와 수익을 몇 배, 몇십 배 신장시켜 진정한 CEO가 무엇인지 가르쳐준 사람이다.

잭 웰치는 1989년에 도요타를 벤치마킹한 후 이런 말을 남겼다.

"우리 종업원이 매일 서둘러 출근하여 전날 밤부터 생각하고 있던 것을 시도할 수 있는 회사가 되기를 바란다. 또 종업원이 퇴근한 후, 그날 있었던 일을 기억하고 있다가 가족에게 이야기해주길 바란다. 작업이 끝나고 벨이 울리면 작업시간이 지난 줄도 모르고 있었다는 사실에 깜짝 놀라고, 또 누군가가 나서 '왜 퇴근시간을 알리는 벨이 필요하냐'고 문제 제기를 하는 공장이 되기를 바란다. 종업원이 솔선수범해 업무처리 방법을 매일 개선하고 일에서 얻은 경험을 정리함으로써 자신의 생활을 더욱 윤택하게 하고 회사를 최고의 기업으로 만들어주길 바란다. 이는 직원들 전원이 경영에 참가하는 전원 참가형 경영을 하는 회사에서 보고 들은 것이다."

마침내 GE를 성공적인 기업으로 이끌고 명예롭게 퇴임한 잭 웰치는 다음과 같이 말했다.

"모든 사람들은 사회에서의 회사의 역할에 대해 다양한 관점을 가지고 있다. 나는 사회적 책임을 다하기 위해서는 강력하고 경쟁력 있는 회사를 만들어야 한다고 믿는다. 오직 건강한 회사만이 사람 및 지역 사회의 삶을 개선시키고 풍요롭게 만들 수 있다. 바로 이것이 CEO의 주된 사회적 책임이 회사의 재정적인 성공을 이루는 것이라고 말하는 이유이다. 오직 건강하고 성공적인 회사들만이 올바른 일을 할 수 있는 자원 및 능력을 가질 수 있게 된다."

최초의 프랜차이즈 체인점을 만든 위대한 상인

ㅡ 프 랭 크 울 워 스 ㅡ

세계 최초의 가격 파괴형 프랜차이즈 '5센트 & 10센트 숍'을 만들어 어마어마한 성공을 거둔 프랭크 울워스(Frank W. Woolworth, 1852~1919)는 가난한 농사꾼의 아들이었다. 울워스는 선천적인 허약 체질이라 농장일을 제대로 도울 수가 없었지만 아버지는 폭력을 휘두르며 모질게 일을 시켰다. 그는 보잘것없는 수입밖에 거두지 못하는 아버지의 작은 농장이 지긋지긋했다. 집을 뛰쳐나온 그는 주급 3달러 50센트를 받고 옷가게에서 일을 하게 된다. 그러나 울워스는 주인으로부터 '너무 둔해서 일을 할 줄 모른다'는 핀잔과 함께 해고를 당했다.

하지만 그는 자기 사업에 대한 새로운 아이디어를 가지고 있었고 꿈은 반드시 실현된다는 믿음 또한 가지고 있었다. 다른 가게로 자리를 옮긴 그는 10달러의 주급을 받게 되었고 결혼도 해서 처자식을 부양했다. 그 사이에 그는 '무엇이든 5센트나 10센트로 판다'는 구상을 굳혀

나갔다. 상점을 개점할 돈도 없었지만 그는 자신에게서 새로운 힘을 느꼈고 반드시 성공할 수 있다는 확신이 생겼다.

"나는 세계에서 가장 큰 상점을 열고 가장 큰 빌딩을 지을 것이다."

사람들은 그의 말을 듣고 비웃었지만 울워스는 흔들리지 않고 자신의 꿈의 플랜을 차근차근 짜 나아갔다.

1879년, 그는 300달러를 빌려 드디어 자신의 이름을 넣은 '5센트 & 10센트 숍'을 차렸다. 주위 사람들은 그에게 너무나 무모하고 공상적이라며 걱정과 조롱을 보냈다. 하지만 그는 그 동안의 조사로 저소득층 사람들이 생활필수품을 싼 값에 많이 파는 상점을 찾을 것이란 확신을 가지고 있었다. 과연 얼마 지나지 않아서 '박리다매'의 전략은 맞아떨어졌다.

울워스의 가게에는 사람들이 구름처럼 몰려들었다. 그는 거기에 용기를 얻어 '무엇이든 5센트나 10센트에 판다'는 선전 문구로 미국 전역에 영업점을 확대해나갔다. '5센트 & 10센트 숍'은 1879년부터 1919년까지 미국은 물론 캐나다, 영국, 독일에 약 1,300개의 점포를 개설했고 그의 회사는 세계적인 다국적 유통기업으로 성장했다.

백만장자가 된 울워스는 젊은 시절 공언한 대로 세계에서 가장 큰 빌딩을 짓기로 결심했다. 그리하여 그는 1913년 브로드웨이 부근에 높이 241미터의, 당시로서는 세계에서 가장 높은 건물인 울워스 빌딩을 지었다. 고딕 양식을 취하고 있는 이 빌딩은 안으로 들어가 보면 로비에 울워스가 잔돈을 세고 있는 큰 동상이 있고 6,400개의 창에 67개의 엘리베이터와 2,500개의 화장실이 있다.

그는 자신의 꿈을 실현한 것에 대단히 만족해하면서 미국의 비즈니스 잡지 『석세스』와의 인터뷰에서 이런 말을 했다.

"꿈은 반드시 실현됩니다. 절대로 물러서지 마십시오. 자기 자신을 과소평가하지 마십시오."

울워스는 꿈을 이루는 과정에서 이루 헤아릴 수 없을 정도로 많은 위기와 좌절을 겪었다. 그는 인내심의 극한을 요구하는 역경에 맞닥뜨릴 때에도 확고한 신념과 투지를 가지고 반드시 이루고야 말겠다는 일념으로 모든 정성을 기울이면서 꿈의 실현을 향해 묵묵히 앞으로 전진해나갔다. 그가 세상을 떠난 지 오래되었지만 그의 기업 '울워스'는 창업 120년을 맞은 1998년에 회사명을 베나토르 그룹(Venator Group)으로 바꿔서 대대적인 개혁에 들어갔다.

5센트나 10센트로 팔아서 남긴 유산

1911년, 울워스는 경쟁 기업체를 합병하기 위해 4명의 경쟁 소매업체 경영인들을 뉴욕에 있는 아스토리아 호텔로 초대했다. 그들은 시모어 호레이스 낙스, 프레드 모건 커비, 프랭크의 형제인 찰스 섬너 울워스, 페리 찰턴으로 전국 각지에서 잡화점을 운영하고 있었다. 당시 울워스 자신은 미국 전역에서 319곳에 잡화점을 경영하고 있는 최대 기업가였다.

울워스는 6,500만 달러의 자본금을 가지고 미국의 전역에 있는 총 596개의 상점들을 울워스 사로 합병했다. 합병 이후 울워스 사는 미국은 물론 유럽 전역으로 사세를 확장해서 소매점으로 세계적인 기업이 되었다.

창업자 울워스가 1919년에 사망했을 때, 그의 아내 제니는 3,100만 달러의 유산을 상속받았다. 5년 후인 1924년, 그녀가 사망했을 때 재산은 약 2배가량이 불어나서 5,974만 달러가 되었다. 그리고 1년 반이 지나자 재산은 7,832만 달러로 늘어났다. 그 돈은 국민총생산(GNP)을 기준으로 환산하면 지금의 80억 달러가 넘는 재산이다. 제니의 유산은 두 딸과 죽은 딸이 낳은 손녀 바바라 허튼에게 돌아갔다.

1933년, 성인이 된 바바라를 위해 뉴욕에 있는 리츠 호텔에서 축하연이 벌어졌다. 바바라는 5개월 전에 덴마크의 백작과 결혼했는데, 은으로 만든 커다란 나무가 놓여 있는 무도회장에는 천장에 무수한 별들이 장식된 가운데 인공으로 연출된 월광이 비치고 있었다.

그녀는 1979년에 사망하기까지 7번 결혼했는데, 그 중 한 사람이 할리우드의 대스타 캐리 그랜트였고, 또 한 사람은 유명한 폴로 선수 포르피리오 루비로사였다.

내 꿈은 남들과 색깔이 다르다

　　　　　　　루치아노 베네통(Luciano Benetton, 1935~)은 무일푼으로 시작해서 세계 제일의 패션 왕국을 이룩한 사람이다. 그는 사업 초기부터 자유로운 발상 하나로 승부를 걸었다.

　장남인 그는 스무 살 나이에 아버지가 세상을 떠나자 가장의 역할을 떠맡아야 했다. 그는 궁리 끝에 자신의 아코디언과 막냇동생의 자전거를 팔아서 그 돈으로 낡은 직조기를 샀다. 그는 시장에 나와 있는 스웨터가 검정, 회색의 단색 제품 일색이라는 사실에 주목했고, 여동생 줄리아나의 뛰어난 뜨개질 솜씨를 활용하기로 작정했던 것이다.

　줄리아나는 이 직조기를 이용해 다양한 색상의 스웨터를 짜기 시작했다. 베네통은 이 컬러 스웨터를 도매상에게 팔아넘기기 시작하면서 의류업계에 첫발을 내디뎠다. 젊은이들은 난생 처음 보는 컬러 스웨터에 열광적인 반응을 보였다. 이에 힘을 얻은 베네통은 'United Colors of Benetton'이란 슬로건을 내걸었다. 그는 당시 선염가공 공정에만 의존하던 제품에서 벗어나, 염색하지 않은 실을 가지고 옷을 생산한 뒤 염색하는 후염가공 공정 기술을 개발하여 다양한 컬러로 승부를 걸었다. 이 방식은 한 가지 제품으로 다양한 색상의 제품을 만들어낼 수 있었고 베네통의 빨주노초파남보 무지개빛의 스웨터들은 유럽 전역에서 빵처럼 팔려나갔다. 베네통의 다양한 컬러가 인정받기 시작하는 순간이었다.

이 성공을 발판으로 베네통은 자유로운 발상에 의한 파격적인 변신을 거듭했다. 우선 패션의 본거지인 파리에 매장을 열고 기존의 매장과는 다른 과감한 변신을 시도했다. 우선 매장에 카운터를 없애고, 전시장처럼 상품 진열을 극대화시켰다. 소비자가 구매의사가 없더라도 마음 편하게 매장에 들러 다양한 제품을 구경할 수 있도록 한 이 전시 방식은 소비자의 구매심리를 유도하여 큰 성공을 거두었다. 베네통의 인기는 세계로 뻗어나가기 시작했다.

베네통은 기존의 모직의류에서 면과 데님으로 품목을 다양화하여 캐주얼웨어를 생산하기 시작했고 선글라스, 시계, 가방, 모자, 화장품, 향수, 스키용품까지 그 사업 영역을 넓히며 세계적인 패션 제국을 만들어나갔다.

이러한 성장세에 발맞춰 베네통은 세계 최고의 물류 시스템을 구축하기 시작했다. 고객의 욕구에 신속하게 대처할 수 있도록 20시간 동안에 2만 5천 박스를 입출고할 수 있는 최첨단 물류센터를 갖추고 전세계 어디든지 20시간 안에 배달 가능한 물류체계를 구축한 것이다.

가장 비약적인 성공은 광고에서 이루어졌다. 베네통 본인이 "내 옷을 돌려주세요"라는 카피 한 줄로 중요한 부분을 가리고 알몸으로 나온 광고를 비롯해서 수녀와 신부가 진하게 키스를 한다든지, 벌거벗은 각종 인종을 전시하는 파격적인 광고를 통해 매스컴과 소비자의 이목을 집중시켰다. 종교, 인종, 전쟁, 에이즈 등을 다룬 이런 광고는 때로 터무니없고 무모하다고 욕을 먹기도 했지만 베네통의 이미지를 세계인에게 강렬하게 각인시켰고 위치를 확고히 하는 데 큰 기여를 했다. 그야말로 자유로운 발상의 극치가 아닐 수 없다.

2004년까지 베네통은 50여 개의 계열사를 두고 120여 개국에 8천여 개 이상의 매장을 운영하며 해마다 80억 달러 이상을 벌어들이는 세계 최대의 패션 그룹으로 성장했다.

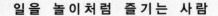

일을 놀이처럼 즐기는 사람

　　　　　루치아노 베네통의 꿈은 의사가 되는 것이었
다. 그러나 아버지가 돌아가신 후 그 꿈을 포기해야 했다. 그는 빵 배
달, 신문팔이 등 닥치는 대로 일했지만 항상 배가 고팠다.

　아버지가 돌아가신 지 4년째 되던 해인 1949년의 어느 날이었다. 학
교에서 돌아온 둘째동생 질베르토가 작문시간에 쓴 '아버지'란 글을
보여주었다.

　"내 아버지의 이름은 루치아노입니다. 아버지는 우리들을 위해서 열
심히 일하고 있습니다."

　충격을 받은 루치아노는 어머니에게 상급학교 진학을 포기하겠다고
말한다. 실제로 아버지의 역할을 떠맡아야 할 때가 왔음을 안 것이다.
루치아노가 가족에 대해서 가졌던 첫 번째 단어는 '책임감'이었다. 그
것은 자신의 운명을 스스로 개척해나가야 한다는 자각을 가져다주었
다.

　베네통은 자신의 자화상을 묘사해달라고 신문기자가 주문을 하자
자신은 '일을 놀이처럼 즐기는 사람'이라며 이렇게 말했다.

　"나의 인생에서 가장 큰 부분을 차지하고 있는 것은 일입니다. 내가
혜택을 받았다고 생각하는 것은 일과 관련해서 심리적인 문제가 없었
다는 것입니다. 실제로 평탄하게 진행되었습니다. 시종일관 일만 해왔
습니다만 나를 일중독이라 부르는 사람은 없었지요. 스트레스를 느끼

는 적도 있지만 무리하게 혹사당하고 있다고 느끼는 일 없이 집에서나 휴양지에서 휴식을 취할 때는 편안하게 보냅니다. 일정이 빡빡한 것도, 세계의 이곳저곳을 돌아다니는 일도 정말 즐겁습니다. 필요한 때는 언제라도 자고, 상쾌하게 잠을 깨는 재능도 가지고 있습니다.

　이러한 생활방식을 할 수 있는 것도 자신의 일을 좋아하기 때문일 것입니다. 어렸을 때부터 좋은 의미에서 일을 놀이라고 느껴온 것이 한 가지 원인이라고 생각합니다. 나에게 일은 단순한 습관이라든가 경제적인 문제는 아닙니다. 위험과 자극으로 가득 찬 풍부하고 끝없는 모험입니다. 자신에게 꼭 맞는 일, 만족할 수 있는 일을 하는 행운을 만나면 인생이 뭔지를 이해할 수 있게 됩니다. 그리스인이 생각하는 행복의 정의는 '미덕을 향해서 자신의 힘을 최대한 사용하는 일'이라고 합니다. 다시 말하면 최선의 일을 하려고 노력하는 것입니다. 이 정의에 따르면 나는 행복한 인간입니다. 처음 출발할 때에 비하면 에너지가 약해지기는 했지만 스무 살 때는 하루 16시간 일했습니다. 50대가 된 지금은 그 정도의 페이스를 유지한다는 것은 무리지요. 기껏해야 하루 15시간 정도일 테니까요."

세계는 이제 노키아로 이야기한다

25

— 요 르 마   올 릴 라 —

       현재 휴대폰 부문에서 세계 1위의 기업은 핀란드의 국민기업인 노키아이다. 그러나 노키아가 처음부터 세계적인 기업이었던 것은 아니다. 1865년 제지업으로 출발한 노키아는 140년에 달하는 오랜 역사를 자랑하지만, 글로벌 기업으로 부상한 것은 불과 20여 년에 지나지 않는다. 펄프, 고무, 타이어, 가전제품, 컴퓨터, 화학 등 다양한 분야로 확대 성장을 지향하던 노키아는 1980년대 말 핀란드의 금융위기로 인해서 몰락할지도 모르는 경영위기에 내몰렸다.

  1992년에 노키아 CEO로 취임한 41세의 요르마 올릴라(Yorma Ollila, 1951~)는 취임과 동시에 업계 1위가 아니거나 1위가 될 가능성이 없는 사업은 과감하게 정리할 것을 선언했다. 그는 당시 매출비중 10% 정도에 불과했던 이동통신을 미래사업으로 채택하고 이동통신 단말기와 정보통신 인프라 부문만을 가지고 사활을 건 항해를 시작했다. 그는 향후 5년간의 기본 전략을 발표했다.

"통신 분야 외의 사업은 포기하거나 매각한다."

이 발표는 사내외에 커다란 충격을 몰고 왔다. 노키아는 100년 이상 제지업을 경영하면서 커온 회사였는데, 신임 CEO는 기업의 주력사업마저 포기하고 미래산업에 주력하기로 선언을 한 것이다.

"중요한 것은 기업의 규모가 아니라 속도다."

그는 세계 1등 기업이 되기 위한 확고한 청사진을 제시하면서 직원들을 독려해나갔다. '휴대전화로 최고 회사가 된다.' '인프라 시스템에서도 최고 아니면 2위가 된다.' 이러한 그의 목표는 1990년대 중반을 지나면서 대부분 달성되었다.

노키아가 세계 1위의 기업으로 등극하게 된 것은 통신 자유화라는 시대의 흐름을 타고 통신사업을 개화시킬 수 있는 기회가 다가오고 있음을 재빨리 알아차리고 시장의 변화에 민감하게 대처하며 집중적인 전략을 추진한 결과이다.

"세계는 이제 노키아로 이야기한다."

이러한 광고 문구는 전 세계를 향한 노키아의 자신감의 표현이자 새로운 결의를 다지는 구호가 되었다. 이후 노키아는 세계 최고의 이동통신 제품을 만들어내기 위해 매년 매출의 8~9% 이상을 R&D(Research & Development)에 쏟아 부으며 전사적 힘을 기울였다. 그 결과 노키아는 품질과 서비스 면에서 세계인의 인정을 받았고 전 세계 130개국에서 휴대폰을 판매하며 30% 이상의 시장점유율을 차지하는 세계 최강의 기업이 되었다.

노키아가 지금과 같은 위상을 가지게 되기까지는 2006년 6월 경영

일선에서 물러난 전 CEO인 요르마 올릴라의 탁월한 리더십에 힘입은 바가 크다고 할 수 있다. 그가 CEO에 취임할 당시 노키아에는 4만 4천 명의 사원이 있었는데, 구조조정 결과 1993년에는 2만 6천 명으로 줄어들었다. 이때 정리된 분야의 업체들은 '100% 재고용 보장'이란 조건과 함께 매각됐다. 요르마 올릴라는 정보통신사업에서 성공을 거두자 잠정 해고되었던 사원을 모두 불러들여 재취업시켰다. 업종은 변해도 직원은 재교육을 통해 계속 같은 사람들을 채용한다는 약속을 지킨 것이다. 직원들에 대한 노키아의 이러한 책임경영은 '노키아 웨이(Nokia Way)'란 말로 표현된다.

노키아는 2005년 핀란드 전체 수출의 25%, R&D 투자의 20%, 헬싱키 증시 시가총액의 60%를 차지하며, 세계적인 브랜드 컨설팅 업체인 인터브랜드가 선정한 세계 브랜드 8위, 『포춘』지가 선정한 존경받는 기업순위에서 세계 26위를 차지하고 있다.

작은 나라의 초일류 기업 노키아

노키아의 본사는 핀란드 수도 헬싱키의 위성 도시 에스푸에 있다. 헬싱키에서 자동차로 15분가량 달리다 보면 에스푸 강변의 숲 속에 2만 6천 장의 유리로 만들어진 거대한 유리성인 '노키아 하우스'가 우뚝 서 있다. 1996년에 지어진 이 건물은 대형 유리로 외관을 장식하고 있어서 마치 아름다운 식물원을 보는 듯한데, 내부 벽이며 바닥도 온통 유리로 처리되어 있는 미적인 설계는 이곳이 첨단 기술과 지식의 산실이라는 것을 단적으로 보여준다.

건물을 이처럼 투명한 유리로 지은 것은 노키아의 기업이념인 '사람과 사람 사이를 가로막는 것은 아무것도 없다'는 '커넥팅 피플(Connecting People)'과 노키아 경영의 투명성, 나아가 국가경쟁력 1위인 핀란드의 위상을 상징한다고 보아야 할 것이다.

이 건물은 핀란드 건축가 페카 헬린이 설계한 것으로, 두 동의 큰 건물이 여러 개의 다리로 연결되어 있다. 이것은 엔지니어링과 마케팅, 관리 등 다양한 분야에서 일하는 사람들을 하나로 이어주고, 또한 고객들에게도 거리의 장벽을 최신 정보기술로 없애주겠다는 노키아의 경영철학을 상징한다. 이 건물은 유리를 통해서 들어온 햇빛을 채광하여 건물의 내부로 빛을 뿌려주는 자연 친화적 설계로 만들어진 에너지 절약형 건물이다. 실내 장식도 자연 친화적인 소재를 사용하는 것을 원칙으로 해서 대부분 나무, 재생종이, 솜, 양털 따위를 사용하여 노키아의 환경 친화적인 경영의 백미를 보여주고 있다.

노키아 본사는 세계 최고의 글로벌 기업답게 세계 각국에서 온 방문자들로 늘 북적거린다. 이곳이 북극에 가까운 작은 나라의 기업일까 싶을 정도다.

이제 노키아는 세계 130개국에서 휴대전화를 판매하고 있는 세계 초일류 기업이 되었다. 그러나 세계의 많은 애널리스트들은 노키아의 장점을 휴대폰 판매량 세계 1위라는 데서 찾지 않는다. 노키아는 세계 1위의 판매량을 자랑하는 데 그치지 않고 철저한 윤리경영을 실천하는 회사로 애널리스트들 사이에서 명성이 높다. 노키아는 노사 간의 관계가 끈끈한 신뢰로 맺어져서 서로를 존중하며, 환경 친화적인 경영을 철저하게 실천하는 기업으로 정평이 나 있다.

현재 세계 1위의 무선통신기기 업체가 된 노키아는 수많은 도전자들에게 쫓기는 입장이다. 특히 탁월한 디자인과 성능을 앞세운 삼성전자, LG를 비롯한 한국 업체들은 수익 면에서 노키아를 능가할 만큼 무서운 기세로 추격해오고 있다. 이에 노키아는 추격자를 따돌리기 위해 제품 가격을 내폭 내리는 전략을 구사하고, 매출액의 5%에 달하는 광고비를 투자하는 것으로 응전하고 있다.

그런데 노키아가 이처럼 선두를 지키기 위한 치열한 노력을 기울일 수 있는 데는 국가적인 지원도 크게 작용하고 있다는 점을 알아야 한다. 핀란드는 국가 차원에서 미국, 일본보다 월등히 높은 IT 연구개발 투자를 지원하고 있다. 총리 직속의 과학기술정책이사회가 있고, 국가 인력 프로젝트 등에 노키아 등의 기업 임원들이 참여하여 실질적인 실천 방향을 정하고 국제 경쟁력을 키울 방안을 만들어내며 국가의 미래를 토론한다. 결국 노키아라는 거대 기업은 핀란드라는 나라가 만든 셈이다.

세계 최고의 부자, 세계 최고의 자선가

26

一
존
록
펠
러
一

존 록펠러(John D. Rockefeller, 1839~1937)는 흔히 최고 부자의 대명사로 불린다. 그는 100년 가까이 살면서 현재의 가치로 환원할 경우 현존하는 세계 최고의 부자로 알려진 빌 게이츠보다 무려 3배가 넘는 돈을 벌어들였다. 영국의 철학자 버트런드 러셀이 비스마르크와 더불어 현대를 만든 사람들 가운데 가장 두드러진 공을 세운 사람으로 록펠러를 꼽을 정도로 현대 자본주의 체제를 구축하는 데 큰 기여를 한 인물로 평가받고 있다.

록펠러는 가난한 가정에서 평범한 아이로 태어났다. 그는 다른 분야에서는 평범한 아이에 지나지 않았지만 뛰어난 암산 실력과 난해한 수학문제를 잘 풀 수 있는 재능을 가지고 있었다. 그는 대학도 졸업하지 않은 채 취직해서 사업을 배웠다. 그는 꿈이 크고 타고난 사업 감각이 있었다. 그는 스무 살의 나이에 회사를 차렸고 때마침 일어난 '남북전쟁'과 '오일러시'를 만나 승승장구하는 기업인이 되었다.

그에게는 앞을 내다보는 통찰력이 있었다. 록펠러는 석유사업을 시작하면서 원유 생산보다는 그것을 정제하는 것, 그리고 나아가서 저렴하게 수송하는 것에 큰 이익이 있을 것이라고 생각했다. 그는 철도 회사와 리베이트 계약을 맺어 운송권을 장악했고, 송유관과 터미널 설비들을 인수하여 경쟁자들을 물리치면서 정열적으로 사업을 추진했다.

그러는 동안 록펠러는 오직 석유만 생각했다. 옷에서는 항상 석유 냄새가 가득했으며, 집에 돌아와서도 사업 구상으로 밤을 꼬박 새우곤 했다. 그리하여 그가 이끄는 '스탠더드 오일'은 한 산업의 여러 분야를 모두 독점하는 최초의 기업으로 석유 시장의 95%를 독점하면서 전무후무한 부를 거머쥐었다.

하지만 그에게는 비밀 카르텔 형성과 수송업계의 리베이트 제공에 대한 비판으로 악덕기업주라는 비난이 쏟아졌다. 1911년 '스탠더드 오일'은 미국 연방최고재판소로부터 반(反)트러스트법 위반으로 해산 명령을 받고 33개의 회사로 해체되었다. 그런데 회사가 해체된 이후 주가가 폭등하는 바람에 그의 재산은 2억 달러에서 10억 달러로 5배나 불어났다. 그것은 그가 사실상 은퇴한 이후의 일이었다.

록펠러는 그때 중요한 결심을 하게 된다.

"사업을 해서 세계 최고의 부자가 되었듯이 자선사업으로도 세계 최고가 되자."

그는 사업에서 손을 떼고 오로지 자선사업에만 전념했다. 그는 자선사업 역시 엄청난 노력이 필요하다는 것을 깨달았다. 정말로 도움이 필요한 곳을 찾아내는 것도 돈을 버는 일만큼 어려웠던 것이다. 그는 집중적이고 치밀한 자선사업을 벌임으로써 역시 '록펠러답다'는 말을 들으며 록펠러 가문의 토대를 다졌다. 록펠러는 '록펠러 의학연구소'와 '록펠러 재단'을 비롯해서 시카고 대학 등 24개 종합대학과 12개의 단과대학, 그리고 4,928개의 교회를 지어서 사회에 바쳤다.

그러면서 그는 한 푼의 돈도 아끼는 근검절약의 정신으로 평생을 일관했다. 그는 사업에서뿐만 아니라 가족에게도 엄격했으며 그것이 옳은 일이라고 굳게 믿었다.

훗날 그는 자신의 일생을 돌아보며 자서전에서 이렇게 말했다.

"내가 전 세계 인류의 자유에 도움을 줄 수 있는 엄청난 재산을 모은 것은 하나님의 섭리입니다."

록펠러의 성공 요인 네 가지

록펠러의 성공 요인은 네 가지로 압축할 수 있다.

첫째, 자기 위치에서 최선을 다한다.

록펠러는 첫 직장에서 6시 반에 출근해서 밤 10시가 넘어서까지 일에 매진했다. 그는 회사에서 시키지도 않은 일까지 해가며 인정을 받았다. 그는 돈이나 인맥이 없었지만 현재 자기 위치에서 최선을 다함으로써 성공을 거머쥘 수 있었다.

둘째, 자기 분야를 끝까지 파고든다.

록펠러는 석유사업을 시작한 후 오로지 석유만 생각했다. 또한 그는 석유사업으로 성공한 이후에도 주식 투자 이외에는 석유와 관련되지 않은 사업은 되도록 피했다. 또 록펠러는 사업에 필요한 것은 무엇이든 메모하는 습관을 가지고 있었다. 그는 새로 떠오른 사업 아이디어는 물론 정유 공장을 움직이는 장비들의 세세한 부분, 수치, 통계 등 필요한 정보를 모두 수집했고 하나도 버리지 않았다. 그는 쉴 새 없이 공장을 돌아다니며 메모를 써서 문제점을 지적했고 절약 아이디어를 알려주었다.

셋째, 사람 관리에 뛰어났다.

록펠러는 사업 초기부터 뛰어난 능력을 가진 인재를 적극적으로 수용했다. 그의 머릿속에는 석유사업에 대한 투철한 사명감과 각오가 서려 있었고 당시 석유사업의 판도가 명확하게 그려져 있었다. 그는 석유사업으로 세계를 제패하겠다는 꿈을 착착 진행해나갔다. 하지만 그는 혼자 힘으로는 그것이 불가능하다는 것을 누구보다 잘 알고 있었다. 나중에 스탠더드 오일의 중요한 임원이 된 사람들 중 몇몇은 스탠더드 오일과 경쟁을 벌이던 사람들도 있었다. 록펠러는 자신을 적대시하고 도전하던 사람들도 능력이 뛰어나면 포용해서 자기 사람으로 만들었다. 유능한 직원은 빠르게 승진시켰고 사회적인 지위나 영향력보다 재능과 정력, 추진력, 충성심, 신중함을 더 중요한 인적 자원으로 보았다.

넷째, 앞날을 내다보는 통찰력을 가졌다.

록펠러의 성공은 대부분 앞날을 내다보는 그의 선견력과 통찰력에 힘입은 것이었다. 그는 석유사업에 몸담으면서 원유를 생산하는 것보다는 그것을 정제하는 정유사업과 저렴하게 수송하는 운송업이 더 중요하다는 것을 내다보았다. 그러한 통찰력을 바탕으로 스탠더드 오일 트러스트를 창안함으로써 록펠러는 석유산업 전체를 완전히 장악할 수 있었다.

지도를 거꾸로 보라

　　세계에서 가장 많은 고기를 잡는 회사는 어디
일까? 그것은 세계 최고의 선단을 거느린 동원산업이다. 동원산업은
'동원참치'로 잘 알려져 있지만 그 회사가 17개의 계열사를 가진, 상
장주식 시가총액 기준으로 재계 17위에 랭크되고 있는 대형 그룹이고
세계에서 가장 많은 고기를 잡는 회사라는 사실은 잘 알려져 있지 않
다. 동원그룹은 1969년 원양어선 선원 출신인 김재철(1935~)이 481톤
짜리 중고선 한 척으로 시작한 기업이다.

　　인생에서 가장 행복한 사람은 어린 시절부터 꿈꾸던 일을 실현하고
성공을 거둔 사람일 것이다. 고등학교 시절 김재철은 "우리나라는 국
토가 좁고 지하자원도 없기 때문에 우수한 젊은이라면 무진장한 자원
의 보고인 바다를 개척해야 한다"는 담임선생님의 '바다 개척론'에 감
명을 받고 부산수산대학에 입학한다. 재학 중에 그는 우리 수산업이
너무 낙후되어 있다는 현실을 통감한다. 그는 학교를 졸업하자 자신의

젊음을 바쳐 바다를 개척하겠다는 결심을 굳히고 원양어선에 몸을 싣는다. 대학까지 나온 사람이 고깃배를 왜 타려고 하느냐며 승선을 허락하지 않을 정도였지만, 그는 배운 사람으로서 원양어업을 연구하지 않으면 한국 수산업의 장래는 없다는 생각으로 선원 생활을 시작했다.

김재철의 첫 선원 생활은 힘들고 험난했지만 그는 학교에서 배운 실력과 '바다 개척의 집념'을 발휘하여 승선한 지 1년 만에 2등 항해사, 다음 해에는 1등 항해사로 승진했고, 1960년에는 승선 3년 만에 26세의 젊은 나이로 원양어선의 선장이 되었다. 그 후 그는 불세출의 의지와 불굴의 정신으로 남태평양, 서사모아에서 언제나 최고의 어획고를 올리며 '캡틴 J. C. 킴'이란 이름을 국내외의 수산업자들에게 알리기 시작한다.

그 무렵 김재철의 탁월한 능력을 눈여겨본 일본 업자들이 파격적인 조건을 내세우며 그에게 독립회사를 차릴 것을 권유했다. 그는 신용을 밑천으로 일본에서 중고선을 도입하여 동원산업의 깃발을 올리게 된다. 그것이 '제31동원호'이다. 그는 그 후 불굴의 투혼을 발휘해서 최고의 어획고를 올렸고, 2년 만에 '제33동원호', '제35동원호', '제38동원호'를 잇달아 도입하여 선단을 거느리게 되었다.

"바다를 개척해서 바다농장을 건설하는 것이 우리의 꿈입니다. 여러분은 동원의 일개 선원이라는 생각보다 이 나라의 수출역군이라는 사명감으로 투혼을 발휘해야 합니다."

김재철은 자신이 선원 생활을 하면서 직접 겪은 체험을 직원들에게 들려주며 늘 이렇게 직원들을 격려하고 분발을 당부했다. 동원산업은 적극적인 어장 개척과 선박 확보에 힘입어 1979년 창립 10주년을 맞아 세계 10위권의 원양회사가 되었고, 20주년을 맞은 1989년에는 드디어 세계 최대의 선단을 거느린, 세계에서 가장 많은 고기를 잡는 회사가 되었다.

김재철은 삼면이 바다라는 좋은 조건을 제대로 살려서 해상왕 장보고가 일구었던 해상제국을 만들어야 한다는 지론을 가지고 있다.

"우리 역사상 장보고만 한 세계인은 없었다. 그는 걸출한 장군이자 세계를 무대로 활약한 한국의 종합상사 1호였다."

그는 이러한 지론을 가지고 『지도를 거꾸로 보면 한국인의 미래가 보인다』라는 책을 펴내기도 했고, 1999년부터 한국무역협회 회장직을 맡아 무역협회에 해양대국 건설론자로서의 해상경영 마인드를 도입하고 있다.

1958년은 우리나라가 처음으로 원양어업을 시작한 해이자 김재철이 우리나라 첫 원양어선인 '지남호'에 승선한 해이기도 하다. 그는 8년간 실제로 마도로스 생활을 한 끝에 기업가로 변신했다. 항해사로 시작한 그는 배를 탄 지 3년 만에 '지남2호'의 선장이 됐고, '참치 잘 잡는 선장'으로 소문나기 시작했다.

"우리나라 수산업을 일으켜보겠다는 각오로 배를 탔고, 한 마리라도 더 잡는 것이 애국하는 길이라는 생각으로 출어에 나섰다."

그는 고기떼를 찾아 바다를 헤맬 때나 조업을 앞둔 새벽이면 목욕재계를 하고 기도를 드리곤 했다. 김재철은 사장이 된 뒤에도 직접 배를 몰고 고기잡이에 나서곤 했다. 그는 배를 타면서 죽을 고비도 여러 차례 넘겼는데, 당시의 심경을 다음과 같이 회고했다.

"당시만 해도 기상 정보가 정확하지 않아 예보 없이 폭풍우를 만나는 일도 많았지만 바람이 온다고 일일이 피해 다니다 보면 고기를 잡을 수 없다. 배를 삼킬 듯한 거대한 파도와 싸워서 이겼을 때처럼 감격스럽고 벅찬 희열도 없다. 폭풍우와 맞서 싸운 경험들이 인생을 성장시켰고 여물게 해준 것 같다."

그는 젊은 시절 바다에서의 생활을 간결하고 생동감 있는 글로 써서 명문장가로 이름을 날리기도 했다. 다음은 초등학교 4학년 교과서에 소개된 「남태평양에서」의 한 구절이다.

재웅아! 우리는 드디어 만선(滿船)을 했다. 우리 배는 지금 어창(魚 倉)마다 고기를 가득 싣고 사모아로 돌아가는 길이다. 푸른 하늘엔 흰 구름 떠가고 바다엔 새하얀 우리 배가 물결을 가르면서 달린다. 물 위 에 떼를 지어 놀던 고기들이 놀라서 달아나고 한가로이 물에 떠 있던 고래도 배를 피해 점잖게 물속으로 자맥질을 한다. 엊그제까지도 바 다는 성난 파도로 꿈틀거렸는데 오늘은 우리의 만선 귀항을 축하라도 하는 듯 잔잔하구나.

김재철은 평소에 책을 많이 읽는 독서광으로 유명하고 문장가로서 도 이름이 높다. 「남태평양에서」 외에도 「바다의 보고」, 「거센 파도를 헤치고」 등의 글이 초·중·고등학교 국어교과서에 실리기도 했다. 저 서로는 『지도를 거꾸로 보면 한국인의 미래가 보인다』가 있다.

24시간 뉴스 채널 CNN의 창설자

28

─ 테 드 터 너 ─

　　테드 터너(Ted Turner, 1938~)는 세계에서 가장 영향력 있는 미디어인 24시간 뉴스 채널 CNN(Cable News Network)의 창설자이다. 그는 어린 시절 큰 꿈을 가슴속에 품고 있었다.

　　"나는 알렉산더 대왕, 나폴레옹, 벨이나 토마스 에디슨 같은 역사적 인물들보다 더 큰 성취를 이루고 말 것이다."

　　하지만 그가 1963년 브라운 대학교를 중퇴하고 아버지가 운영하던 광고회사에서 섭외부장으로 일하고 있을 때, 운영난을 비관한 아버지가 권총으로 자살을 하는 사건이 터졌다. 아버지의 광고회사를 물려받은 테드 터너는 도산 직전의 가업을 흑자경영으로 돌려놓는 수완을 발휘하게 된다. 1970년 테드 터너는 단순한 광고업이 아닌 방송업에 손을 대기 시작했다. 그는 망하기 직전인 애틀랜타 UHF 방송국을 싸게 사들여 TV 방송국의 경영자로 나섰다.

　　이때 터너는 TV 방송 역사상 큰 획을 긋는 결정을 한다. 1975년, 그는 전파를 통신위성으로 쏘아 올려 그것을 케이블 시스템으로 수신하는 WTCG(뒤에 WTBS, 또는 Turner Broadcasting System의 약칭인 TBS로 개칭됨) 방식을 이용하여 방송 전파를 미국 전역에 닿도록 한 것이다. 이런 새로운 방송 시스템을 터너가 처음으로 생각해낸 것은 아니었지만, 터너는 이 시스템이 가지고 있는 가치를 간파하고, 미래의 케이블 TV 시대를 위한 포석을 깔아둔 것이었다.

1980년 테드 터너는 또 하나의 획기적인 결정을 한다. 그것은 바로 24시간 뉴스 채널인 CNN의 창설이었다. 1970년대가 저물어가는 어느 날, 리스 숀펠드라는 사람이 찾아와 터너에게 말했다

"어제 일어난 사건이 아니라 지금 일어나고 있는 사건을 현장에서 생중계하는 게 어떻겠습니까?"

이 새로운 아이디어를 접한 테드 터너는 흥분된 어조로 숀펠드에게 말했다.

"당신이 바로 내가 찾던 사람이오."

터너가 뉴스 중심으로 방송을 구성하겠다는 결정을 내리자 참모들조차 시장성이 없다며 만류하고 나섰다. 그러나 테드 터너는 자신만의 믿음으로 그 일을 밀어붙였다. 터너는 ABC, NBC, CBS로 분할 지배되는 미국 방송 3사의 아성을 깨려면 뉴스에 전력하는 방법밖에 없다고 판단했던 것이다.

마침내 기회는 왔다. CNN을 창설한 지 얼마 안 되어 걸프전이 터진 것이다. 미국 3대 방송사가 현지에 특파원을 보내고 허둥거리고 있을 때, CNN의 피터 아네트 기자는 인공위성으로 걸프전 현장의 모습을

생생하게 전 세계에 보도하고 있었다.

굉음 속에 타오르는 검붉은 화염, 겁에 질린 이라크 시민들, 미사일이 떨어질 때마다 흔들리는 카메라 화면, 피로 물든 전장을 커피를 마시며 지켜보는 펜터곤의 지휘본부……. 이것은 뉴스가 아니라 흥미진진한 드라마가 아닐 수 없었다. 그저 "또 폭음이 들립니다. 아! 여기로 탱크가 달려옵니다"라는 짤막한 아네트 기자의 멘트만으로도 시청자들은 TV 앞을 떠나지 못했다.

그 후에도 CNN은 세계 곳곳에서 특종을 터뜨리며 오늘날의 CNN 신화를 만들어갔다. 지금은 전 세계 210개국에서 서비스를 하며 특파원 1천여 명을 파견해놓고 있다. 어느 방송사도 이제는 그 인프라를 구축할 엄두조차 내지 못하는 규모이다.

테 드 터 너 의 '한 반 도 평 화 를 위 한 특 별 제 안'

　　　　　테드 터너는 2005년 8월, 남북한 사이의 비무장지대인 DMZ를 한국전쟁 당시 숨져간 젊은이들의 넋을 위로하는 '세계유산 등록지'로 지정하자고 제안했다. 한반도 분단 현장인 민통선 북방 DMZ 인근의 도라산역에서 열린 학술 행사에 참석한 그는 '한반도 평화를 위한 특별 제안'이라는 제목의 강연에서 평화공원 조성안을 내놓으며, 이를 위한 첫 단계로 남북한에 평화조약 체결을 촉구했다.

　2005년 여름, 남북한을 동시에 방문한 그는 DMZ는 과거 50년 동안 사람이 살지 않아 동식물이 번성한 곳이므로 개발로부터 보호하기 위해 '평화공원'과 '세계유산'으로 가꿀 필요가 있다고 주장했다. 특히 터너는 "남북한과 미국, 중국의 수많은 젊은이들이 피를 흘리며 숨져간 이곳은 이들 국가에 큰 의미가 있으며 신성한 곳"이라고 강조하고, "DMZ는 동서 해안에 걸쳐 있고 산과 절벽 사이로 강이 흘러 겨울이면 희귀 조류인 학 4천여 마리가 날아오는 곳이라 '세계 학 재단' 총재로부터 제의를 받고 DMZ 캠페인을 시작하게 됐다"고 설명했다.

　유네스코의 무니르 보우체나키 부총장은 DMZ는 "더 이상 전쟁이 발발하지 않는 평화지역으로 보존되어야 한다는 점에서 터너의 제안은 매우 흥미로운 발상"이라고 평가하며 그의 제안을 적극적으로 검토할 것이라고 밝혔다.

터너는 1991년에 설립한 터너 재단을 통해 자선사업, 사회 공헌사업, 지역사회 발전을 위한 공익사업을 이끌고 있으며, 범세계적인 비핵화운동, 평화 확산운동, 자연생태계 보호운동 등을 전개하고 있다. 그는 자신이 성공을 이룬 것에 대해서 이렇게 말한다.

"무엇보다도 '나는 반드시 성공할 것이다'라고 생각했습니다. 그리고 그 성공을 이루기 위한 과정에서 내가 할 수 있는 모든 일을 했습니다. 그랬더니 결국 성공이 찾아오더군요. 경쟁 상대나 성취해야 할 대상이 아무리 커 보이고 멀리 보이더라도 지레 주저앉아서는 안 됩니다. 야구 시합에서 우승을 다투거나 사업을 할 때, 단 1%의 승산만 있더라도 '나는 끝까지 포기하지 않는다'라는 말을 끊임없이 반복하면서 자기 자신을 추슬러나가야 합니다. 반대로 아무리 큰 성공을 거두더라도 절대로 자만해서는 안 됩니다. 어떤 분야에서든지 반드시 1등이 되겠다는 각오와 의지로 임하는 것이 중요합니다."

도요타의 혼을 심은 창업주

"일본의 두뇌와 기술로 자동차를 만들겠다."

이것은 도요타의 창업자인 도요타 기이치로(豊田喜一郎, 1894~1952)의 창업이념이다. 그는 도쿄 제국대학 공학부 기계공학과를 졸업한 후, 아버지가 경영하는 도요타 자동직기에 입사해서 아버지의 자동직기 개발을 도왔다.

그런데 자동차를 만들어보라는 아버지의 권유와 유럽과 미국 방문에서 자동차시대가 올 것을 확신하게 된 기이치로는 도요타 자동차를 설립하고 자동차 개발의 꿈을 불태운다. 그 당시 일본 정부는 중일전쟁이 발발하자 도요타에 트럭 생산을 의뢰했지만, 기이치로의 꿈은 포드나 GM과 같이 승용차를 생산하는 것이었다. 2차 세계대전이 끝나고 소형 승용차의 생산 제한이 해제되자 기이치로는 염원하던 승용차 생산에 착수했다.

"3년 안에 미국을 따라잡자. 그렇지 않으면 일본의 자동차산업은 부흥하지 못한다."

이렇게 선언한 기이치로는 미국에 갔을 때 슈퍼마켓 진열장에서 재고가 바닥날 때쯤이면 즉각 새 물건을 채워넣는 것을 보고 힌트를 얻어 '저스트 인 타임(Just In Time)'의 아이디어를 내놓고, 포드식 대량생산체제에 대응할 일본식 생산방식을 제안한다. '필요한 부품이 필요한 때에, 필요한 만큼' 생산 라인에 도착하는 제조방법인 '저스트 인 타임'은 도요타의 몇몇 직원에게 위대한 계시로 받아들여졌고, 현재 창업자만큼 존경받고 있는 오노 다이치에 의해 오늘날의 도요타 생산방식을 만들어내는 모태가 되었다.

그러나 일은 쉽게 풀리지 않았다. 당시 일본 사회는 미군정의 디플레이션 정책으로 돈의 가치가 떨어져서 일반 국민이 자동차를 산다는 것은 엄두도 내지 못할 일이었다. 당연히 도요타는 현금 흐름이 나빠졌다.

파산 직전에 몰린 기이치로는 은행단에 손을 벌렸는데 그들의 융자 조건에는 대대적인 인원 감축이 포함되어 있었다. 평소 기이치로는 "종업원을 해고하지 않는 것이 경영자의 도리이다"라는 강한 신념을 가지고 있었다. 하지만 회사를 살리기 위해서 그는 자신을 포함한 1,600명의 인원 감축을 감행했다. 이것이 대규모 노동쟁의의 발단이 되었다. 그러나 창업주인 기이치로가 모든 사태에 책임을 지고 물러난 사실이 알려지자 종업원들은 그가 왜 그런 결정을 내렸는지 알게 되었다.

종업원들은 자성하면서 노사화합을 이루어냈고 기이치로의 위대한 개인적 희생을 헛되지 않게 하자고 결의했다. 이때의 경험은 도요타의 역사에 큰 영향을 끼쳤다. 그 후 도요타는 54년 동안 노사분규가 한 번도 일어나지 않는 회사가 되었다.

또한 도요타는 이러한 노사관계를 바탕으로 기술 개발에 성공함으로써 50년 동안 한 번도 적자를 기록하지 않은 기업으로 성장했다. 이러한 성과는 기이치로가 유업으로 남긴 '종신고용제'를 도요타가 철저하게 시행하고 있는 데서 비롯되었다고 해도 과언이 아니다.

도요타의 종신고용은 1937년 창업 때부터 지금까지 이어진 도요타의 전통이 되었다. 도요타에서는 회사가 어렵다고 의도적으로 사람을 해고하거나 명예퇴직을 시키는 일은 상상조차 할 수 없다. 도요타의 직원들은 개인적인 비리나 큰 사고만 없다면 60세의 정년까지 일할 수 있는 보장을 받고 있는 셈이다. 지금도 도요타 직원들은 창업자 도요타 기이치로의 연구열과 청렴한 인생에 대해서 일종의 경외심을 가지고 있다.

너는 자동차를 만들어라

도요타 자동차는 1937년 일본의 발명가였던 도요타 사키치의 아들 도요타 기이치로가 설립했다. 사키치는 일본 초등학교 교과서에도 나오는 유명한 발명가이다. 그가 발명한 목재 자동직기는 속도가 빠를 뿐 아니라, 날실이 한 가닥 끊어지거나 씨실이 제대로 들어가지 않았을 때 곧바로 작동을 멈추도록 설계되어 있었다. 그는 곧이어 증기와 전기를 동력으로 하는 자동직기를 발명해서 일본의 방적산업을 크게 일으킨 장본인이다.

도요타의 첫걸음은 자동직기 제작으로 성공한 발명왕 사키치에서 비롯된다. 그는 투철한 장인정신을 가진 사람으로, 기계에 인간적 지혜를 불어넣어야 인간을 위한 기계로 거듭난다는 사실을 깨우쳐준 사람이었다. 그는 진정으로 사물을 대하는 진지함과 깊은 눈을 가졌던 선구자였다.

도요타 사키치는 1920년을 전후해서 큰 성공을 거둔 후 처음으로 미국에 건너가게 되었는데 그때 미국의 자동차산업이 일어나고 있는 현장을 목격했다. 그는 당시 미국에서 포드의 대량 생산 시스템에 의해 자동차가 대중화되고 있는 모습을 직접 눈으로 확인했다.

그것을 본 도요타 사키치는 큰 충격을 받았다. 그는 4개월 동안 미국에 머물면서 발명왕답게 자동차의 메커니즘을 철저히 분석했고, 장차 자동차의 시대가 도래하리란 것을 깨닫게 되었다.

사키치는 귀국하자마자 아들 기이치로에게 이렇게 말했다.

"지진 같은 재난을 당하면 철도는 쓸모가 없게 된다. 앞으로는 틀림없이 자동차시대가 올 것이다. 나는 평생 섬유기계만 만들었으니 너는 자동차를 만들어라."

당시 일본은 1923년 발생한 관동대지진 이후 어려움을 겪고 있었다. 명문 도쿄 대학 기계공학과를 졸업한 아들 도요타 기이치로는 아버지의 뜻을 받들어 자동차산업에 뛰어들었고 '세계의 도요타'를 키워냈다.

행복한 비전을 남긴 월트 디즈니

미국 캘리포니아에 있는 놀이공원 디즈니랜드. 이곳 정문에 걸린 플래카드에는 "세상에서 가장 행복한 장소"라고 적혀 있다. 이 단순하고 구체적인 디즈니의 비전은 직원과 고객, 누구나가 쉽게 알 수 있다.

어떤 부부가 디즈니에서 인턴사원을 하고 있는 아들의 초대로 디즈니랜드를 방문했다. 부모와 함께 여유를 즐기던 아들이 잠깐 기다리라고 하더니 한 여성에게 다가갔다. 그리고 온갖 재주를 부려 그녀를 웃게 하고는 돌아와 숨을 헐떡이며 설명했다.

"저 여자분이 아까부터 인상을 쓰고 다녔거든요. 만약 계속 얼굴을 찡그려봐요. 그러면 다른 사람들도 얼굴을 찡그릴 게 아닙니까? 여기는 '세상에서 가장 행복한 장소'를 표방하고 있는데 그렇게 되면 안 되지요."

아들의 프로 정신을 대견해하면서도 아버지가 한마디했다.

"월트 디즈니가 죽은 지가 언젠데 아직도 그 사람이 말한 비전 타령이냐?"

"디즈니는 없지만 그의 비전은 여기에 살아 있습니다. 그것이 바로 디즈니 테마 동산이 세계 초일류로 운영되는 이유지요."

'세상에서 가장 행복한 장소'의 비전을 남긴 사람은 바로 월트 디즈니(Walt Disney, 1901~1966)이다. 최초의 애니메이션 영화를 만든 선구자인 그는 아카데미 공로상을 29회나 수상하여 개인으로서는 가장 많은 아카데미 상 수상 기록을 가지고 있고, 프랑스 최고 훈장인 레종 도뇌르 훈장을 받는 등 그야말로 상복을 타고난 인물이었다. 그가 만든 '미키마우스' 영화는 미국을 상징하는 대중문화 코드가 되었으며, 그는 돈과 명예를 얻고 수많은 대중의 찬사를 받았다.

그러나 그가 처음부터 그런 성공을 거둔 것은 아니다. 젊은 시절 디즈니는 실력을 인정받지 못해서 여러 스튜디오들을 전전하면서 끼니 걱정을 해야 했다. 1928년의 어느 날, 그는 아내와 함께 기차 여행을 하는 도중에 미키마우스라는 새로운 만화 주인공을 생각해냈다.

처음에는 이 생쥐의 이름을 '모티머'라 붙이려 했는데 부인의 제안으로 미키마우스라고 부르기로 했다. 그러나 그의 첫 미키마우스 영화인 「미친 비행기」는 실패하고 만다. 하지만 그는 두 번째로 최초의 유성 만화영화 「증기선 윌리」를 만들어 큰 성공을 거두었다. 단번에 미키는 미국에서 가장 유명한 생쥐가 되었다. 미국 언론인 밥 그린은 미키의 매력을 이렇게 요약했다.

"미키는 순수의 상징이다. 그는 우리가 잃어버린 것들을 표현한다.

그는 세상사가 얼마나 소박하고 즐겁고, 어둠 속에서도 자유로운지를 표현한다. 미키보다 더 매력적인 상징을 본 적이 없다."

미키마우스가 성공을 거두자 월트 디즈니는 아이들에게 영원히 꿈을 심어줄 수 있는 것을 만들어야겠다고 생각했다. 그는 아이들에게 순수의 상징으로 꿈동산을 만들어주는 것이 좋겠다는 결론을 내렸다. 디즈니는 1955년 미국 ABC 방송을 통해 「미키 클럽」을 내보내면서 같은 해에 미키마우스가 상징인 디즈니랜드의 문을 열었다.

지금까지 디즈니랜드는 일본, 파리, 홍콩 등지로 퍼져나갔고 이곳을 찾은 관람객은 약 3억 5천만 명이 넘는 것으로 알려졌다. 1966년 12월 15일, 월트 디즈니가 65세의 나이로 숨을 거두자 어른 아이 할 것 없이 모든 미국인들이 슬픔에 잠겼다.

미키 마우스의 탄생

1928년 11월 18일은 '미키마우스'가 이 세상에 탄생한 날이다. 미키마우스는 「증기선 윌리」라는 7분 길이의 영화에서 모습을 처음 드러냈다. 이 영화는 소리와 동작이 동시 녹음된 첫 번째 만화영화였다 "성공적인 동시녹음 작업이 밝고 기운차게 진행되었고, 영화 속 상황이 완벽하게 실제와 들어맞았"으며 "관중을 계속해서 웃게 만드는 영화"라는 언론의 호평과 함께 관중들이 몰려들었다. 「증기선 윌리」는 월트 디즈니의 운명을 확 바꾸어놓았다.

디즈니는 그 모든 것에 감사했다. 그때까지 그의 경력은 일천했다. 시카고에서 태어난 그는 미술을 공부하기 전까지는 미주리 주에 있는 한 농장에서 성장했다. 그는 비료를 쌓아두는 창고에서 잠을 잘 때가 많았는데 그 창고에는 쥐들이 무척이나 많이 들락거렸다. 어릴 때부터 그림 그리는 일을 좋아한 그는 그 생쥐들을 그리는 것을 즐거운 소일거리로 여기며 수천 장의 생쥐를 그렸다. 그것이 훗날 만화 「미키마우스」를 탄생시킨 배경이 되었다.

만화작가의 꿈을 안고 시카고로 돌아온 디즈니는 자신의 그림을 들고 출판사를 찾아다녔지만 무명인 탓에 푸대접을 받기 일쑤였다. 그는 월세조차 제때 내지 못해 길거리로 쫓겨나곤 했지만 공원에 움막을 쳐놓고 살면서도 계속 만화를 그렸다. 차츰 출판사들이 그의 그림에 관심을 가지기 시작했고 그는 아름다운 아내도 얻었다. 그 무렵 디즈니는 『데일리 스케치』에 몇 컷의 만화를 발표했다. 그 그림의 주인공은 한 마리 귀여운 생쥐였다. 훗날 그의 전기 작가는 이렇게 그 생쥐의 탄생을 기록하고 있다.

"디즈니는 기차를 타고 할리우드로 돌아오는 길이었다. 2층 침대칸을 타고 오는데 밤에 잠을 잘 수가 없었다. 기차 칸막이 안에서 계속해서 희미하게 들려오는 나무 갉는 소리가 마치 백만 마리의 생쥐들이 모여 토론회를 여는 것처럼 들렸던 것이다. 이런 생각에 사로잡한 디즈니는 혼자 웃을 수밖에 없었고, 그 순간에 미키마우스가 탄생하게 되었다."

생쥐를 모델로 한 캐릭터를 완성하자 디즈니는 기쁜 마음으로 아내 릴리에게 보여주었다. 그는 캐릭터 이름으로 '모티머'가 어떠냐고 물었다. 그러자 아내는 부르기가 어렵다며 쉽게 부를 수 있는 '미키마우스'라고 짓자고 권했다. 그리하여 마침내 미키마우스가 탄생한 것이다.

주베일의 드라마

　　정주영(1915~2001)은 각종 여론 조사에서 가장 존경하는 기업인 1위의 인물로 꼽힌다. 그는 세계인이 찬탄해 마지않는 60, 70년대 '한강의 기적'을 일으킨 제1세대 기업가들 중에서 가장 걸출한 인물이었다. 경부고속도로의 건설, 해외 건설시장 진출, 세계 최대의 조선소 건립, 세계를 누비는 현대자동차 설립 등을 통해 한국 경제 발전의 기틀을 다지는 데 큰 역할을 했다.

　　우리 기업인 중에 정주영만큼 기상천외한 일화가 많은 사람도 없다. 그는 보리밭 잔디, 무일푼의 조선소 건설, 소양강 사력댐 건설, 유조선 공법, 올림픽 유치, 대통령 출마, 소떼 방북 등 헤아릴 수 없이 많은 신화 같은 일화를 가지고 있다. 그의 수많은 일화 중에서도 20세기 최대의 공사로 불리는 '주베일 산업항' 건설의 드라마야말로 인간 정주영을 한마디로 말해준다고 할 수 있을 것이다.

　　1976년 사우디아라비아는 총공사비 15억 달러 이상이 드는 주베일

산업항 건설계획을 발표했다. 정주영은 입찰단을 이끌고 현지에 가서 체류하며 9억 4,460억 달러를 적어내 공사를 따냈다. 그 금액은 그 해 우리나라 예산의 반에 해당하는 액수였다. 낮은 금액으로 수주한 탓에 정주영은 공사비를 낮추는 데 총력을 기울이지 않을 수 없었다. 공사를 하던 중 정주영은 여러 가지 아이디어로 세상 사람들을 놀라게 했다. 그는 공사 기간을 하루라도 줄여야 보다 많은 이익을 남길 수 있으므로 모든 기자재를 울산에서 만들어 세계 최대 태풍권인 필리핀 해양, 동남아 해상, 몬순의 인도양을 거쳐 걸프 만까지 대형 바지선에 실어 나르는 대양 수송작전을 발표했다.

"모든 자재는 국내에서 송출한다."

이 한마디로 세계 건설 사상 초유의 드라마가 펼쳐지기 시작했다. 울산에서 주베일까지는 1만 2천 킬로미터로, 경부고속도로를 15번 왕복하는 거리였다. 게다가 자켓이라는 철제 구조물 하나가 가로 18m, 세로 20m에 높이 36m, 무게가 550톤으로 웬만한 10층 빌딩 규모였고, 제작비는 당시 개당 5억 원에 달했다. 이런 자켓이 89개가 필요했다. 현대의 간부들도 불가능한 일이라고 반대했지만 정주영은 자신의 뜻을 굽히지 않았다.

주위에서는 현대가 객기를 부리다가 사우디 앞바다에 침몰할 것이라고 우려했지만, 정주영은 한차례 수송에 35일이 걸리고 그것도 19차례나 계속되는 이 대모험을 보험도 들지 않고 해냈다. 전 세계가 그의 모험적 정신과 불굴의 용기에 입을 다물지 못했다.

하지만 정주영이 소위 '무대포'로 그 결단을 내린 것은 아니었다.

그는 해조류의 흐름을 미리 철저히 계산했고 컴퓨터 시뮬레이션 작업을 통해서 예행연습을 실시했었던 것이다. 실제로 주베일 산업항 공사장으로 철제 구조물을 실은 유인선을 바지선으로 끌고 이동하는 과정에서 대만 해협을 지나다가 심한 폭풍우와 높은 파고로 인해 위험에 처한 적이 있었다. 철 로프가 한차례 끊어져 철제 구조물이 유실되었으나, 그가 해류의 흐름을 사전에 치밀하게 파악하고 준비한 덕에 쉽게 유실물을 발견할 수 있었다.

결국 정주영의 결단으로 인해 공사 기간 단축과 경비 절감은 물론 조선경기의 침체로 놀고 있는 울산 조선소에도 일감이 늘어나는 일거양득의 효과를 얻을 수 있었다. 많은 국민과 기업인들은 정주영과 같은 개척자적인 사업가를 여전히 그리워하고 있다.

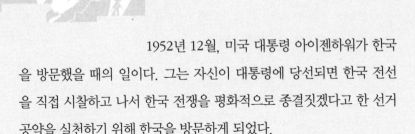

1952년 12월, 미국 대통령 아이젠하워가 한국
을 방문했을 때의 일이다. 그는 자신이 대통령에 당선되면 한국 전선
을 직접 시찰하고 나서 한국 전쟁을 평화적으로 종결짓겠다고 한 선거
공약을 실천하기 위해 한국을 방문하게 되었다.

아이젠하워는 한국을 방문했을 때 부산에 있는 유엔군 묘지를 방문
하고자 했다. 마침 그곳에서는 현대건설이 유엔군 묘지를 단장하는 공
사를 하고 있었다. 그때까지도 유엔군 묘지는 물론 전시라서 그럴 경
황이 없었겠지만 뗏장조차 입히지 못한 채 맨 흙바닥 그대로 방치되다
시피 해서 황량하기 짝이 없었다. 그 유엔군 묘지를 아이젠하워가 참
배할 예정이었기 때문에 부랴사랴 시작한 단장 공사였던 것이다. 그런
데 미군 측에서는 느닷없이 엄동설한에 묘지를 파란 잔디로 단장해달
라는 황당한 주문을 했다.

12월 한겨울에 파란 잔디를 어디서 구한단 말인가? 정주영은 한참
을 고민하다가 번쩍, 아이디어가 떠올라서 무릎을 쳤다. 그에게 불가
능은 없었다. '콜럼버스의 달걀이 별거냐' 하는 생각이 들었다. 초조
하게 정주영의 입이 떨어지기를 기다리던 미군 관계관들도 문득 긴장
했다.

"당장 파랗게 풀이 나게 하면 되는 거요?"

정주영은 자신 있게 물었다. 그렇다는 것이었다.

168

"그럼 좋습니다. 돈만 내놓으시오!"

"정말이오?"

"이 정주영이가 언제 허튼소리 하는 것 들었습니까?"

"어떻게 할 건지 그 방법을 말해보시오."

"아이디어만 제공하고 돈을 못 받으면 난 어떡합니까? 하하."

정주영이 너털웃음을 터뜨리자 영문을 모르는 미8군 관계관들도 따라 웃고는 돈은 얼마든지 내겠다는 것이었다.

"정확하게 얼마를 줄 것인지 사인을 합시다."

"얼마면 되겠습니까?"

"아이디어 값이 있으니까 실비의 3배는 받아야겠습니다."

"좋습니다. 어서 실비를 계산해내시오."

그래서 정주영은 대강 생각나는 대로 실비를 넉넉히 계산해내고, 한겨울에 실비 3배의 유엔군 묘지 녹화 공사라는 기상천외한 계약을 체결하고는 미8군을 나왔다. 그는 즉시 운현궁 공사로 서울에 올라와 있는 김영주를 만났다.

"자넨 이 길로 부산에 내려가 무조건 트럭 30대만 대절해서 김해군청 앞으로 끌고 오게."

"트럭을 30대씩이나 뭘 하게요?"

"유엔군 묘지에 잔디를 입히기로 했어."

"잔디를요?"

"응."

"형님, 이 겨울에 잔디가 어디 있습니까?"

"김해 벌판의 보리를 캐다 심으면 돼."

"예? 보리를요?"

"아, 높은 사람이 쭉 차 타고 와서 헌화나 하고 돌아가면 그만인데, 그 사람들이 보린지 잔딘지 들여다보고 확인할 거야?"

정말 콜럼버스의 달걀이었다. 그렇게 해서 파랗게 단장된 유엔군 묘지를 참배한 아이젠하워는 '원더풀'을 연발하고 돌아갔다.

미군 관계자들도 "원더풀, 원더풀, 굿 아이디어!"를 외쳐댔고, 그 이후 미군 공사는 손가락질만 하면 정주영의 것이 되었고, 그가 써내는 것이 값이었다.

군납 공사는 확실히 수지맞는 사업이었다. 공사의 대부분이 수의계약이었으며, 공사비는 담당관의 사인 하나로 결정되던 때였다. 공사비는 현대건설이 미리 알아서 넉넉히 써내는 데도 불구하고 때로는 8군 공병감실 담당관이 더 늘려주기도 했었다.

오늘 최선을 다하라

스티브 잡스(Steve Jobs, 1955~)는 현재 빌 게이츠와 쌍벽을 이루는 기업가로서, 가장 활동적이고 창조적인 역량을 과시하고 있는 사람이다. 그는 20세 때 대학을 중퇴하고 부모님의 차고에서 친구 스티브 워즈니악과 함께 세계 최초의 퍼스널 컴퓨터인 '애플'을 만들어냈다. 애플은 세계적으로 폭발적인 인기를 누렸고, 스티브 잡스는 20대에 세계 최고 부자의 반열에 오르게 되었다.

그러나 그는 '애플' 사를 세계적인 기업으로 성장시켰지만, 10년 후 자신이 창립한 회사에서 쫓겨나는 수모를 당해야 했다. 아이디어만 많지 현실 감각이 떨어지고 무능하다는 이유에서였다.

"내가 세운 회사에서 내가 해고당하다니!"

스티브 잡스는 인생의 초점을 잃어버렸고, 뭐라 말할 수 없는 참담한 심정이 되었다.

"전 정말 말 그대로 몇 개월 동안 아무것도 할 수가 없었답니다. 그러나 제 맘속에서 뭔가가 천천히 다시 일어나기 시작했습니다. 비록 해고당했지만 여전히 제가 했던 일을 사랑했고, 그래서 다시 시작하기로 결심했습니다."

그 사건으로 인해 스티브 잡스는 성공에 대한 중압감에서 벗어나 초심자의 마음으로 돌아가기로 결심했다. 그러자 그는 오히려 자유를 만끽하며 최고의 창의력을 발휘하기 시작했다. 그는 사랑하는 여자 로렌을 만나 행복한 가정을 꾸렸고, 컴퓨터 제작 회사인 '넥스트(NeXT)'와 애니메이션 회사인 '픽사(Pixar)'를 창립해 재기에 성공했다.

그리고 그는 애플에서 쫓겨난 지 11년 만인 1997년, 다시 애플의 CEO로 복귀하는 괴력을 발휘했다. 게다가 10억 달러의 적자를 기록했던 애플을 단 1년 만에 4억 달러 가까운 흑자로 전환시키며 드라마의 절정을 연출했다.

애플 사에 복귀한 스티브 잡스는 새로운 PC인 아이맥(iMac)을 내놓았다. 아이맥은 1년 동안 200만 대나 판매되었고, 애플의 주가는 아홉 배나 뛰어올랐다. 그는 소비자들이 사랑하고 또 기꺼이 사고 싶어하는 컴퓨터를 만들어냈던 것이다. 그리하여 주당 13달러까지 떨어진 애플의 주가를 1999년 말에 118달러로 끌어올림으로써 20억 달러짜리 회사를 200억 달러에 달하는 회사로 탈바꿈시켰다. 또한 스티브 잡스는 픽사의 CEO를 겸임하면서, 월트 디즈니와 손잡고 애니메이션 영화의 새로운 영역을 개척해냈다.

그리하여 그는 다시 세계적인 부호의 반열에 올라서면서 옛 명성을 되찾았다. 스티브 잡스는 화려한 재기에 성공함으로써 지난날 애플의 성공이 결코 요행이 아니었음을 보여주었다. 그는 자신이 만든 회사에서 쫓겨난 쓰디쓴 인고의 세월이 있었기에 새로운 신화를 만들어낼 수 있었다며 다음과 같이 감동적으로 말하고 있다.

"애플에서 해고당하지 않았다면, 이런 기쁜 일들 중 어느 한 가지도 겪을 수 없었을 것입니다 정말 독하고 쓰디쓴 약이었지만, 이게 필요한 환자도 있는가 봅니다. 때로 인생이 당신의 뒤통수를 때리더라도, 결코 믿음을 잃지 마십시오. 전 반드시 인생에서 해야 할 제가 사랑하는 일이 있었기에, 반드시 이겨낸다고 확신했습니다."

스티브 잡스처럼 성공과 실패를 극적으로 반전시킨 경영인은 찾아보기 힘들다. 애플은 2005년 깔끔하고 매혹적인 디자인의 MP3 플레이어인 '아이팟(iPod)'을 전 세계에서 3,500만대나 팔아 치우면서 압도적인 1위를 달리고 있다.

　　　　　　운 좋게도 저는 인생에서 하고 싶은 일을 일찍 찾았습니다. 제 나이 스무 살에 워즈니악과 함께 부모님 차고에서 애플 컴퓨터를 시작했습니다. 우리는 열심히 일했고, 10년 안에 애플은 4천 명 이상의 직원을 가진 20억 달러짜리 회사로 성장했습니다. 창사 이래 최고의 걸작품인 매킨토시를 전년도에 출시했고 그때 제 나이가 서른이었습니다. 그리고 저는 해고를 당했죠. 스스로 창업한 회사에서 어떻게 해고를 당할 수 있느냐구요? 애플의 규모가 점점 커감에 따라 저와 함께 회사를 운영해나갈 재능이 걸출하다고 생각한 사람을 영입했고 한 해 정도는 잘 굴러갔습니다. 그러다가 회사의 장래에 관한 견해가 엇갈리기 시작했고 결국에는 불화로 번졌습니다. 그런데 이때 회사의 이사진들은 그 사람 편을 들었죠. 그래서 나이 서른에 쫓겨났던 겁니다. 그것도 아주 공공연하게 말입니다. 제 인생의 초점이 사라졌고, 그것은 크나큰 충격이었습니다.

　몇 달 동안 무엇을 해야 좋을지 앞이 깜깜했습니다. 마치 제 쪽으로 오던 바톤을 놓친 것처럼 한 세대 전의 기업가들에게 미안한 마음이었습니다. 데이비드 패커드(휴렛패커드의 공동 창업자)와 밥 노이스(인텔의 공동 창업자)를 만났고 볼썽사나운 제 실패에 대해 사과를 하려고 했습니다. 저는 아주 공공연한 실패작이라 차라리 실리콘밸리에서 도망을 칠까 하는 생각까지 한 적이 있었습니다. 그러나 무엇인가가 서서히

윤곽을 드러내기 시작했습니다. 저는 여전히 제가 하던 일을 사랑했고, 애플에서 있었던 사건은 그 사랑을 조금도 바꾸지 못했습니다. 축출당했지만 제 사랑은 식지 않았습니다. 그래서 다시 시작하기로 다짐했습니다.

당시에는 몰랐지만, 애플에서 해고당한 사건은 돌아보면 제 인생에서 일어났던 최고의 사건으로 판명되었습니다. 성공이라는 무거움을 벗고, 확신은 전보다 줄었지만 다시 시작한다는 가벼움으로 임했습니다. 해방된 기분을 만끽하며 제 인생의 가장 창의적인 시기로 접어들게 되었습니다.

그로부터 5년간 넥스트와 픽사를 창업했고, 제 아내가 될 멋진 여자와 사랑에 빠졌죠. 픽사는 세계 최초의 컴퓨터 애니메이션인 「토이 스토리」를 만들었고, 지금은 세계에서 가장 성공적인 애니메이션 스튜디오가 되었습니다. 놀라운 반전으로 애플은 넥스트를 인수했고, 저는 애플로 돌아왔으며, 넥스트에서 개발했던 기술은 현재 애플 르네상스의 핵심입니다. 그리고 로렌과 저는 단란한 가정을 꾸리고 있죠.

애플에서 쫓겨나지 않았다면 이 모든 일은 일어나지 않았으리라 확신합니다. 그것은 지독하게 입에 쓴 약이었지만, 그 환자는 그 약이 필요했나 봅니다. 때로 삶은 당신의 머리를 벽돌로 칩니다. 신념을 버리지 마세요. 제가 포기하지 않았던 유일한 이유는 제가 하는 일을 사랑했기 때문임을 이제 잘 알고 있습니다. 자신이 사랑하는 일이 무엇인지 찾아야 합니다. 사랑하는 사람을 찾아야 하듯이 일도 그런 거죠. 자신이 하는 일은 인생의 대부분을 차지할 것이고, 진정한 만족을 얻는 유일한 길은 스스로가 훌륭한 일이라고 믿는 일을 하는 것입니다. 그리고 훌륭한 일을 하는 유일한 길은 스스로가 하는 일을 사랑하는 것입니다.

아직도 그것을 찾지 못했다면 계속 찾아보세요. 결코 현실에 안주하지 마세요. 가슴으로 알 수 있는 모든 일이 그렇듯, 일단 찾으면 그것이 진정으로 자신이 사랑하는 일인지 저절로 알게 될 것입니다. 위대한 사랑처럼 해를 거듭할수록 점점 더 깊어질 것입니다. 그러니 그 일을 찾을 때까지 계속 탐색을 하십시오. 현재에 안주하지 마십시오.

– 스탠퍼드 대학 졸업식 축사 중에서

코끼리를 춤추게 하라

야구에는 구원투수라는 것이 있다. 게임이 위기에 몰렸을 때, 구원투수는 위기에서 탈출할 수 있는 결정적 역할을 해야만 한다. 1993년 IBM의 위기 상황에서 루이스 거스너(Louis V. Gerstner, 1942~)라는 사람이 구원투수로 나타났다.

1950년대부터 80년대까지 세계 컴퓨터 시장을 지배한 IBM은 90년대 들어서부터 큰 덩치를 이기지 못하고 빈사 직전의 코끼리처럼 뒤뚱거리기 시작했다. 80년대 말까지만 해도 『포춘』 선정 500대 기업 중 가장 수익성이 높은 기업이었던 IBM은 90년대에 들어서자 3년간 160억 달러의 적자를 내는 부실기업이 되고 말았다. 그러자 'IBM은 이제 끝났다'는 전망이 지배적이었다. 빌 게이츠조차 IBM의 회생은 불가능한 일이라고 할 정도였다.

그때 IBM 이사진은 거스너를 구원투수로 마운드에 올려놓았다. 그는 그때까지 컴퓨터 업계에서는 전혀 알려지지 않은 무명의 존재였다.

그는 맥킨지 컨설턴트, 아메리칸익스프레스 CEO를 지냈던 사람이었다. 1993년 4월 1일, IBM의 CEO로 취임한 거스너는 기업 분석이 끝나자 두 가지 결정을 내렸다.

첫 번째는 IBM 체제를 그대로 유지한다는 것이었다. 그의 이 같은 결정은 주주들은 물론 업계를 경악하게 했다. 한 해에 80억 달러나 적자를 내는 기업체제를 그대로 유지하다니!

그의 두 번째 결정 또한 사람들을 깜짝 놀라게 했다. IBM의 비전을 새롭게 창조하지 않겠다는 것이었다. 그의 이러한 결정은 그야말로 아무것도 하지 않겠다는 것이었다. 거스너는 엄청난 규모의 적자를 내고 있기는 하지만 IBM은 충분히 훌륭한 비전과 체제를 지니고 있는 기업이라고 본 것이다.

그는 IBM이 작은 부분들의 총합보다 더욱 큰 기업이며 정보기술과 컴퓨터 사업을 충분히 선도할 수 있다는 결론을 내렸다. 다만 문제는 기업 내부 운영에 있다는 것이었다.

그는 칼을 내부로 돌렸다. 종신고용제를 철폐하면서 임직원의 1/4을 해고하고, 생산 설비의 40%를 축소시켰다. 그는 IBM의 문제는 기술력 부족도 자금력 부족도 아닌 자만과 나태 때문이라고 확신했다. 거스너는 회사의 빌딩, 부동산은 물론 IBM 설립자인 토마스 왓슨이 수집했던 그림까지 다 처분하는 '혁명'이라고 할 만한 조치들을 취하면서 혹독한 구조조정으로 직원들에게 긴장감을 불어넣었다. 그러자 1년 만에 빈사 직전까지 내몰린 '거대한 코끼리' IBM이 서서히 부활하기 시작했다. 거스너가 CEO로 취임한 이래, 주주들의 총수익은 연이율 47%

로 증가했고 자산가치는 1,460억 달러까지 증가했다.

거스너가 취임한 10년 후 IBM은 '화려한 부활'에 완전히 성공했다. 주가는 사상 최고치를 연일 경신했으며 회사 내에는 현금이 넘쳐났다. 게다가 IBM은 전자산업이라는 신조어를 만들어내고 인터넷에서 파생된 진가를 개인과 산업, 제도적으로 이끌어내는 데 주도적인 역할을 했다. 그는 자신이 쓴 『코끼리를 춤추게 하라(Who Says Elephants Can't Dance?)』란 책에서 이렇게 말했다.

"우리의 성공은 나 혼자 이룬 것이 결코 아니다. 이것을 해낸 사람들은 28만여 명에 이르는 우리 직원들이다. 우리는 중점을 두어야 할 일을 바꾸었고, 선입견을 떨쳐버렸다. 최고의 재능을 소유한 사람들이 이것을 한데 모아 융합시킴으로써 기업을 바꿔놓은 것이다."

　　처음 IBM의 구원투수로 나선 거스너는 당시
새롭게 등장한 인터넷에 주목했다. 1993년, 처음으로 인터넷을 접한
거스너의 반응은 놀라움 그 자체였다.

　"대단하다. 이것은 비즈니스의 새로운 채널이다. 이것을 어떻게 고
객을 위해 사용할까? 어떻게 이것으로 돈을 만들지?"

　그때 IBM에서 오랫동안 간부로 일해온 패트릭이 모든 사원이 이메
일 주소를 가져야 하고, 회사도 웹사이트가 필요하다고 주장했다

　"다른 사람들과 접촉하는 데 이메일을 사용하게 하십시오. 또 웹사
이트를 구축하면 장차 회사 전체를 바꿀 수 있습니다."

　거스너는 패트릭의 의견을 따랐다. 거스너는 인터넷을 통해서 회사
와 고객을 재결합시켰다. 그러자 IBM은 놀랍게 회복했다. 회사는 자신
감을 회복했고, 눈앞의 고객은 물론 잠재적 고객들과도 활발한 거래가
이루어졌다. 거대한 코끼리 IBM의 문화가 바뀌었다. IBM은 신선한 아
이디어를 얻기 위해, 또는 문제를 해결하기 위해 기발한 사람들을 고
용하기도 하고, 또 규칙들을 깨가며 조직을 유연하게 만들어나갔다

　거스너는 직접 나서지 않고 배후 조정자로서의 역할에 만족했다. 그
는 패트릭 같은 중간관리자에게 많은 권한을 주었고, 자신은 아주 필
요할 때만 리더십을 행사했다. 이러한 그의 태도는 현대 리더십의 교
본처럼 보인다. 그것은 고용인을 통제하기보다는 그들에게 권한을 위

임하고 격려해주는 것이 더 나은 방법이라는 것을 의미한다. 동시에 그는 기업이 직면하고 있는 경제적 현실도 직시하고 있었다. 거스너는 이렇게 말한다.

"신중하게 계속 전진해나가면 성공을 유지할 수 있다. 따라서 과거의 영광을 돌아보지 말고 미래의 위협요인들을 미리 예측하며 겸손함과 열정, 영특함을 가지고 끝없이 도전해야 한다."

우리의 시장은 세계다

헨리 하인즈(Henry Heinz, 1844~1916)는 식품 가공업의 개척자로 케첩이나 피클의 대명사인 '하인즈' 브랜드를 만든 사람이다.

그는 1869년 미국 펜실베이니아 주 피츠버그에서 조그마한 식료품 회사를 차렸다. 하인즈는 어릴 때부터 사업가 기질이 있었다. 여덟 살 때 그는 집에서 키워 먹고 남은 채소를 팔기 시작했다. 이것은 점점 큰 사업으로 발전했는데, 10대 소년이 되자 하인즈는 매주 마차 세 대에 채소를 실어 피츠버그 시내에 배달했다.

하인즈의 사업은 계속 번창하여 'F&J 하인즈'라는 회사로 발전했다. 이 회사의 첫 번째 제품은 토마토케첩이었고, 이어서 피클과 조미료를 만들어냈다. 그는 또 투명하고 깨끗한 병에 고추냉이 같은 농산물을 담았다. 제품의 질을 눈으로 확인해볼 수 있도록 만든 것이다. 그것을 본 사람들은 처음에는 의구심을 가졌다.

"신선한 농산물을 주위에서 얼마든지 구할 수 있는데, 누가 굳이 깡통에 담긴 농산물을 사먹을 것인가?"

그러나 하인즈는 마케팅에 관한 한 천부적인 능력을 지니고 있었다. 그는 지역의 일류 호텔 식당의 테이블에 하인즈 브랜드가 새겨진 가공식품 병이 놓일 수 있도록 마케팅에 열을 올렸다. 호텔을 찾는 부유층들이 하인즈 가공식품에서 '품위'와 '고급'이라는 이미지를 느낄 수 있도록 한 것이다. 그리고 조리시간을 줄여야 하는 바쁜 도시의 주부들을 집중 공략했다.

그의 전략은 맞아떨어졌다. 입소문이 퍼져나가자 회사에는 주문이 쇄도하기 시작했다. 하인즈는 신선한 농산품을 쉽게 구매할 수 있었던 19세기 후반에 '식품가공 비즈니스'라는 새로운 영역을 개척해서 유망산업으로 만들어낸 것이다.

1892년, 하인즈는 소비자에게 신뢰를 주기 위해서 회사에 하나의 슬로건이 필요하다고 결정했다 그는 회사가 파는 식품들을 설명하기 위해 '57가지 다양한 식품(57Varieties)'이라는 슬로건을 내걸었다. 하인즈의 8개 핵심사업군은 케첩, 참치, 냉동식품, 체중조절 식품, 간편식품, 외식식품, 유아용 식품, 애완동물용 음식으로 늘어났다. 그는 늘 새로운 시장을 개척하기 위해 분투했고, 훗날 '피클킹'이라는 별명을 얻었다.

하인즈는 타고난 마케팅 전략가였다.

"당신이 무엇을 말하는지는 중요하지 않다. 언제 어디서 어떻게 말하는지가 중요한 것이다."

하인즈는 대단한 야망이 있었고 늘 자신만만하게 말했다.

"우리의 시장은 세계다."

1900년경 하인즈 사는 200종의 식품을 전 세계에 두루 판매하기에 이르렀다. 하인즈 사는 『비즈니스위크』지 선정 식료품 부문 브랜드 가치 세계 1위로 선정되는 등 우수한 품질과 투명한 기업경영으로 세계적인 명성을 유지해왔다.

오늘날 하인즈 케첩은 미국 시장의 70%, 세계 케첩 시장의 50% 이상을 차지할 만큼 명성이 높다. 하인즈는 국내에도 입점이 되어 있는 프랜차이즈 레스토랑 'TGI프라이데이'와 미국에서 가장 큰 '콘 시럽', 전분 생산업체인 '허빙거' 등을 거느리는 다국적 기업이 되었다.

2004년 200여 국가에서 5천여 종의 제품을 판매한 하인즈의 주식 시가총액은 185억 달러, 종업원은 4만 명에 이르렀다.

하인즈 그룹의 '5V' 성공 방정식

현재 하인즈 그룹의 CEO는 1998년에 제6대 CEO로 취임한 윌리엄 R. 존슨(William R. Johnson)이다. 그는 '5V'라는 성공 방정식을 주창하면서, 5V를 통해 하인즈가 명실상부한 세계 최고의 식품가공 회사로 성공을 거둘 것이라고 주장한다.

5V란 세계적 범위의 경영과 성장을 바탕으로 하는 비전(vision), 성공을 거두려는 열성적인(voracious) 욕구, 주주의 자산 가치(value) 증시에 대한 집중적인 노력, 코스트 억제로 가속화시킬 대표적인 성장(volume growth)에 전력투구, 개혁의 고속(high velocity) 추진을 말한다.

2001년, 하인즈의 경영진은 주력 상품인 케첩이 100년 이상의 오랜 역사를 가진 인기 상품이지만 주된 소비층인 어린이들의 관심을 끌지 못했다고 판단했다. 하인즈는 5V의 정신에 의해 어린이를 위한 '하인즈 이지 스쿼트(Heinz EZ Squirt)'를 출시하여 선풍적인 인기를 끌었다. 성공의 열쇠는 어린이의 눈높이에 맞춘 디자인 때문이었다. 녹색과 보라색 등 기존에 사용하지 않던 케첩 용기의 색깔과 장난스럽게 보이는 서체가 아이들의 시선을 사로잡았던 것이다. 또 케첩으로 그림이나 글자를 쉽게 쓸 수 있도록 부드러운 재질의 용기를 사용하고 제품 끝의 구멍도 가늘게 한 것이 아이들의 흥미를 끌었다.

발상의 전환이 만들어낸
리바이스 청바지

　　　　　　　오늘날 전 세계인들에게 가장 인기 있는 패션 아이템으로 자리 잡고 있는 청바지의 시작은 한 청년의 발상의 전환에서 비롯되었다.

　1850년, 21세의 청년 리바이 스트라우스(Levi Strauss, 1829~1902)는 일상 잡화를 파는 행상으로 도시를 전전하는 떠돌이였다. 당시 캘리포니아는 이른바 골드러시로, 일확천금을 꿈꾸는 사람들이 금을 찾아 서부로 서부로 몰려들고 있을 때였다. 바로 1년 전인 1849년에 서해안 일대에서 금광이 발견되었기 때문이다. 스트라우스도 서부행 물결에 합류했는데, 그는 금을 캐려는 욕심이 있었던 것은 아니었다. 일상 잡화를 파는 그는 작업할 때 뜨거운 햇빛을 가리려면 텐트가 필요할 것이란 생각에 텐트 천을 팔아보려고 했던 것이다.

　욕심이 많았던 그는 텐트 천을 수레에 잔뜩 싣고 광산촌으로 달려갔다. 그러나 사람들은 금 캐기에 열중한 나머지 텐트에는 아무런 관심을 보이지 않았다. 가진 재산을 모두 털어서 승부를 걸어보고자 했던 스트라우스는 파산의 위기에 처했다. 그는 이 위기 상황을 어떻게 극복할 것인가 고심하던 끝에 발상의 전환을 이루어냈다.

그는 재단사를 고용해서 텐트 천으로 광부들의 바지를 만들어 팔기 시작했다. 옷감이 두껍고 투박해서 입기에는 거북했지만 옷이 쉽게 해지는 거친 환경에서 일을 하는 광부들에게는 안성맞춤이었다. 광부들이 하나둘씩 입기 시작하자 텐트 천으로 만든 바지가 단숨에 유행하기 시작했다. 당시 광산촌 일대에는 뱀들이 많았었는데 파란색을 싫어하는 뱀들이 파란색 텐트 천으로 만든 바지를 입은 사람들에게는 달려들지 않는다는 소문이 나돌면서 광부들뿐만 아니라 목동들도 그가 만든 텐트 천 바지를 찾기 시작했다. 바지를 처음 만든 사람의 이름을 따서 광부들은 바지를 '리바이스(Levi's)'라고 불렀다.

텐트 천 바지로 톡톡히 재미를 본 스트라우스는 본격적인 바지 장사를 위해서 데님(denim)이라는 두툼한 면직물로 바지를 만들었다. 데님은 훨씬 부드럽고 입기가 편해서 광부들뿐만 아니라 일반인들도 즐겨 찾았다. 이렇게 해서 오늘날 우리가 청바지라고 부르는 옷이 탄생한 것이다.

이 청바지는 편리함과 효용성 덕분에 더욱 유명해졌는데 한 가지 문제점이 있었다. 주머니의 솔기가 얼마 가지 않아 떨어져 나갔던 것이다. 스트라우스는 힘을 받는 부분에 작은 구리 리벳을 박아 튼튼하게 받쳐주었다. 그러자 이 옷은 실용적인 면에서 인정받으면서 미국 카우보이가 입는 '서부의상'의 표준 품목으로 자리 잡았다.

특히 청바지는 1960년대 이후 영화에서 젊은 세대의 생활양식을 보여주는 단골 복장으로 등장하면서 베이비 붐 세대의 유니폼이 되었다. 제임스 딘이 주연한 영화 「이유 없는 반항」과 말론 브란도의 「와일드 원」이 그 대표적인 영화이다. 그때부터 청바지가 히피 문화의 빠질 수 없는 일부분이 되었고, 찢어진 진이 유행하면서 청바지에 내포된 젊음과 야성, 반항의 메시지와 연결되어 전 세계 남녀의 독특한 의상으로 자리 잡았다.

리바이스는 청바지를 통해 젊은이들의 자유와 개성을 대변해왔다. 리바이스가 '리바이스 501'을 내놓았을 때 전 세계의 수많은 젊은이들은 501 마니아를 자처하며 열광적인 지지를 보냈다. 지금도 '리바이스 501'은 여전히 스타들과 패션 리더들의 사랑을 독차지하고 있다. 청바지의 대명사 리바이스는 이런 점에서 코카콜라, 맥도날드와 함께 미국을 대표하는 브랜드가 되었다.

리바이스는 세계적인 브랜드일 뿐만 아니라, 미국 여론조사에서 가장 윤리적인 기업으로 손꼽힐 만큼 윤리적인 면에서도 명성을 얻고 있다.

1992년 3월, 리바이스는 새로운 기업윤리 강령을 발표한다. 경쟁회사들이 저마다 해외의 저임금 국가들로 속속 생산기지를 옮기고 있을 때, 이 회사는 거래업체나 거래국가 선정 시 적용될 윤리강령을 발표한 것이다.

그리고 리바이스 이사회는 한 해 2억 달러가 넘는 중국과의 교역을 중단할 것을 만장일치로 통과시켰다. 그것은 중국의 지속적인 인권 침해 때문이었다. 곧이어 이 회사는 미얀마에서도 영업을 중단하고 철수했다. 그것은 가혹한 군사독재 정권을 직접적으로 지원하지 않고서는 미얀마에서의 영업이 불가능하다는 판단에서 내려진 조치였다. 다른 회사들은 그러한 문제들에 대해 '우리는 해외의 사업 파트너들에 대해서는 책임이 없다'는 식으로 반응했지만 리바이스는 그렇지 않다는 입장을 취했다.

"우리는 소비자 지향적인 회사라는 점에서 이러한 외부의 압력을 민감하게 느낄 수밖에 없었습니다. 우리의 가치체계를 제외하고 우리에게 있어 가장 중요한 재산은 브랜드와 명성인 것입니다. 그런데 우리는 이제 고객들로부터 앞으로는 우리 제품이 어디서 어떤 상황에서 만들어지고 있는가에 대해서도 관심 있게 보겠다는 얘기를 듣게 됐던 것입니다. 우리는 그에 부응하고자 했고 올바른 일을 하기를 원했습니다."

1992년에 선포한 윤리 강령은 두 파트로 구성되어 있다.

첫 번째 파트는 '사업 연대를 위한 파트너 조건'이다. 이 파트는 계약 관계에 있는 사업자들에게 환경, 업무 안전도와 직무 환경, 법 준수도, 고용 관행 등에 있어 리바이스의 이상을 강제하려는 의도에서 나온 것이다. 고용 관행으로는 임금과 복지 혜택, 근무시간, 어린이 노동, 복역수를 비롯한 강제 노역, 차별 대우, 직원의 규율 잡기 관행 등에 관한 기준들을 포함하고 있다. 이러한 기준들 가운데 하나는 "우리는 일주일에 60시간을 초과해 일하도록 하는 사업체와는 계약 관계를 맺지 않을 것"이라고 규정하고 있다.

두 번째 파트는 '국가 선택에 대한 지침'이다. 해당국가에 파견된 리바이스의 직원들이 건강 또는 안전 면에서 심각한 위험에 처할 가능성이 있는 국가들과는 영업을 개시하지도 재개하지도 않겠다고 선언한 것이다. 물론 사업상의 고려 요인들 가운데 가장 우선하는 것은 리바이스의 브랜드가 지니는 좋은 인상을 해치지 않는가 여부이다.

리바이스는 이러한 선언을 단호한 행동으로 실천해나갔다. 중국과 미얀마에서의 영업 중단에 이어, 이 회사는 계약사들의 설비와 운영에 대한 감사도 시행하고 있다. 리바이스의 계약업체가 대략 50개국의 600여 개에 이른다는 점에서 이는 보통 엄청난 일이 아니다.

일본 최고의 부자인 한국인

2006년 6월 9일, 미국의 경제지 『포브스』는 '일본 최고의 부자'로 자산총액 70억 달러(약 6조 5천억 원)를 지닌 한국계 일본인 손정의(孫正義, 1957~)를 선정했다. 일본에서 재일교포 3세로 태어난 그는 '조센진'이라 놀림을 당하고, 아이들이 이유 없이 던진 돌에 맞아 피를 흘리기도 하면서 울분 속에서 어린 시절을 보냈다. 그는 1974년 16세의 나이로 미국에 건너가 고등학교와 캘리포니아 대학 경제학부를 졸업했다.

1981년에 일본으로 돌아온 손정의는 IT산업의 태동을 감지하고, 그 해 9월 소프트웨어 유통사업을 시작했다. 자본금 1천만 엔에 직원 2명으로 '소프트뱅크'사를 설립한 것이다. 회사를 설립한 지 한 달 만인 그 해 10월, 그는 오사카에서 열리는 전자제품 전시회에 참가하기로 결정했다.

그런데 놀라운 것은 자본금 1천만 엔 가운데 800만 엔을 대형 부스를 빌리는 데 투자하는 모험을 단행했다는 점이다. 부스 규모는 마쓰시타나 소니에 버금갈 정도였다. 대기업 규모의 부스를 빌리기 위해 자본금 80%를 투입하는 것은 무모한 짓이라고 직원들은 아우성이었지만, 그는 그대로 밀고 나갔다.

마침내 회사의 사활을 건 전시회가 열렸다. 직원들이 걱정한 대로 체결된 계약은 30만 엔에 불과했다. 하지만 그것이 전부가 아니었다. 소프트뱅크는 이 전시회를 통해 일본 전역에 자신의 존재를 알리는 데 성공한 것이었다. 불과 1천만 엔 규모의 작은 기업이 단 한 번의 전시회를 통해서 대기업 수준의 지명도를 얻었고 그 후 소프트뱅크의 매출은 급신장하기 시작했다. 당시로서는 일반인들에게 낯선 소프트웨어 유통사업이 이 전시회를 계기로 돌파구를 찾았던 것이다.

그 후로도 손정의는 오사카 전시회에서 연출한 것과 같은 과감한 결단을 통해서 일본 IT산업 붐을 일으키는 데 성공했다. 그는 1996년 적자 벤처였던 '야후 재팬'을 인수해서 큰돈을 벌어들인 것을 비롯하여 미국 지프-데이비스 전시회·출판 부문, '컴덱스 쇼'를 주관하는 미국 인터페이스 그룹, 미국 메모리 전문업체 킹스톤 테크놀로지, 일본 텔레콤, 세계 최대 통신업체인 영국 '보다폰' 일본법인을 인수했고 호주 출신의 미디어 황제 루퍼트 머독과 함께 아사히 TV를 인수하는 등 괴력을 발휘하면서 일본 최대 IT기업군을 거느린 일본 최고 부자의 반열에 올라섰다.

한때 IT 거품이 붕괴되자 많은 사람들이 인터넷이나 브로드밴드(broadband : 광대역) 관련 사업에 회의적인 반응을 보였지만 손정의는 앞으로 300년 동안은 인터넷이 인간을 더 행복하고 생산적으로 만드는 원동력이 될 것이라고 주장하며 자신만의 경영철학을 밀고 나갔다.

1988년 6월, 빌 게이츠와 함께 한국을 방문한 손정의는 김대중 대통령과 만난 자리에서 대통령이 한국 경제가 살 길을 물었을 때 이렇게 대답했다.

"첫째도 브로드밴드, 둘째도 브로드밴드, 셋째도 브로드밴드입니다. 한국은 브로드밴드에서 세계 최고가 되어야 합니다."

빌 게이츠도 손정의 의견에 100% 동의했다. 대통령은 당장 지시를 내렸고 대한민국 초고속 인터넷의 역사는 이렇게 시작되었다. 그는 'IT강국 대한민국'의 미래를 제시한 것이었다. 그는 2006년에도 중국의 e베이라 불리는 '알리바바'에 투자해서 무려 13억 달러가 넘는 지분을 챙기는 데 성공했다. 손정의는 일본에서 실시한 조사에서 대학생과 신입사원들이 가장 존경하는 기업인으로 선정되기도 했다.

당돌한 아이

　　　　　　손정의가 미국으로 유학을 떠나 고등학교에
입학했을 때의 일이다. 그는 교장을 찾아가 이렇게 말했다.

　"저는 영어 실력이 충분하지 않지만, 고등학교 1학년 교과서 내용은
이미 배워서 알고 있습니다. 그러니 2학년으로 편입시켜 주십시오."

　교장은 그의 말대로 2학년으로 월반시켜 주었다. 그런데 며칠 지나
지 않아서 손정의는 다시 교장실을 찾아갔다. 2학년 수준은 이미 알고
있는 것이니 3학년으로 월반을 시켜주거나 아예 대학에 진학할 수 있
도록 해달라는 것이었다.

　미국에 월반제가 있긴 했지만 학교 당국은 영어도 서툰 소년이 학교
에서 가르치는 내용을 모두 알고 있다고 큰소리를 치니 당황스러웠다.
그들은 고민 끝에 그에게 대학검정 자격고시를 치르게 했다.

　시험일까지는 불과 2주일밖에 남지 않은 상황이었다. 그래도 손정의
는 그 시험을 고집했고 결국 시험을 치르게 되었다. 그런데 시험 당일
또 다른 일이 벌어졌다. 손정의는 시험장 안에서 감독관과 실랑이를
벌이고 있었다.

　"이 시험은 영어 실력을 알아보는 시험이 아니라 학력 평가를 위한
시험입니다. 그러니 시험을 보는 동안 사전을 사용할 수 있게 해주세
요. 그리고 사전을 이용하니 시간을 연장해주세요."

　감독관은 참으로 당돌한 아이의 기백에 손을 들었다. 감독관은 주

교육 담당관에게 전화를 걸어 손정의가 사전을 사용할 수 있도록 허락을 받았다. 손정의는 사전을 보면서 한 과목에 2시간씩 시험을 보았다. 하루에 두 과목씩 사흘 동안 치른 시험의 결과는 합격이었다. 그는 그해에 오클랜드에 있는 홀리네임스 대학에 합격했다. 그리고 그는 다시 도전했다. 그는 명문인 캘리포니아 대학 버클리 캠퍼스로 편입해서 자신이 배우고자 꿈꾸었던 경제학을 전공하게 되었다.

편집광만이 살아남는다

인텔은 현재 세계 최고의 반도체 회사이다. 전 세계 PC의 80% 이상이 이 회사에서 만든 CPU로 작동되고 있다. 그래서 사람들은 마이크로소프트와 더불어 인텔을 '윈텔' 진영이라고 부르고 있다. 그것은 마이크로소프트의 윈도우 프로그램과 인텔의 마이크로프로세서가 세계 시장을 지배하고 있다는 사실을 나타내는 단어이다.

앤디 그로브(Andy Grove, 1936~)는 인텔을 세계 최고의 회사로 만들어낸 장본인이다. 그는 인텔의 창업주도 최대주주도 아니었다. 다만 그는 일개 연구원에서 실력을 인정받아 경영진에 참여했고 CEO가 되어 강력한 리더십으로 인텔을 반석 위에 올려놓았다.

앤디 그로브는 1936년 헝가리에서 태어났다. 유태인인 그는 어린 시절 독일의 홀로코스트를 피해 가짜 신분증명서를 만들어 가까스로 목숨을 건질 수 있었고, 2차 세계대전이 끝난 후에는 소련군의 압제에서

196

벗어나기 위해 망명을 선택해야만 했다. 1957년 미국으로의 망명에 성공한 그는 피눈물 나는 노력으로 공부를 했다. 전쟁의 공포와 지긋지긋한 가난에서 벗어나기 위해 그는 반드시 성공해야만 했던 것이다. 성공을 위해서 그가 할 수 있는 것은 공부뿐이었다. 1963년 박사학위를 거머쥔 그는 인텔에 스카우트되어 실력을 인정받기 시작했다.

1979년에 인텔의 CEO가 된 그로브는 지독한 열정으로 인텔을 키워 나간다. 그는 개인주의가 팽배해 있는 실리콘밸리에서 간섭자요 조련사로 등장했다. 그는 출근 시간을 8시로 정했고 전날 아무리 늦게까지 일했더라도 무조건 8시 출근을 지키게 만들었다. 그렇다고 퇴근시간이 자유로운 것도 아니었다. 그래서 그에게는 '스크루지', '피도 눈물도 없는 사람'이라는 손가락질이 따라다녔다. 하지만 그는 자신의 원칙을 지켰고 조직을 매섭게 휘어잡았다. 어느 정도의 시간이 흐르자 차츰 인텔은 실리콘밸리에서 가장 강한 조직력을 갖춘 회사가 되어갔다.

그리하여 '인텔=앤디 그로브'라는 등식이 성립되었고 직원들의 존경을 한 몸에 받는 CEO가 되었다. 그는 자신의 저서 『편집광만이 살아남는다(Only the Paranoid Survive)』에서 최고 경영자의 역할을 이렇게 제시했다.

"최고 경영자는 아무리 사소한 변화라도, 조직과 산업 등 주변 환경에 주의를 기울여야 한다. 만약 이런 변화가 감지되면 기업의 자유로운 의견 수렴을 통해 가능한 한 빨리, 그리고 간결하고 명확하게 결정을 내리고 조직의 힘을 새로운 목표에 집중시켜야 한다."

앤디 그로브는 조직을 아주 매섭게 휘어잡았지만 늘 합리적이었고 스스로 실천하는 리더십을 보여주었다. 그는 조직에만 엄격한 것이 아니라 자신에게도 무척 엄격했다. 그는 CEO가 된 후에도 직접 차를 몰았고 출장을 가서도 일반 호텔에 묵으며 스스로 체크인을 할 정도였다. 『인사이드 인텔(Inside Intel)』의 저자 팀 잭슨은 그의 리더십을 '양치기 리더십'이라고 불렀다.

"앤디 그로브는 양치기처럼 인텔을 이끈다. 양떼들이 올바른 방향으로 가도록 지팡이로 신호를 하고 길을 잘못 든 양이 있으면 개를 풀어서 겁을 준다."

앤디 그로브는 양치기가 되기 위해서는 "100% 확신하는 것처럼 행동해야 하고, 결단을 행동으로 옮길 수 있어야 한다"라고 말하고 있다.

위기가 닥치면 생각을 바꿔라

1994년, 앤디 그로브에게 인생 최대의 위기가 다가왔다. 그 해 내놓은 펜티엄 칩에 결함이 발생하는 사건이 터진 것이다. 몇몇 인터넷 동호회 회원들이 시판 초기에 연산오류가 있다는 사실을 발견했다. 회사 측은 "나눗셈을 90억 번 할 때 반올림을 1번 실수하는 정도"라고 몇 번이나 설명했지만, 소비자들의 귀에 크게 들린 것은 '90억 번'이 아니라 '실수'라는 단어였다.

앤디 그로브는 대학 재학 시절 은사에게 배운 교훈인 '있는 그대로 돌파하라'를 적용했다. 고객에게 끈기 있게 설명하면 결국 이해할 것이라고 생각했던 것이다. 하지만 그의 생각은 잘못된 것이었다. 미국의 언론과 소비자들은 인텔에 혹독한 비판을 가했다. 앤디 그로브는 인텔은 더이상 벤처기업이 아니라는 것을 깨달았다. 인텔은 사람들을 일일이 설득하기엔 너무 큰 기업이 되어버렸던 것이다.

급기야 IBM은 펜티엄 칩이 장착된 자사 제품의 판매를 중단한다는 발표를 하기에 이르렀고, 사태는 걷잡을 수 없이 확대되었다. 앤디 그로브는 새로운 현실에 빨리 적응해야 한다는 것을 깨닫고 모든 소비자에게 무상 교환을 해주겠다고 발표했다.

사실 펜티엄 칩의 결함은 소비자에게까지 직접적 영향을 줄 사안이 아니었다. 그것은 고도의 기술적인 문제였기 때문에 일반인들에게는 별문제가 아니었다. 그런데도 펜티엄 칩 결함 사건은 일반 소비자들

사이에서 커다란 반발을 불러일으키고 있었다.

앤디 그로브는 이때 인텔의 고객은 컴퓨터 제조업체뿐만이 아니라는 사실을 깨달았고 5억 달러의 손실을 감수하면서 펜티엄 프로세서의 교환을 추진했다. 그로브는 이 사건을 계기로 컴퓨터 업체가 아닌 최종 소비자 만족에 더욱 주력했다. 인텔은 소비자가 원하면 언제든지 펜티엄 칩을 교환해주기로 결정하고 수정된 칩을 개발하는 데 회사의 운명을 걸었다. 그 결과 인텔은 5억 달러 가까운 손실을 입었지만 오히려 인텔이 마이크로프로세서의 선두주자임을 명확히 인식시키는 계기가 됐다.

정직과 성실로 미국을 정복하다

백영중(1930~)은 미국 경량철골 시장의 60%를 점유하고 있는 '패코 스틸(Paco Steel & Engineering)'의 창업자이자 회장이다.

그는 평안남도 성천에서 태어나 한국전쟁 중 아버지가 인민군에게 총살당하는 것을 목격하고 혈혈단신으로 월남했다. 그는 연희전문(현 연세대)에 입학하여 북에 두고 온 어머니와 형제들을 그리며 굶주림 속에서 공부를 하다, 1956년 흥사단 장학생으로 미국 유학을 떠났다. 기왕 고생을 할 거면 큰 데 가서 해보자는 생각이었다.

대학을 마치고 철강회사에 입사한 그는 엔지니어로서 창의력을 발휘하여 새로운 볼트 공법 등 5개의 미국 연방 특허를 개발하면서 철강 분야에서 차츰 두각을 나타내기 시작했다. 1974년, 패코 스틸을 창업한 백영중은 이후 아이빔 철골 골조 한 가지만을 생각하고 고민하며 살았다. 그는 세계에서 최고의 제품을 만든다는 생각과 자신만의 독특한 철학인 '고객 전부주의'라는 전략을 세웠다.

"나는 물건을 팔겠다고 생각하기보다는 저 고객이 무슨 생각을 하고 있는가를 먼저 고민했다. 고객이 어떻게 생각하는가를 충분히 파악한 뒤에 물건을 팔았다. 고객과 마주 앉기만 해도 그 사람이 어떤 느낌을 가지고 있는지, 무엇을 바라는지 대충 보인다. 자연히 고객의 반응에 따라 바로바로 대응할 수 있고 상담 속도나 결정 속도가 빨라졌다."

이것이 그의 고객 전부주의였다. 외국인이 발붙이기 힘든 미국 철강 업계에서 그의 고객 전부주의는 이내 먹혀들었다. 창업 당시 노골적으로 "당신을 어떻게 믿을 수 있느냐?"고 무시하는 미국 구매자들을 상대로 그는 제품 납기일을 한 번도 어기지 않는 성실과 신용으로 대했다. 그는 고객들과의 관계가 오래 유지되려면 고객이 다른 사람이 아니라 바로 당신을 선택하고 싶은 특별한 이유가 있어야 한다고 강조하고 있다.

그는 32년 동안 조립주택에 쓰이는 철골 골조를 생산하면서 연간 매출액 약 2억 달러에 미국 내 시장점유율 60%를 넘어서는 회사를 만들어냈고, 마침내 그 분야의 미국 철강왕이 되었다. 그가 개발한 '주름잡이 빔(Corrugated Beam)'은 세계적인 개발품으로 인정받고 있다.

그는 자신의 경영철학을 이렇게 말하고 있다.

"나는 기술과 두뇌가 현실에서 꽃을 피우기 위해서는 또 다른 지혜와 능력이 필요하다는 것을 수십 년 동안 피부로 느끼며 배워왔다. 비록 환경과 조건이 다른 미국에서 얻은 경험이지만 그 경험이 한국의 젊은 벗들에게 조금이라도 도움이 되기를 기대한다."

또 그는 미국 사회를 살아가는 데 가장 큰 무기는 신용과 부지런함이며, 현명한 목표를 세우고 한 발 한 발 앞으로 전진하는 '일보우일보(一步又一步)'의 자세로 노력한다면 반드시 그 보답이 있다고 믿었다.

"신용은 의지만으로 이루어지는 게 아니라 철저하게 부지런함으로써 얻는 것이다."

그는 모교의 LA어학당을 지원하고 연세국제재단 설립을 주도하는 등 연세대학교 발전에도 지대한 공헌을 했다. 그는 1999년 미국의 종합회계법인인 에른스트 앤드 영(Ernst & Young) 사가 수여하고 CNN, 『USA투데이』 등이 후원하는 '올해의 기업인'에 선정되기도 했다. 또 2003년에는 KBS '해외동포특별상'을, 2006년에는 미국 조립주택협회가 주는 '올해의 기업인상'을 받았다.

꿈을 이루는 창업을 하라

　　　　　　1974년, 44세의 나이로 백영중은 창업의 길로 들어섰다. 당시 그는 마크 크레스트의 부사장으로 잘나가던 시기였다. 그러나 그가 조직 생활을 통해서 깨달은 것은 '아무리 일을 잘해도 월급쟁이는 결국 월급쟁이'라는 사실이었다. 그때 아내의 격려와 후원이 그에게 큰 힘이 되어주었다.

　"당신은 사업을 해야 합니다. 월급쟁이 생활을 하면 먹고는 살겠지요. 하지만 무한히 열려 있는 기회에 한번 도전해봐야 하는 것 아니에요? 우리 아이들에게 좀 더 많은 기회를 물려줘야 해요. 직장 생활이라는 것이 진흙 같아서 한번 발을 들여놓으면 시간이 지날수록 점점 발을 빼기가 힘들어지는 법이에요. 결단은 빠를수록 좋다고 생각해요. 만약 실패하게 되면 내가 핫도그 장사라도 할 테니까 그만 두세요."

　이렇듯 백영중의 창업 결단 가운데 절반은 아내의 힘이 있었다. 훗날 그는 자신의 자서전 『나는 정직과 성실로 미국을 정복했다』에서 창업의 변을 이렇게 밝혔다.

　　직장 생활을 하면서 내 마음 깊은 구석에는 뭔가 채워지지 않는 허전함이 있었다. 내가 진정으로 바라는 것은 '내 회사'였다. 내 경험과 열정 그리고 미래에 대한 희망, 내게 있는 이 모든 것을 던져 '내 회사'를 만들어보고 싶었다.

내 사업을 하겠다고 구체적으로 마음먹은 것은 마크 크레스트를 그만두기 1년 전이었다. 나는 마크 크레스트에서 기술 부사장으로 있으면서 어느 때보다 열심히 일했다. 부지런했을 뿐만 아니라 맡은 일을 깔끔하게 처리하려고 노력했다. 다른 사람들로부터 일을 잘한다는 평가를 받기도 했다. 그러나 아무리 일을 잘해도 월급쟁이는 결국 월급쟁이였다. 일을 잘해서 결과가 좋으면 한국이나 갔다 오는 정도가 최고의 보너스였다. 내가 설계한 용접빔으로 사장은 돈방석에 앉아서 몇백만 달러를 버는데, 내 연봉은 기껏해야 1년에 몇천 달러 정도 오르는 현실에 만족할 수 없었다.

내 인생에서 가장 결정적인 선택, 가장 중요한 선택은 창업 결정이었다. 내 힘과 지혜, 꿈을 다 바칠 수 있는 내 회사를 만들어보겠다는 결심이야말로 내 인생 최고의 분수령이었다. 나는 머뭇거리던 내가 이 결심을 할 수 있도록 격려하고 용기를 북돋워준 아내와 하나님께 감사하고 있다. 나는 내가 창업한 것을 감사하고 보람으로 여긴다. 그리고 창업을 적극적으로 권하고 싶다.

Chapter **3**_
장군, 재상, 정치가

• • •

서희
범수와 채택
마가렛 대처
비스마르크
한신
상앙
제갈공명
김흥식

세 치 혀로 80만 대군을 물리치다

4세기만 해도 고구려의 지배를 받던 거란 유민족은 10세기 초 중국의 혼란기를 틈타 요나라를 세우고 발해를 멸망시키는 한편 대륙의 송나라를 위협하기 시작했다.

993년 8월, 요나라는 80만 대군을 출병시켜 단숨에 압록강을 건너 보주, 천마, 귀주, 태주를 돌파하고 봉산성을 함락시켰다. 봉산성을 점령한 요나라 장수 소손녕은 고려에 항복하라는 편지를 보낸다.

"나는 80만 대군을 거느리고 왔다. 고려의 국왕과 신하는 청천강을 건너와 항복하라!"

건국 이후 고려에 닥친 최대의 위기였다. 다급해진 고려 조정이 이몽전을 특사로 보내자 소손녕은 거만하게 말했다.

"지금 고려가 차지하고 있는 서경(평양) 이북의 땅을 내놓아라. 그러면 우리는 물러갈 것이다."

이 말을 전해 들은 고려 조정은 논란 끝에 결국 서경의 북쪽인 자비령 이북을 내주기로 했다.

그런데 이때, 큰소리로 호령을 하며 나선 사람이 있었다.

"도대체 무슨 말들을 하는 것이오? 가만히 앉아서 국토를 내주다니 그게 말이나 되는 일이오? 이번 요구를 들어준다면 저들이 다음번에는 또 어떤 요구를 해올지도 모르는 일입니다. 우선 제가 가서 소손녕을 만나보고 오겠습니다."

그는 바로 서희(942~998)였다. 평소 그를 신임하고 있던 성종은 그의 기백에 감동해 거란족의 침입에 맞서 싸우기로 결정했다. 서희가 이렇게 기세 좋게 요나라와 맞서 싸울 것을 주장한 데는 당시의 국제 정세를 내다보는 안목이 있었기 때문이다. 서희는 이미 송나라에 사절로 파견되어 활동한 적이 있었던 터라 요나라가 고려를 침략한 것은 송나라와 고려가 연합하는 것을 막기 위해서임을 꿰뚫어 보고 있었다.

서희는 혼자서 유유히 거란군 진영으로 들어가 소손녕을 만났다. 두 사람이 마주 앉자 팽팽한 긴장감이 감돌았다.

"적장이 무슨 일로 나를 찾아오셨소?"

소손녕이 물었다.

"요나라가 자비령 북쪽을 내놓으라는데 그건 어떤 이유에서인가 궁금합니다."

"요나라가 고구려의 옛 땅에서 일어났으니 고구려 땅이었던 자비령은 우리 요나라의 것이 당연하지 않소."

소손녕이 말하자 서희는 고개를 가로저었다.

"고구려의 옛 땅에서 일어난 나라는 바로 우리 고려이외다. 우리는 옷 입는 것이나 먹는 음식, 그리고 풍습과 말이 고구려와 같으니 고구려의 후손이라면 그건 당연히 우리 고려일 것이오. 압록강 이남과 이북도 우리의 땅인데, 지금 여진족이 차지한 탓에 길이 막혀 요나라와 교류를 하려 해도 할 수가 없는 형편이오. 요나라가 여진족을 내쫓고 우리의 옛 땅을 돌려준다면 왜 요나라와 교류하지 않겠소?"

서희는 소손녕과의 대화 중에 그들의 목적이 자신이 간파한 대로 고려와의 수교임을 확인하고는 회심의 미소를 지으며 요나라와 국교를 맺겠다고 과감하게 제의한다. 며칠 후 요나라 임금이 서희의 제의를 수락하는 회신을 보내왔다.

서희의 판단은 적중했다. 드디어 서희는 세 치 혀로 80만 대군을 물리친 것이다. 이로써 고려는 강동 6주의 땅을 되찾았다.

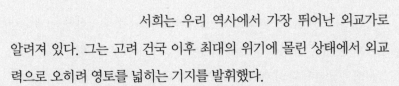

서희는 우리 역사에서 가장 뛰어난 외교가로 알려져 있다. 그는 고려 건국 이후 최대의 위기에 몰린 상태에서 외교력으로 오히려 영토를 넓히는 기지를 발휘했다.

서희는 고려시대 초에 태어나서 호족 중심의 관료들을 견제하기 위해 실시하기 시작한 과거에 급제해 관직에 올랐다. 그는 979년 새로 중국을 통일한 송나라에 가서 국교를 연 공신이었다.

고려는 태조 왕건 때부터 거란, 여진 등 만주족을 멀리하고 친송 정책을 폈다. 그것은 송나라의 발달된 문물과 문화를 받아들이고자 함이었다. 한편 송나라도 고려와 친교를 원했는데, 그 이유는 만주 지방의 호전적인 거란족과 여진족을 고려의 힘을 빌려 물리치기 위해서였다.

고려는 태조 때부터 북진 정책을 표방하고 고구려의 옛 땅을 되찾기 위하여 북쪽으로 세력을 확장하려는 정책을 폈다. 반면 거란족이 세운 요나라는 살기 좋은 땅을 탐내어 남진 정책을 폈기에 두 나라의 충돌은 필연적이었다.

985년 요나라는 발해 유민이 세운 나라인 정안국을 멸망시키고, 이어서 993년 소손녕이 대군을 이끌고 고려로 쳐들어왔다. 이때 80만 대군에 놀란 고려의 많은 중신들은 영토의 일부를 떼어주고 강화할 것을 주장했다. 그러나 서희, 이지백, 대도수, 유방 등 여러 대신과 장수들이 강력하게 전쟁할 것을 요구했다.

개전 초기에 고려는 강계에서 대패하고 지휘관이 전사하는 등 어려운 상황이었지만. 거란 침입 한 달 후에 벌어진 안융진 전투에서 승리를 거두었다. 고려군의 검차 앞에서 거란의 기마군이 맥없이 무너졌는데, 그것은 광활한 대지에서의 싸움에서 용맹을 날리던 거란의 기마부대가 산악 지형인 고려에서 통하지 않은 것이었다. 그러자 소손녕은 초조해지기 시작했다. 이때를 놓치지 않고 서희는 담판을 걸었다.

서희는 뛰어난 외교력을 발휘해 고려가 요나라와 수교하지 않은 것은 여진족이 중간에 있기 때문이므로 이들을 몰아내야만 수교가 가능하다고 주장했다. 그러자 요나라는 군대를 철군하고 동시에 청천강 이북의 여진족을 몰아내어 곽주, 귀주 등지에 강동 6주를 회복시켜 주었다. 그 후에도 서희는 안의진과 선주 등지에 성을 쌓고 평안북도 일대의 국토를 완전히 회복하는 공을 세웠다. 이로써 고려는 오히려 압록강까지 영토를 넓히게 되었다.

서희가 어려운 처지에서 이렇게 큰 외교적 성과를 거둘 수 있었던 것은 누구보다 국제 정세를 잘 읽었기 때문이다. 중국을 통일한 송나라는 북쪽의 요나라를 견제하며 줄곧 치열한 싸움을 벌였다. 서희는 그래서 요나라가 80만 대군으로 쳐들어오기는 했지만 고려의 정복에 큰 힘을 쏟지 못하고 견제하는 것으로 만족하리라는 판단을 했다. 예전에도 거란이 다른 나라와 전쟁을 할 때를 틈타 송나라가 거란을 공격한 적이 있었던 것이다.

서희는 거란 침입의 본래 목적이 고려와의 친교이고 송나라를 견제하는 데 있다는 것을 간파했다. 그리하여 고려의 땅을 빼앗으러 온 거란은 담판 이후 오히려 땅을 내주고 선물까지 바치고 떠난 것이었다. 이처럼 국제관계 속에서 힘의 균형을 이용하여 실리외교를 편 서희의 담판은 우리 외교사의 전범이 되고 있다.

성공했으면 그 자리에 오래 머물지 말라

춘추전국시대, 연(燕)나라에 채택(蔡澤)이라는 사람이 있었다. 그는 공부를 많이 하고 언변이 뛰어났지만 아무도 그의 능력을 알아주지 않았다. 그는 위(魏)나라, 한(韓)나라, 조(趙)나라에 들어가 유세를 하고 다녔으나 그 뜻을 펼치지 못했다. 게다가 위나라에서는 도적을 만나 노자와 양식을 모두 털려 아무것도 먹지 못하고 거지로 연명하다가 진(秦)나라로 들어오게 되었다.

이때 채택은 진나라를 두루 돌아다니며 그 나라의 재상 범수(范雎)의 욕을 마구 해댔다.

"나는 연나라 사람 채택이다. 나는 학식과 지혜를 두루 갖춘 천하에 둘도 없는 선비인데, 내가 특별히 진왕을 만나러 왔다. 진왕이 만일 나를 한 번이라도 만나서 내 말을 듣는다면 필시 나의 진언을 받아들여 범수를 쫓아내고 나를 재상의 자리에 대신 앉힐 것이다."

범수의 문객 중 한 사람이 그 말을 듣고 범수에게 전했다. 범수는 즉시 채택을 잡아오라고 사람을 보냈다. 얼마 후 채택이 불려오자 범수는 성난 목소리로 물었다.

"들리는 소리에 나를 대신해서 재상의 자리에 앉겠다고 하는 자가 있다고 하던데 그자가 바로 그대인가?"

"그렇습니다."

"그대가 무슨 재주로 나의 지위를 빼앗는단 말인가?"

그러자 채택이 말했다.

"승상께서는 어찌하여 시간이 이미 늦었다는 것을 모르십니까? 무릇 계절도 사시(四時)에 따라 순서가 있고, 공을 이룬 자는 물러나고 공을 이루고자 하는 자는 오는 것인데, 어찌하여 오늘날까지 물러날 생각을 하시지 않는 것입니까?"

"내가 물러날 생각이 없는데 어떤 놈이 감히 나를 물러나게 한단 말인가?"

"무릇 신체가 건강하고 사지가 멀쩡할 때 총명한 지혜를 사용하여 천하에 도를 행하고 덕을 베푸는 것이 천하의 호걸들이나 현인들이 바라는 바가 아니겠습니까? 진나라의 상앙, 초나라의 오기, 월나라의 대부 문종 등은 각기 자기 나라에 큰 공을 세웠으나 끝까지 자리를 지키려다가 화를 입었습니다. 어째서 승상께서는 이 기회에 재상의 자리를 현자에게 물려주지 않으려고 하시는 겁니까?"

범수도 세 치의 혀로 사람을 설득시키는 데는 자신이 있었다. 그런데 채택의 언변도 여간이 아니었다. 범수는 곧 채택이 큰 인물임을 알아보고 다음과 같이 말했다.

"참으로 옳은 말씀이오! 선생께서 내게 좋은 가르침을 주셨소."

그 날 이후 범수는 채택을 상객으로 모시고 진나라 왕에게 채택을 추천했다. 그 후 범수는 병을 핑계로 재상의 자리에서 물러났으며, 그 자리는 채택의 호언장담대로 채택에게 돌아갔다. 범수는 봉지로 내려가서 여생을 편안히 보내다가 노환으로 죽었다. 채택은 재상으로 있으면서 좋은 정책을 많이 폈고, 그의 계책으로 진나라는 주나라 왕실의 땅을 손에 넣어 명실상부한 패권국가의 기틀을 잡았다.

그러던 어느 날, 채택은 자신의 역할이 끝났다는 생각이 들자 병을 핑계로 재상의 자리에서 물러났다. 범수도 그렇지만, 채택도 자신이 물러날 때를 아는 사람이었다.

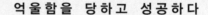

억울함을 당하고 성공하다

범수는 위나라에 출사하려고 했으나 집안이 가난하여 스스로 조정에 줄을 댈 수 없었다. 그래서 중대부 수가(須賈)의 문하에 들어가 수가를 섬겼다.

어느 해, 수가가 위나라 소왕의 사신으로 제나라에 가게 되자 범수도 수행원으로 따라갔다. 제나라 양왕은 범수가 마음에 들어 황금 열 근과 쇠고기와 술을 보내왔다. 범수는 사신 일행 중 자기만 그런 대접을 받을 수 없다고 극구 사양했다. 그런데 한 시종이 이 사실을 수가에게 알렸다.

"제나라 왕이 그대에게 이렇듯 후한 상을 내리는 것은 무엇 때문인가? 필시 그대와 제나라가 내통하고 있기 때문이 아니겠는가?"

위나라로 돌아온 범수는 재상 위제에게 끌려가 매질을 당했다. 범수는 거듭된 매질에 초죽음이 되어 거적으로 덮인 채 변소 옆에 버려졌다. 그러나 그 날 밤 그는 죽지 않고 정신이 들었다. 그는 간수에게 부탁을 했다.

"당신이 나를 여기서 나갈 수 있게 도와준다면 후일 크게 사례를 하겠소."

범수는 그 후 다른 이들의 도움을 받아 요양을 한 끝에 진나라로 건너갔다. 진나라에 온 범수는 이름도 장록(張祿)이라 바꾼 채, 소왕의 눈에 들어 진나라의 재상이 되었다. 그 후 소왕은 범수의 계책을 받아들여 많은 성과를 거두게 된다. 그 무렵 진나라는 위나라를 치려는 계획을 진행하고 있었다. 다급해진 위나라는 수가를 진나라에 사신으로 파견했다. 이때 범수는 남루한 옷차림으로 수가가 묵고 있는 숙소를 찾아갔다. 수가는 범수를 보자 크게 놀라며 말했다.

"범수! 아직 살아 있었군. 나는 그대가 매를 맞아 죽은 줄만 알고 있었는데 이렇게 살아 있단 말이오?"

"그때 나는 죽은 시체가 다 되어 성문 밖에 던져졌지만 나를 가엾게 여긴 사람들의 도움으로 이곳까지 오게 되었습니다."

"그래, 지금은 무슨 일을 하며 지내나?"

"남의 집 종살이를 하고 있습니다."

수가는 그를 동정하여 먹을 것을 권하면서 말했다.

"어쩐지 몹시 곤궁해 보이는군."

예전의 일로 양심의 가책을 받은 수가는 범수에게 자신의 솜옷 한 벌을 꺼내주며 물었다.

"진나라에 장록이라는 재상이 있다던데, 자네는 그를 아는가?"

"예. 아주 훌륭한 분이라고 들었습니다."

"나의 일이 이루어지느냐 이루어지지 않느냐 하는 것은 모두 재상의 생각에 달려 있는데, 혹시 그와 친한 사람이라도 알고 있나?"

"예. 제가 모시는 주인이 재상과 친한 것으로 알고 있습니다. 제가 당장 말씀드려보지요."

범수는 수가와 함께 진나라 재상의 관저로 향했다. 관청의 문 앞에 도착하자 범수는 수가에게 말했다.

"여기서 기다리십시오. 먼저 들어가 재상에게 알리겠습니다."

한참을 기다려도 범수가 나오지 않자, 수가는 문지기에게 물었다.

"범수는 왜 나오지 않는 것이오?"

"이곳에는 범수라는 사람이 없습니다."

"방금 나와 함께 수레를 타고 와서 안으로 들어간 사람 말이오."

"아, 아까 그분은 우리 진나라의 재상 장록이십니다."

잠시 후 범수가 많은 시종들을 거느리고 나타나자, 수가는 땅에 머리를 조아리며 그에게 용서를 빌었다.

"저 수가는 상군께서 이렇게 빨리 높은 자리에 오르실 줄 전혀 알지 못했습니다. 상군께서 저의 목숨을 마음대로 하십시오."

범수가 말했다.

"너의 죄가 얼마나 되겠느냐?"

"저의 머리털을 뽑아서 전부 잇는다 해도 여전히 모자랄 것입니다."

범수가 말했다.

"그래도 네가 나에게 솜옷 한 벌을 주었던 점을 감안하여 목숨만은 살려주겠노라. 하지만 위나라 왕에게 연락하여 위제의 머리를 보내라고 하여라."

얼마 후, 위나라의 재상 위제는 자살하고 말았다.

'영국병'을 뜯어고친 철의 여인

60, 70년대에 걸쳐서 고질화되었던 '영국병'을 뜯어고친 마가렛 대처(Margaret H. Thatcher, 1925~). 그녀가 영국 역사상 최초의 여자 수상이 된 것은 1979년의 일이었다. 당시 영국은 정부가 강성노조에 질질 끌려 다니며 제대로 된 정책을 펴지 못하고 있었다. 1974년 2월의 총선거에서 패배하고 노동당에게 정권을 내준 보수당 내각의 수상이던 히스가 이렇게 절규했을 정도였다.

"영국을 다스리는 자는 노동조합인가? 아니면 합법적 선거에 의해서 선임된 정부인가?"

그러나 4년 후, 노조의 지지 속에 출발했던 노동당 정권 역시 급진적 노조의 끝없는 요구와 장기 파업 앞에 결국 자멸하고 말았다. 1979년 5월 총선거를 승리로 이끈 대처는 이제는 암처럼 되어버린 '영국병'을 뜯어고치기 위해서는 노조와 정면으로 맞서 싸워야 한다는 신념을 가지고 다우닝가 10번지의 수상 관저로 입성했다.

대처는 우선 노조의 개혁을 최우선 목표로 삼았다. 정부보다 더 막강한 힘을 가진 노조, 특히 탄광 노조를 굴복시키지 않고서는 어떠한 정책도 성공할 수 없다는 판단을 한 것이다. 대처는 집권하자마자 탄광 노조와의 결전을 예상하고 꾸준히 석탄 비축에 나서 1년분의 석탄을 미리 확보했다. 당시만 해도 석탄 화력에 대한 의존도가 높았기 때문에, 대처는 탄광 노조와의 싸움에서 이기려면 1년 정도의 시간이 필요하다고 판단한 것이다.

준비를 끝낸 대처가 새로운 정책으로 탄광 노조를 압박하자 노조는 대대적 파업으로 맞섰다. 대처는 단호하게 정면 대결에 나섰다. 그녀는 석탄보다 가격이 저렴한 석유로 대체해야 함에도 탄광 노조의 압력 때문에 비싼 석탄을 계속 사용해야 하는 '영국적 현실'을 반드시 고쳐 놓겠다고 결심했다. 그녀는 어떠한 타협이나 협상도 배제했다. 이 싸움에서 지게 되면 영국의 미래는 없다고 확신했던 것이다.

대처는 파업을 계속하는 탄광은 폐쇄시킬 것을 명령했다. 이러한 조치에 노조는 격렬하게 저항했고 마침내 폭동으로 변했다. 사태가 이쯤 되자 노동당은 물론 보수당 내에서도 탄광 폐쇄로 인한 실업자 대책을 세우라고 아우성을 쳤다. 그러나 대처는 일관되게 정책을 밀고 나갔다.

대처는 탄광뿐만 아니라 산업 전반에 걸쳐 경쟁력을 잃은 기업, 특히 국영 기업의 구조조정에 착수했다. 우선 대처는 국영 석유회사의 민영화를 시작으로 3개의 국영 제철소를 폐쇄했다. 이러한 조치로 3백만 명의 실업자가 발생했고, 대처의 인기는 25%로 급락했다. 그러나 그녀는 정치인의 인기는 영국의 미래와 아무런 관계가 없다며 개의치 않았다.

대신 대처는 대대적인 외자 유치에 나서서 사업 전망이 좋은 기업에 투자했고 정부 조직에도 구조조정을 단행하여 작고 효율적인 정부를 만들어나갔다. 그녀는 노조의 폭동에는 강제 진압으로 맞섰고 폭력적으로 법을 위반한 자는 반드시 체포하여 처벌했다.

정부의 흔들림 없고 강력한 대처에 기세가 눌린 탄광 노조는 드디어 1985년 3월 3일 대표자회의를 소집하여 투표를 통해 직장 복귀를 결정했다. 1년여 동안 끈질기게 벌어졌던 노조와의 싸움은 '철의 여인' 대처의 승리로 그 막을 내렸다. 이로써 영국의 권력은 노조에서 정부의 손으로 다시 넘어갔다. 그 사이 대처는 영국 경제를 다시 선진국체제로 돌려놓았다. 그 후 대처는 11년간 수상직을 연임하며 20세기 최장수 수상이 되었다.

적극적인 자세는 어머니에게서 물려받은 것

마가렛 대처는 세 번 연속 수상을 역임함으로써 20세기 최장수 수상의 기록을 남기고 수상직에서 물러났다. 국가의 수장에서 가정주부로 돌아간 그녀는 남편과 자녀, 손자들을 보살피는 평범한 시민으로 만족스런 시간을 보내고 있다.

그녀는 퇴임한 다음 해 영국 왕실에 의해 귀족 작위를 받았고, 가정주부로 지내는 동시에 대중 연설, 저술 활동 및 그녀의 이름을 딴 사립 재단을 통해 자신의 정치적 견해를 피력하며 왕성한 활동을 펴고 있다.

그녀는 자서전 『권력을 향한 길(The Path to Power)』에서 어린 시절을 이렇게 회상했다.

"우리 가족은 주로 스키그니스로 휴가를 떠났는데, 그곳에서도 한가하게 낮잠이나 자면서 시간을 보내기보다는 활동적인 일을 해야 했다. 1960년 어머니가 돌아가시자 내 가슴속에는 그 무엇으로도 채울 수 없는 공허함이 찾아왔다.

어머니는 우리 가정을 지키는 위대한 존재였다. 가사를 돌보고 필요할 때면 가게를 운영하며 아버지를 물심양면 지원하셨다. 특히 아버지가 시장으로 당선되었을 때 어머니는 교회에서 다양한 자원봉사 활동에 참여하셨다. 그뿐이 아니었다. 어머니는 드레스 재봉 등의 일에도 뛰어난 재능을 보이셨고, 아무리 힘든 일을 해도 불평불만을 모르셨

다. 현모양처였던 어머니는 아버지와 우리의 성공을 가능하게 하신 분
이셨다. 어머니의 삶은 평탄하지 않았다.

　사회 활동을 하면서 나는 아버지로부터 정치적인 영향을 많이 받았
다고 말했다. 하지만 다양한 역할을 효과적으로 조직하고 접목시키는
데 필요한 적극적인 자세는 바로 어머니에게서 물려받은 것이다.”

독일 통일을 이룩한 철혈재상

42

— 비스마르크 —

영국의 철학자 버트런드 러셀은 현대를 만든 사람들 가운데 가장 두드러진 공을 세운 사람으로 비스마르크(Bismarck, 1815~1898)와 록펠러를 꼽았다. 한 사람은 정치에서, 한 사람은 경제에서 현대 관료제 국가체제와 자본주의 체제를 이룩하는 데 크게 기여했다는 것이다.

18세기 이전까지만 해도 독일은 여러 제국으로 갈라진 후진 자본주의 국가에 지나지 않았다. 프로이센에서 융커(지주 귀족)의 아들로 태어난 비스마르크는 대부분의 독일인들이 통일을 열망하고 있다는 것을 알았다. 러시아 주재 대사, 프랑스 주재 대사 등을 거치며 국제 정치의 안목을 넓힌 비스마르크는 '철혈정책(鐵血政策)'을 통해서만 모든 것이 가능하다고 생각했다. 빌헬름 1세 치하에서 드디어 프로이센 총리가 된 비스마르크는 취임 후 첫 의회 연설에서 이른바 '철혈정책'을 발표했다.

"현재의 큰 문제는 언론이나 다수결을 통해서가 아니라 철과 피, 즉 병기와 병력에 의해서만 해결할 수 있다."

그 후 그는 의회와 대립한 채 군비 확장을 강행해나갔다. 1864년과 1866년 전쟁에서 승리하여 북독일연방을 결성했고, 1870~1871년의 보불전쟁에서 승리함으로써 마침내 독일 통일을 이루고 독일제국의 초대 총리가 되었다. 보불전쟁에서의 승리로 획득한 50억 프랑의 배상금은 독일이 선진적으로 독점자본을 형성할 수 있는 커다란 힘이 되었다. 비스마르크는 이 기회를 놓치지 않았다.

비스마르크는 통일 후 국제 정치에서 탁월한 외교력을 발휘하며 프랑스를 고립시키는 한편, 통일 독일의 선진화를 위해 금본위제에 기초한 통일적 통화·신용제도를 구축하기 시작했다. 독일 통일을 통해 강력한 권한을 거머쥔 비스마르크는 중공업을 중심으로 생산시설을 발전시켜 나갔다. 그러자 독일 자본주의는 급속도로 발전하기 시작했다.

사람들은 흔히 비스마르크가 철혈재상이란 이미지를 가진 탓에 군비 확장과 전쟁을 일삼은 정치가 정도로 알고 있으나, 사실 그는 가장 현실주의적인 성향을 지닌 정치가였다. 오늘날 비스마르크가 훌륭한 정치가로 평가되고 있는 것은 그가 위험이 가장 적은 최선의 정책을 선택하는 능력을 가졌었기 때문이다. 그는 철혈정책이 필요할 때는 철혈정책을, 외교적 유화책이 필요할 때는 아낌없이 능란한 외교력을 발휘했다. 현실주의자인 그는 정치는 끊임없는 선택 상황의 연속이란 것을 알았다.

비스마르크가 지향했던 것은 오로지 강력한 독일제국을 건설하는 것이었다. 그는 독일제국의 건설을 위해 모든 정책을 펼쳤고 자신의 정열을 쏟아 부었다.

비스마르크는 정치를 가능성의 미학으로 보았고, 가능성을 성취하기 위한 책략을 교묘하게 펼칠 줄 알았다. 그는 도저히 다른 방법이 없고 군사·외교·도덕적인 면에서 유리한 조건일 때 외에는 결코 전쟁을 일으키지 않았다. 그는 장기적 안목을 가지고 세상을 내다보았고 참을성과 타이밍의 중요함을 알았다. 전쟁을 할 때는 분명하고 책임 있는 목적을 가지고 전쟁을 수행했고, 더 이상 전쟁을 통해 얻는 이익이 조국의 도덕성을 정당화시킬 수 없다는 판단이 서자, 유럽의 견고한 평화 수호자로 변신했다. 그런 면에서 보면 비스마르크는 나폴레옹처럼 무모하지 않았다. 나폴레옹이 전쟁의 책략가라면, 비스마르크는 정치의 책략가였다.

보불전쟁의 발단은 프랑스와 프로이센 간의 자존심 싸움에서 비롯되었다. 당시 프랑스의 국왕 나폴레옹 3세는 유럽의 황제처럼 군림해왔다. 그는 프로이센에 대해서도 그러한 영향력을 행사하고 있었다.

1870년 7월, 나폴레옹 3세는 스페인을 지배하려는 프로이센 국왕 빌헬름 1세에게 프로이센 왕실에서 스페인 국왕을 파견하는 것은 좋지 않다는 내용의 충고를 했다. 프랑스의 콧대를 꺾어주려고 은밀하게 전쟁 준비를 하고 있던 빌헬름 1세는 그 제안을 정중히 거절했다. 비스마르크는 나폴레옹 3세의 도발을 유도하기 위해 신문에 다음과 같은 기사를 쓰게 했다.

"나폴레옹은 프로이센 국왕을 협박, 모욕했지만 우리는 이것을 단호히 거절했다."

이 기사를 본 프로이센 국민은 나폴레옹 3세가 빌헬름 1세에게 협박과 모욕을 가했다고 느끼며 국가적인 자존심을 손상당했다고 생각했고, 반면 프랑스 국민은 그들대로 프로이센이 나폴레옹 3세의 권유를 거절했다는 사실에 분개했다. 국내 정정의 불안으로 돌파구를 찾고 있던 나폴레옹 3세는 전쟁을 선포하기에 이르렀다.

1870년 7월 19일, 마침내 보불전쟁이 시작되었다. 그러나 프로이센은 미리 준비를 하고 있지만 프랑스는 전쟁 준비가 되어 있지 않은 상태였다. 국경선을 넘어 프랑스로 공격해 들어간 프로이센군은 세당 전투에서 프랑스군 8만 명을 항복시켰다. 마침내 나폴레옹 3세는 프로이센군의 포로가 되었다. 그러자 예전부터 나폴레옹 3세의 정책에 불만을 품고 있던 파리 시민과 노동자들이 의회로 몰려가 제정 폐지와 공화제 실시를 요구하는 사태가 벌어졌다. 그리하여 프랑스의 왕정은 무너지고 공화제가 실시되었다.

포로가 되었던 나폴레옹 3세는 프로이센으로부터 석방되었지만 국민들에게 버림받은 터라 조국으로 돌아갈 수 없었다. 고국으로 돌아간다고 해도 그가 누리던 왕좌는 벌써 사라진 뒤였다. 결국 그는 영국으로 망명해 쓸쓸한 여생을 보냈다.

그러나 프랑스가 공화정이 된 이후에도 프로이센과의 전쟁이 끝난 것은 아니었다. 프로이센군은 파리를 향하여 계속 진격해 들어왔고, 마침내 파리를 포위하기에 이른다. 파리 시민은 그때까지도 집집마다 검은 깃발을 내걸고 밤에도 등불을 켜지 않은 채 무언의 저항을 계속했다. 하지만 1871년 1월, 파리는 항복하고 말았다. 프랑스군은 무장 해제를 당했고, 파리에는 비스마르크의 명령대로 움직이는 괴뢰정부가 조직되었다. 독일군은 나폴레옹 1세가 프랑스의 승리를 기념하여 만든 개선문으로 당당히 입성했다.

1871년 2월, 베르사유 궁전에서 빌헬름 1세를 독일제국의 황제로 추대하는 대관식이 화려하게 치러졌고, 비스마르크는 통일독일의 수상이 되었다.

배수의 진을 쳐서 승리를 거둔 명장

한나라 고조 유방이 제위에 오르기 2년 전의 일이다. 명장 한신(韓信, ?~BC 196)은 유방의 명에 따라 위나라를 무찌른 여세를 몰아서 조나라로 쳐들어갔다. 그러자 조나라에서는 20만 대군을 좁은 길목에 집결시키고 굳건한 성을 쌓아 방어선을 구축했다. 조나라의 전략가인 이좌거는 재상 진여에게 '한나라 군사가 좁은 길목을 통과할 때 공격하자'고 건의했으나 채택되지 않았다. 세작(첩자)을 통해 이 사실을 안 한신은 서둘러 좁은 길목을 통과하다가 출구를 10리쯤 앞둔 곳에서 일단 행군을 멈췄다. 이윽고 밤이 깊어지자 한신은 2천여 기병들에게 깃발을 하나씩 주며 말했다.

"그대들은 저 성 근방의 산에 잠복해 있어라. 우리 군사가 도주하는 척하고 물러나면 적이 전력을 다해 추격해올 테니 그대들은 그 사이에 성채를 점령하고 적의 깃발 대신 한나라 깃발을 세우도록 하라."

한신은 1만여 군사를 선발하여 강을 등지고 진을 치게 한 다음, 자신은 본대를 이끌고 성을 향해서 진격해 나아갔다. 조나라 군사들은 강물을 뒤로하고 포진한 한신 군대의 이러한 진법(陣法)을 바라보며 크게 웃었다.

날이 밝을 무렵 한신은 군사들을 이끌고 진격했다. 드디어 몇 차례의 각축전 끝에 한군이 작전대로 후퇴하여 강가에 쳐놓은 진영으로 퇴각하자, 조나라 군사들은 한신의 목을 베겠다고 쏟아져 나왔다.

이때 한신은 주력 부대의 출전을 명령했고, 배수의 진을 친 병사들은 더 이상 도망칠 곳이 없었기에 맹렬하게 조나라 군사들과 싸웠다. 조나라 군사들은 필사적으로 저항하는 한나라 군사들을 물리치지 못하게 되자 다시 성채 안으로 돌아가는 수밖에 없었다. 그런데 뜻밖에도 성벽 위에는 온통 붉은 한나라 깃발들이 나부끼고 있었고 거기서도 한나라 군사들이 공격해오는 것이었다. 이를 본 조나라 병사들은 혼란에 빠져 모두 도망치기 시작했다. 앞뒤로 공격을 받아 조나라 군병 20만은 참패하고 말았다. 한나라 군사들은 조나라 왕을 사로잡고 승리를 거두었다.

싸움이 끝난 후, 한신은 모든 장군들과 함께 승리를 축하하는 연회를 베풀었다. 그때 부하 장수들이 한신에게 물었다.

"병법에는 '진을 칠 때에는 산을 등지고 강을 바라보고 싸워야 한다'고 되어 있습니다. 그런데 장군께서는 저희들에게 강물을 뒤에 두고 진을 치게 하셨으니, 이것은 무슨 전술입니까?"

한신은 웃으면서 이렇게 대답했다.

"이것도 어느 병서에 있는 전술이라오. 거기에는 자신을 사경에 빠뜨림으로써 비로소 살아날 수 있다고 씌어 있소. 나는 그 병법을 이번에 활용한 셈이오. 우리 군사는 워낙 원정을 거듭해왔던 만큼 온통 보충병으로 이루어진 군병이라 길거리에 있는 백성들을 몰아다가 싸우는 것과 같았소. 이런 형세에서 그들을 사지에 몰아넣어 스스로 싸우게 하지 않고 빠져나갈 수 있는 곳에 진을 쳤다면 모두 달아나 버렸을 것이오."

장군들은 한신의 말에 탄복하고 말았다.

"참으로 절묘한 작전이었습니다. 저희들의 생각이 미치지 못했습니다."

우리의 삶 가운데에도 몇 번쯤 막다른 곳에 몰릴 때가 있다. 그럴 때 한신처럼 배수진(背水陣)을 치고 자신을 분발시키는 것도 한 가지 방법이라 할 수 있을 것이다.

중국 역사상 한신만큼 매력적이며 기구한 인생을 산 장군도 없을 것이다. 한신은 고조 유방을 도와 한나라를 건설하는 데 공훈을 세운 뛰어난 장수로서 소하, 장량과 더불어 '한초삼걸(漢初三杰)'로 불리는 사람이다. 그는 회음(淮陰 : 지금의 강소성) 출신으로 어릴 때 부모를 모두 여의고 가난한 환경 속에서 어렵게 공부하면서 병법을 익혔다.

한신은 처음에 항우군에 가담했으나 중용되지 않자 유방에게 가서 소하의 추천으로 대원수가 되었다. 그는 백만 대군을 자유자재로 지휘할 수 있는 능력을 발휘하며 '국사무쌍(國士無雙)'이란 칭호까지 얻었다. 조나라를 공격할 때 그가 사용한 배수의 진은 세계 전사(戰史)에도 빛나는 너무나 유명한 전법이다.

그러나 한신의 최후는 비참했다. 제나라, 초나라를 함락시켜 항우, 유방과 함께 천하를 삼분할 정도의 세력을 키웠지만 '진희(陳豨)의 난'에 공모했다는 누명을 쓰고 여후의 부하에게 참살당했던 것이다.

유방은 황제가 되자 한신의 병권을 빼앗고, 모반을 꾀했다고 하여 그를 체포하도록 했다. 얼마 후 체포된 한신에게 유방이 물었다.

"그대가 보기에 나는 얼마나 많은 군사를 거느릴 수 있겠는가?"

그러자 한신이 대답했다.

"아뢰옵기 황공하오나 폐하께서는 한 10만쯤 거느릴 수 있으실 것으로 생각합니다."

그러자 유방이 다시 물었다.

"그렇다면 그대는 어떠한가?"

"예, 신은 많으면 많을수록 좋습니다(臣多多而益善耳)."

한신이 이렇게 대답하자 유방이 다시 물었다.

"그처럼 용병에 뛰어난 그대가 어찌하여 나에게 붙잡히게 되었는가?"

그러자 한신은 다음과 같이 말했다.

"하오나 폐하, 그것은 별개의 문제이옵니다. 폐하는 장병을 거느리는 장수는 될 수 없으나 장수들을 이끄는 장수는 될 수 있습니다. 이것이 바로 제가 폐하께 잡히게 된 까닭입니다."

약속을 반드시 실천에 옮긴다

　　　　　　전국시대 진나라 효공 때의 정치가인 상앙(商鞅, ?~BC 338)은 법가(法家)로서 진시황이 중국 대륙을 통일할 수 있는 국가적 기틀을 만들어낸 인물로 평가받는다. 상앙은 재상의 자리에 오른 후 새로운 법을 정했으나, 백성들에게 그것을 시행하는 것이 걱정스러웠다.

　그리하여 상앙은 법령을 시행하기에 앞서 백성들이 믿고 따르게 하기 위해 다음과 같은 시험을 했다. 그는 길이가 3장[丈 : 길이의 단위. 한 장은 한 자(尺)의 열 배로 약 3미터에 해당한다]이나 되는 나무를 구해 함양성의 남문 부근에 세우게 하고 다음과 같은 방을 붙였다.

　"이 나무를 북문으로 옮겨놓는 자에게는 상금으로 금전 10냥을 주겠노라."

　그러나 백성들은 아무도 나서지 않았다. 상앙은 다시 영을 내려 나무를 옮겨놓는 자에게는 50냥을 주겠다고 했다. 그러자 한 사람이 나타나 그것을 옮겨놓았다. 약속한 상금이 과연 나오는지 보려고 백성들이 몰려들었다. 상앙은 그 자리에서 50냥 상금을 줘 거짓이 아님을 보여줬다. 백성들 사이에 이 이야기가 전해지자 백성들은 그의 말을 믿기 시작했다. 그리하여 '이목지신(移木之信)'이란 말이 생겨났는데, 이 말은 약속을 반드시 실천에 옮긴다는 것을 뜻한다. 그러고 나서 상앙은 새로운 법령을 공포했다.

새로운 법령이 시행된 후 1년 동안 불편을 호소하는 백성의 수가 부지기수였다. 특히 새로운 법은 왕권을 강화하기 위해서 왕족과 귀족들의 행동을 제한하는 조항이 많았는데 많은 이들이 그 법을 지키지 않았다. 이때 마침 태자가 법을 어기는 일이 벌어지자 상앙이 화를 내며 이렇게 말했다.

"새로운 법이 제대로 행해지지 않는 것은 윗사람들이 스스로 법을 지키지 않기 때문이다. 태자는 군위를 이을 사람이라 내가 감히 죄를 물을 수 없다. 그렇다고 내가 그의 죄를 용서한다면, 또한 신법은 행해지지 않을 것이다."

상앙은 즉시 효공에게 태자의 죄를 물을 것을 간했다.

"새로운 법이 시행되지 않는 것은 위에서부터 법을 지키지 않기 때문입니다."

그러나 태자를 직접 처벌할 수는 없기에, 태자의 보좌관인 공자 건(虔)의 코를 베고 태자의 스승 공손가(公孫賈)의 얼굴에 죄명을 적는 형벌을 내렸다. 그러자 백성들은 법의 무서움을 알고 모두들 새 법령을 따랐다.

법령이 시행된 지 10년이 지나자 진나라는 국가의 기반이 확고하게 잡히고 강대국의 면모를 갖추게 됐다. 길거리에 버려진 물건도 주어 가는 사람이 없었고, 나라 안에는 도적이 사라졌으며, 나라의 창고는 양식과 재물로 가득했고, 백성들의 집안은 풍족하여 모두가 너그러운 마음을 갖게 됐다. 또한 싸움터에 나간 군사들은 나라를 위해 용감하게 싸웠고 사사로운 싸움을 하지 않았다. 전에 상앙의 법령에 대해 불편함을 말하던 자들도 이제는 법령의 이로움을 알게 됐다.

그리하여 상앙은 계속적으로 개혁 정치를 펴나갈 수 있게 되었다. 그는 함양으로 천도를 했고, 많은 토목 공사를 일으켰으며, 농지를 개간하여 식량 증산을 이룩했다. 또한 세금을 공평하게 매기는 한편 도량형을 통일하는 등 커다란 업적을 남겼다.

하지만 상앙은 너무 지나치게 법만을 강조한 정책으로 일관한 탓에 훗날 불행한 최후를 맞이하게 된다.

상앙의 개혁 덕에 진나라는 부강하게 되었다. 그러나 진나라의 귀족들 중에는 그에 대한 원망을 가진 자들이 많았다. 백성들 사이에서도 지나치게 법을 앞세워 무서운 형벌을 가했기 때문에 원망하는 자들이 많이 생겨났다.

하지만 상앙의 주변 사람들은 일제히 상앙을 칭송해 마지않았다. 한 사람의 문객이 곧은 소리로 말했다.

"천 사람의 칭송은 선비 한 사람의 직언보다 못한 법이오. 그대들은 상군의 문하에서 녹을 먹는 자들로서 어찌 아첨하는 말만 하여 주인을 함정에 빠뜨리고 있단 말인가?"

그는 강직한 선비로 소문난 조량이었다. 이 말을 전해 들은 상앙이 그를 불러 말했다.

"선생은 내가 아첨하는 말만 듣고 있다고 생각하시는 모양인데, 그렇다면 진나라의 치세를 이룬 나와 오고대부 백리해 중에 누가 더 정치를 잘한다고 생각하는지 말씀해보시오."

그러자 조량은 상앙에게 이렇게 직언을 서슴지 않았다.

"오고대부는 목공 때 진나라 재상을 지내신 분으로 20여 개의 나라를 진나라에 병합하여 그 군주를 패자로 만든 분이십니다. 그가 수레를 타고 다닐 때는 비록 찌는 듯이 더운 날씨임에도 결코 덮개를 덮지 않았으며, 일을 할 때는 비록 피곤함에도 결코 자리에 앉지 않았습니다. 그가 죽자 백성들은 마치 부모가 돌아가신 것처럼 슬피 울었습니다. 지금 대감께서 진나라의 재상으로 계신 지 10년이 넘었는데, 법이 비록 지켜진다 할지라도 그 형벌이 너무 가혹하여 두려움 때문에 법을 지키는 것이지 백성들이 덕을 보고 따르는 것이 아닙니다."

그 말을 들은 상앙은 매우 불쾌했다.

"선생은 내가 진나라를 다스리는 방법을 좋아하지 않으십니까?"

그러자 조량은 서슴없이 상앙의 잘못을 지적했다.

"『시경』에는 또한 '인심을 얻은 자는 흥하고, 인심을 잃어버린 자는 망한다' 는 말이 있습니다. 대감께서는 법을 세워 나라를 부강하게 만들었지만, 그 대신 인심을 잃었습니다. 어진 사람을 천거하여 대감의 자리를 대신하게 하고 봉지로 받은 15성을 나라에 돌려주시고 향리로 은퇴하여 밭을 갈아 사신다면 아직도 기회는 남아 있다고 생각합니다."

그러나 상앙은 조량의 말을 끝내 듣지 않았다.

그 뒤 불과 5개월 만에 진나라 효공이 죽고 태자가 즉위하여 혜왕이 되었다. 상앙에게 원한을 품고 있던 무리들은 드디어 때가 왔다고 생각하여 새로운 왕 혜공에게 고했다.

"대신들 중 그 세력이 지나치게 큰 자는 나라를 위태롭게 하고, 군주의 곁에서 지나치게 큰 세력을 갖고 있는 자는 군주의 목숨을 노린다고 했습니다. 상앙은 법률로 진나라를 다스려 치세에 이르도록 했으나 아낙네나 어린아이라 할지라도 모두 하나같이 상앙의 법만을 말할 뿐 아무도 진나라의 법이 있음을 알지 못하고 있습니다. 더구나 상앙은

15성의 제후에 봉해져 그 위세가 기고만장하기 그지없으니 후일을 대비하심이 옳을 것입니다."

그렇지 않아도 자신의 측근마저 벌하게 한 데 앙심을 품고 있던 혜왕은 즉시 상앙을 잡아들이라는 영을 내렸다. 그제야 자신의 영달이 다함을 깨달은 상앙은 서민의 복장으로 갈아입고 급하게 달아났다.

상앙이 국경 부근의 함곡관에 당도하자 밤이 되었다. 상앙이 여관에서 하룻밤을 지내려고 했지만 주인은 신분을 증명하는 첩(帖)을 요구했다. 상앙이 신분증이 없다고 말하자 주인이 말했다.

"신분증이 없는 사람을 투숙시키면 상앙의 법을 어기는 것이 되어 곤란합니다. 이 법을 어기는 자는 참수형에 처하게 되어 있는데 어떻게 손님을 재워줄 수 있겠습니까?"

여관에서 쫓겨난 상앙이 탄식하며 말했다.

"내가 만든 법에 내가 걸려서 몸을 망치게 되었구나!"

상앙은 다시 다른 나라로 가려고 했지만 모두들 이미 강대국이 된 진나라의 눈치를 보느라 상앙을 받아들이려고 하지 않았다.

결국 상앙은 변법을 시행하여 진나라를 부강하게 만들었지만 가련하게도 온몸이 찢기는 형을 당하여 죽게 되었고 그의 일족들도 몰살당하고 말았다. 시중의 백성들은 그가 죽자 모두 거리로 나와 노래를 부르고 춤을 추면서 마치 무거운 짐을 벗어던진 것처럼 즐거워했다.

부하와의 약속은 반드시 지킨다

제갈공명(諸葛孔明, 181~234)은 중국 역사에 등장하는 인물 중 우리에게 가장 잘 알려진 이름이다. 『삼국지』를 읽지 않은 사람들조차도 제갈공명 하면 신기와 같은 전술로 적을 희롱하는 놀라운 재주를 가진 전략가로 알고 있다. 그러나 사실 그는 정치가로서 더 뛰어난 능력을 보여준 사람이었다. 『삼국지』 정사(正史)의 저자 진수도 정치가로서의 공명을 중국 역사상 명재상으로 꼽히는 "관중과 수하에 버금간다"며 높이 평가하고 있다. 재상으로서 공명은 백성들로부터 두려움이 섞인 사랑을 받았다. 제갈공명이 어떻게 뛰어난 전략가와 명재상, 두 가지 길을 갈 수 있었을까? 그것은 그가 군사를 통솔하거나 백성을 다스리는 데 있어서 신의를 근본으로 했기 때문이다.

제갈공명이 군대를 이끌고 원정을 하여 위나라 군대와 대치했을 때의 일이다. 그는 전쟁 중인 데도 불구하고 병사들을 10명에 2명꼴로 교대로 귀국시켜 휴양하게 하면서 항시 8할의 병력으로 전투할 태세를 취했다. 그런데 막상 전투가 시작되고 싸움이 치열해지자 촉나라 장수들은 불안에 휩싸였다.

"승상, 지금의 병력으로는 강력한 적군을 맞아서 도저히 지탱해나갈 수 없을 것 같습니다. 그러니 다음번 교대요원의 귀국을 1개월 연기해서 병력 증강을 도모하도록 하십시오."

그러자 제갈공명은 단호하게 말했다.

"지휘관으로서 내가 근본으로 생각하고 있는 것은 부하들과의 약속은 반드시 지킨다는 것이다. 다음 교대요원들은 이미 준비를 끝내고 그 날이 오기를 기다리고 있다. 또 고국에 남아 있는 처자들도 그들의 귀환을 학수고대하고 있다. 지금 비록 우리가 어려운 상황에 처해 있지만 일단 약속한 것은 지키지 않으면 안 된다."

그는 교대요원 전원을 귀국시키도록 명령했다. 제갈공명의 이러한 장병휴가제는 당시 너무도 파격적인 것이었다. 그래서 휴가를 받은 장병들은 감격해서 휴가 기간이 끝나면 한 명의 낙오자도 없이 원대 복귀를 했고, 그는 백성들로부터 칭송과 사랑을 받는 명재상이 되었던 것이다.

애당초 제갈공명은 인기를 얻기 위한 행동과는 거리가 먼 리더였다. 그는 유비가 죽은 뒤, 그의 어리석은 아들 유선을 보좌하면서 자주 군사를 일으켜 백성들에게 상당한 부담을 강요했다. 그럼에도 불구하고 그에 대한 백성들의 원성은 없었다.

그것은 부하들과의 약속은 꼭 지킨다는 제갈공명에 대한 백성들의 신뢰 때문이었다. 그는 또한 공평무사하고 상벌의 절도가 분명했기 때문에 사람들 간에 불만의 소리가 일어나지 않았다. 그의 정치의 특징을 한마디로 말한다면 '신상필벌(信賞必罰)', 즉 공이 있는 자에게는 반드시 상을 주고, 죄가 있는 사람에게는 반드시 벌을 주는 엄격한 정치였다. 그 좋은 예가 '읍참마속(泣斬馬謖)'의 이야기이다.

평소 제갈공명은 마속이란 장수를 총애하여 선봉장으로 내세웠지만 졸렬한 작전으로 크게 패하고 촉나라의 작전 계획에까지 큰 차질을 가져왔다. 제갈공명은 눈물을 머금고 그 죄를 물어 사랑하는 부하의 목을 베었다. 중신의 한 사람이 목숨만은 살려줄 것을 간했지만 그는 이렇게 말했다.

"법을 다스리는 데 공평하지 않으면 아랫사람이 무엇을 믿고 따르겠는가? 죽은 마속이 안타깝기는 하지만 그도 나를 이해할 것이다."

제갈공명은 마속의 가족에게는 전과 같은 대우를 해주었다.

공 성 계 (空 成 計)

　　　　　제갈공명은 위나라와의 싸움에서 자칫 위험에 빠질 수 있었던 상황을 공성계라는 책략으로 멋지게 반전시킨다. 제갈 공명은 이 병법을 즐겨 구사한 사람이다.

　제갈공명은 대장군 위연에게 군사를 주어 조조의 군대를 공격케 하고 자신은 양평이라는 작은 성에서 쉬고 있었다. 그때 갑자기 위연의 군사와 길이 엇갈린 사마중달이 15만 대군을 이끌고 다가오고 있다는 놀라운 소식이 전해졌다.

　성을 지키고 있던 촉의 군사들은 놀라지 않을 수 없었다. 그때 제갈 공명에게는 장수는 한 명도 없었고, 단지 문관들 몇 명이 고작이었다. 게다가 양평에 주둔하고 있던 5천 명 군사 가운데 절반이 보급품 수송을 위해서 떠난 뒤라 군사도 불과 2,500여 명 정도뿐이어서 모두가 절망감에 사로잡혔다.

　그러나 제갈공명은 원군을 부르기에는 이미 늦었음을 알고, 조금도 당황하지 않고 과감하게 명령을 내렸다. 그는 지체 없이 병사들에게 깃발을 내리고 성문을 열어놓으라고 명령한 후 병사들을 숨게 했다.

　그리고 자신은 도포를 입고 누대에 올라가 조용히 앉아 비파를 뜯기 시작했다. 잠시 후 멀리서 위나라 군대가 먼지를 뽀얗게 일으키며 몰려오는 것이 보였다. 제갈공명은 그들을 못 본 체하고 계속 노래를 하며 악기를 연주했다.

군사를 이끌고 성 앞에 당도한 사마중달은 누대에 앉아 있는 사람이 제갈공명임을 알아보았다. 그는 제갈공명이 신중한 것을 알고 있었기에 성 안에 이미 복병을 두고 자신을 유인하려는 제갈공명의 속임수라고 생각했다. 그는 잠시 생각에 잠기더니 전군을 철수시키라는 명령을 내렸다. 부하가 하도 이상해서 물었다.

"제갈공명의 군사는 얼마 되지도 않는데 왜 공격을 않고 후퇴를 하십니까?"

그러자 사마중달이 말했다.

"제갈량은 병법에 뛰어난 데다 원래 조심스럽고 모험을 하지 않는다. 지금 우리의 대군이 쳐들어왔는데도 이처럼 침착하게 앉아서 성문을 열어놓고 있는 것을 보면 성 안에 대군을 매복시켜 놓고 우리를 유인하려는 것이 분명하다. 빨리 내 명령대로 후퇴를 하라."

제갈공명은 이 모습을 보고 어리둥절해하는 부하들에게 박장대소하며 말했다.

"사마중달은 내가 신중한 것을 알고 있었기 때문에 강력한 복병이 있다고 생각하여 철수를 한 것이다."

사마중달은 후일 자신이 절호의 기회를 놓친 것을 알고 땅을 치며 통탄했다.

이것을 공성계라고 하는데 겉으로는 허세를 부리지만 사실은 준비가 전혀 되어 있지 않은 것을 비유한 말이다. 적에게 발각되면 돌이킬 수 없는, 그야말로 죽음을 무릅쓴 계책 중의 계책이다. 그렇기 때문에 오히려 상대방이 그 술책에 넘어가는 수가 많다.

'주식회사 장성군'의 CEO

1995년 민선 1기부터 3선 연임을 하고 2006년 6월에 물러난 김흥식(1937~) 전 장성군수는 '주식회사 장성군'의 CEO로 불린 인물이다. 그는 취임하자마자 '주식회사 장성군'의 설립을 선언하고 군청 내에 '경영 관리팀'을 구성하여 팀제를 도입했다. 그는 초등학교 교사와 행정 공무원, 교육위원을 거쳐 기업체에서 부사장을 지낸 경력을 가지고 있어서 누구보다도 공무원과 기업 생리를 잘 알고 있었다. 그는 기업의 경영 마인드를 행정에 접목해서 공무원 조직의 규정과 관례의 벽을 무너뜨리기 위한 개혁에 착수했다.

장성군은 1995년 전국 지방자치단체 가운데 처음으로 홈페이지를 개설한 것을 시작으로 전국 최초의 전자 결재 시스템 도입, 군 단위 자치단체 중 처음으로 CI(이미지 통합) 실시, 토지민원 행정종합전산망 구축 등 앞서가는 첨단 행정을 펴나갔다. 김흥식에게 있어서 유능한 행정가가 된다는 것은 유능한 경영인이 된다는 말이기도 했다. 그는 주주인 군민들을 자신의 주인으로 소중히 섬기겠다는 맹세와 함께 '교육', '문화 및 관광', '첨단산업 유치'에 힘을 기울이며 특유의 리더십으로 장성군을 이끌었다.

그는 취임 후 3년간 오전 5시 반이면 일어나 읍·면·이장들에게 전화를 걸며 하루 일과를 시작했다. 처음에 이장들은 "나 군수요. 동네에 무슨 일 없어요?"라고 묻는 전화를 받고서 깜짝 놀랐다. 이러한 대화가 3년간 이어지자 김 군수는 군에서 일어나는 일을 가장 먼저, 가장 많이 알게 되었다. 일주일에 한 번꼴로 걸려오는 안부 전화에 감동한 이장들은 김 군수가 하는 일에 적극적인 지지를 보냈다.

'주식회사 장성군'의 첫 번째 전략은 교육을 통해 생각을 바꾸자는 것이었다. 장성군은 주민과 공무원의 평생교육 프로그램으로 '장성 아카데미'를 시작했다. '21세기 장성군의 비전과 발전을 위한 연구모임'이라는 이름을 내건 장성 아카데미는 1995년 9월 15일 첫 강좌를 가진 이후 11년 동안 500회 이상 진행되며 지방자치단체 교양강좌의 대명사로 자리 잡았다.

장성군이 다음으로 주목한 것은 문화와 관광산업이다. 김 군수는 "우리나라 사람들에겐 마치 옛것이 없고 오로지 새것만 있는 것 같다. 외국은 옛것을 팔아서 먹고 산다. 우리도 옛것을 활용하여 돈을 벌어야 한다"고 말하며 그 동안 주목하지 못했던 자원을 상품화하기 시작했다.

장성군이 대표적으로 내세운 사업이 '홍길동 캐릭터' 사업이었다. 홍길동 캐릭터를 제작하고 홍길동 생가를 복원하여 테마파크를 조성하는 한편 '홍길동 마라톤대회'를 개최하고 '홍길동 쌀'을 개발하는 등 홍길동을 장성군의 대표 브랜드로 육성했다. 요즘은 웬만한 지방자치단체들은 모두 캐릭터를 개발하고 있지만, 원조는 장성의 홍길동 캐릭터였다. 장성군은 이러한 경영 마인드로 민선 자치 출범 이후 정부를 상내로 1996년에 사업비 2,183억 원을 따낸 것을 비롯해서, 지금까지 중앙부처와 언론사, 경제단체가 주는 상을 휩쓸어 106억 원의 상금을 받았다.

김 군수는 '깡다구', '원칙맨', '불도저' 등의 별명을 가지고 있다. 그는 자신의 3선 비결을 발로 뛰는 현장 행정과 각별한 처신 때문인 것 같다고 대답했다. 그는 재임 기간 동안 아주 중요한 일이 아니면 저녁은 반드시 집에 가서 먹을 정도로 신중하게 처신했다. 그는 퇴임의 변으로 "주민의식 개혁운동으로 할 수 있다는 자신감을 심어준 게 가장 큰 보람"이라고 말했다.

21세기 장성 아카데미는 '세상을 바꾸는 것은 사람이지만 사람을 바꾸는 것은 교육'이라는 김흥식의 신념이 만들어 낸 장성군의 명물이다. 1995년 9월 15일 첫 강좌를 가진 이후 11년이 넘는 동안 매주 한 차례씩 사회 저명인사의 강연을 통해 공무원의 생각과 주민들의 의식 수준을 높이고 있다.

인구가 5만 명이 되지 않고 재정자립도가 11%에 불과한 장성군이 이런 교양강좌를 실시하자 '시골 군청에 무슨 강연회냐', '예산 낭비다'라는 비난이 적지 않았다. 하지만 아카데미의 효과는 곧 나타났다. 공무원들의 업무처리 태도나 주민들을 대하는 자세에서부터 변화가 일어났고, 이것이 행정 서비스의 질적 향상과 새로운 지역문화 창출로 이어졌다. 지속적인 학습과 교육을 통해 공무원의 사고가 바뀌고 주민의 의식 수준이 높아졌으며 지역의 이미지가 달라져 갔다.

매주 금요일 오후 강좌가 열리는 군청 회의실은 공무원과 군민으로 500여 좌석이 꽉 찬다. 500회 가까이 열리는 동안 24만여 명이 강좌를 들었다. 강사진은 전국적 지명도를 가진 분야별 최고 전문가들이었다. 노재봉 전 국무총리, 조순 전 서울시장, 박승 전 한국은행 총재, 손학규 전 경기지사, 천정배 전 법무부 장관, 유홍준 문화재청장, 김학준 동아일보 사장, 홍일식 전 고려대 총장, 손병두 서강대 총장, 강진구 전 삼성전자 회장, 임권택 감독, 허영호 탐험가, 홍수환 전 복싱 세계챔피언

등이 다녀갔다. 강연 때 장성 땅을 처음 밟았던 강사들은 이후 홍보대사가 되어 직, 간접으로 군정을 돕고 있다.

장성 아카데미는 전국 지방자치단체 교양강좌의 대명사로 자리 잡았다. 전국 지자체가 장성 아카데미를 벤치마킹하여 '경기포럼', '청풍 아카데미' 등 비슷한 형태의 강좌가 80여 개나 생겨났다.

장성군은 아카데미 외에도 여러 교육 프로그램을 운영 중이다. '선비대학', '선비학당', '자치여성대학'을 운영하고 이외에도 택시기사와 농업인들의 해외연수를 실시하고 있다. 공무원들은 8년째 해마다 대기업 연수원에 단체로 들어가 경영 마인드를 배운다.

김흥식은 "장성 아카데미는 지역 인재 육성과 지역 발전에 정신적 엔진 역할을 한다"고 말했다. 장성 아카데미는 모든 변화의 뿌리인 동시에 원동력이다.

Chapter 4_
학자, 예술가, 발명가

● ● ●

스티븐 스필버그
에밀 졸라
토마스 에디슨
우장춘
김규환
루이 파스퇴르
백남준
알버트 슈바이처
조지 카버

자신의 재능에 따라 일한다

47

스티븐 스필버그(Steven A. Spielberg, 1946~)
는 세계에서 가장 높은 흥행 기록을 가지고 있는 영화감독이다. 「조
스」, 「ET」, 「쥐라기 공원」, 「쉰들러 리스트」, 「라이언 일병 구하기」 등
등 그가 만든 작품들은 세계인의 관심을 불러일으킴과 동시에 연속적
으로 최고의 흥행 기록을 세웠다.

스필버그가 영화에 빠져들기 시작한 것은 열두 살 때였다. 어머니가
아버지에게 8밀리 코닥 무비카메라를 선물했는데, 그 카메라는 곧 스
필버그의 것이 되어버렸다. 그는 가족의 전속 카메라맨이 되어 많은
장면들을 찍었다. 그때부터 그는 영화에 빠져들어 시나리오를 쓰거나
영화 장면을 그려보곤 했다. 그는 부모님과 세 여동생을 자신의 영화
에 출연시키는 것을 좋아했다.

소년 스필버그는 그때부터 학교 다니기가 몹시 싫었다. 영화감독을
꿈꾸는 그에게 학교에서 가르치는 과학, 수학, 외국어 등은 아무런 도

움도 안 되는 것으로 여겨졌다. 그의 학과 점수는 형편없었고, 체육은 고교 3년 내내 낙제였다. 그는 학교에서 내주는 숙제를 피하기 위해 더욱더 영화에 매달렸다. 그는 촬영한 필름을 편집한다는 핑계로 1주일에 한 번 정도는 아예 학교에 나가지도 않고 꾀병을 부렸다.

16세부터 그는 자신의 영화에 자본을 끌어들이는 놀라운 능력을 발휘하기 시작했다. 스필버그의 첫 번째 장편영화인 「불빛」은 8밀리 영화였다. 그는 공항을 폐쇄하고, 지방병원까지 자신의 촬영지로 만드는 추진력으로 영화를 완성했다. 배짱이 두둑했던 그는 피닉스 극장을 찾아가 로비를 한 끝에 자신의 영화를 상영하게 만들었다. 그리하여 불과 500달러를 들여 만든 영화로 1천 달러의 순이익을 만들어냈다. 영화와 자본의 관계를 그는 이미 이해하고 있었던 것이다.

고등학교를 졸업한 스필버그는 캘리포니아 주립대 롱비치 대학에 입학했다. 대학을 다니는 동안 그는 유니버설 스튜디오를 마치 자기 집처럼 자유롭게 드나들었다. 그는 회사 직원인 양 양복을 차려입고 유니버설 스튜디오에 들어가 촬영 장면들을 참관했고, 심지어 영화 관계자와 친분까지 맺었다.

그러던 중 스필버그는 TV 제작자인 사인버그를 만나 자신이 만든 영화 「앰블린」을 보여주었는데 그가 그 작품을 높게 평가해서 정식 계약을 요청해왔다. 사인버그는 스필버그가 아직 학생이란 것을 알고 말했다.

"자네는 대학을 꼭 졸업할 필요가 없을 것 같군. 내가 영화감독의 길을 가르쳐주지."

이 제의를 받은 스필버그는 1주일 동안 자신의 진로에 대해서 고민하다가 대학을 포기하고 영화를 선택했다. 그 후 그는 유니버설에 입사해서 3년간 TV 드라마를 기획하면서 영화감독 수업을 했다. 남들이 대학 공부를 하는 동안 현장에서 자기 분야를 확실하게 공부하고 실력을 다진 그는 그 후 수많은 영화를 만들어내기 시작했다.

스필버그는 「조스」, 「ET」의 성공으로 엔터테인먼트의 기린아로 떠올랐다. 그는 1993년 개봉한 「쥐라기 공원」 한 편으로 8억 5천만 달러의 이익을 남겼다. 스필버그는 흥행에서만 앞서는 감독이 아니라 영화를 만드는 아이디어와 기술력을 지녔으며, 대중이 선호하는 취향을 제대로 읽고 영화의 여러 장르를 넘나들면서 새로운 영상세계를 주도적으로 만들어내는 감독으로 기억되고 있다.

스필버그의 과감한 변신

스필버그는 그의 별명인 '피터팬'처럼 영원히 네버랜드에 살 것을 꿈꾸었던 적도 있었다. 그는 재기와 상상력이 넘치는 영화들을 만들면서 영화의 새로운 영역을 발견해나갔다. 그러나 40대에 이르렀을 때 그는 무엇인가 허전함을 느꼈다. 그는 '진지한' 영화감독으로의 변신을 꾀하기 시작했다. 「컬러 퍼플」이나 「태양의 제국」 등의 작품으로 그는 변신을 시도했다. 그러나 그때마다 사람들은 "역시 당신은 「인디아나 존스」 같은 영화가 어울려" 하는 비아냥 섞인 격려를 보내주었다. 사람들은 그가 만든 영화는 항상 시끌시끌하고 아슬아슬하며 흥미진진해야 된다고 믿고 있었다.

그러나 '팝콘 영화의 왕' 스필버그는 과감한 변신을 시도했다. 유태인인 그는 자라나면서 숱한 놀림과 수모를 겪어야 했다. 그는 유태인이 참혹하게 학대받은 제2차 세계대전을 다루기로 결심했다. 그는 영화를 통해서 역사의 진실에 다가서는 작업에 착수한 것이었다. 그것이 바로 「쉰들러 리스트」였다. 「쉰들러 리스트」는 나치로부터 거액의 몸값을 치르고 1,100명의 유태인을 구해낸 어느 독일 기업가의 실화를 다룬, 이제까지 그의 영화들과는 전혀 다른 무거운 주제의 영화이다.

이 영화를 찍는 동안 그의 자세는 단호하다 못해 비장한 것이었다. 그는 이 영화가 이전의 어떤 작품보다 흥행 기록이 나쁠 것이란 사실을 누구보다 잘 알고 있었다. 애초에 흥행을 기대하지 않은 그는 비디오라도 컬러로 출시하자는 유니버설 영화사의 주장을 간단히 묵살해 버렸다. 그는 자신의 장기이던 영화를 매끄럽게 만들던 요소들, 예컨 대 크레인이나 달라(카메라를 움직이는 촬영장비), 줌 렌즈를 이용한 모 든 속임수 장치를 빼버렸다. 그는 거의 전 장면을 마치 다큐멘터리처 럼 핸드헬드 카메라 기법(Hand-held Camera : 들고 찍기)으로 일관했다.

그 결과 그 영화는 거칠고도 힘찬 영화가 되었다. 영화가 개봉되었 을 때 관객들은 충격에 휩싸였다. 관객은 마치 현장에 던져진 것처럼 충격적이고 생생한 학살의 참상을 목격하면서, 자신이 그 현장에 있는 듯한 체험을 하게 되었다. 「쉰들러 리스트」에는 이전의 반(反)나치즘 영화가 종종 집착했던 어설픈 감정 고조나 교훈적 메시지가 없었다. 스필버그는 관객을 철저하게 현장 목격자로 만들어버렸고, 그 결과 사 람들은 그 현장을 목격하기 위해서 몰려들었다.

상업성과 예술성이 완벽한 조화를 이룬 「쉰들러 리스트」는 아카데미 7개 부문을 수상했다. 「쉰들러 리스트」는 15편의 영화로 40억 달러 이 상을 벌어들인 영화감독, 영화 역사상 흥행 20위 안에 7편을 등록한 영 화감독의 진면모가 드러나는 새로운 영화였다.

행동하는 지성

에밀 졸라(Emile Zola, 1840~1903)는 19세기 프랑스 문학을 대표하는 소설가이다. 그는 가난한 환경에서 자라나 중학교밖에 졸업하지 못했지만 위대한 작가가 되겠다는 꿈을 가지고 있었다. 호구지책으로 출판사 일을 돌보아주는 사이에 틈틈이 소설을 썼는데 그 소설이 호평을 받으면서 그는 촉망받는 작가의 길을 걷게 되었다.

졸라는 동시에 재능을 인정받아서 『피가로』지의 기자가 되었고 날카로운 필봉을 휘두르며 당시 프랑스 사회의 난맥상을 고발해나갔다. 1867년, 그는 파리 회화 박람회 작품들을 신랄하게 비평한 것이 문제가 되어 해고를 당했다. 졸라는 다시금 가난한 생활로 빠져 들어갔지만 다행히도 한 출판업자의 협조로 프랑스 제2제정 시대의 한 가족사를 통해 당시의 프랑스 사회를 묘사하는 20권짜리 연작소설을 계약했다. 그것이 바로 그 유명한 '루공 마카르 총서'인데 졸라는 『나나』, 『목

260

로주점』 같은 소설들을 통해서 프랑스를 대표하는 작가로 변신하게 된다.

그 무렵 프랑스에서는 유명한 '드레퓌스 사건'이 일어났다. 드레퓌스는 당시 프랑스의 군인으로 포병 대위였는데, 유태인이었다. 그는 참모 본부에서 근무하던 중 군사 기밀을 독일로 빼돌렸다는 심증만으로 구속되었다. 드레퓌스는 유태인이라는 이유로 차별받으며 비합법적인 절차에 의해 군법회의에서 유죄 판결을 받았다. 그러나 드레퓌스는 자신의 결백을 주장했고, 그의 아내 류시이는 온갖 협박과 야유 속에서도 끝까지 남편의 결백을 증명했다.

졸라는 이 사건이 프랑스 군부의 반유태주의 때문에 일어난 것으로 판단하고 아나톨 프랑스 등의 작가를 비롯한 다수의 지식인과 함께 군부의 잘못을 폭로하며 재심을 요구하는 여론몰이에 나섰다. 그러자 군부, 교회 등 국수주의 보수진영의 재심 반대운동이 격렬해졌고 프랑스는 여론이 둘로 갈라져 국론 분열의 양상마저 보이기에 이르렀다.

군법회의는 드레퓌스에게 유죄 판결을 내렸고, 드레퓌스는 종신금고형을 받아 아프리카 기니에 있는 '악마의 섬'이라 불리는 곳으로 유배되었다. 하지만 얼마 안 가서 진범이 밝혀졌는데 당황한 군부는 이 사건을 은폐하기 위해 다시 사건을 조작했다.

졸라는 즉각 그 사건이 군부의 조작이라는 것을 확신하고 군부를 성토, 고발하는 성명을 당시의 『로로라』 신문에 게재했다.

"나는 탄핵한다. 나의 명예와 저작과 목숨을 걸고 나는 군부의 잘못을 고발하고 탄핵한다."

군부가 쿠데타를 획책하고 있는 긴급한 상황 아래서도 졸라는 대담하게 군부와 맞서 정면에서 비판하고 나섰다. 졸라의 영웅적인 행동으로 많은 지식인들과 시민들이 그를 따랐고 여론은 바뀌기 시작했다. 하지만 졸라는 국수주의자들에게 폭행을 당하는 등 신변에 위협을 느끼고 영국으로 망명했다. 반대파들은 졸라를 군부를 모독한 죄인, 매국노로 고소했고 재판은 본인도 없는 가운데 열렸다. 졸라는 3천 프랑의 벌금과 12개월의 금고형을 선고받았다.

그때 군부가 조작한 위조 서류가 발견되고, 그 서류를 작성한 첩보부장이 체포되어 감옥에서 자살을 하는 사태가 벌어졌다. 동시에 원래 범인으로 지목되었던 에스테라지가 잠적하고 프랑스에는 새로운 대통령이 선출되었다. 새 대통령은 드레퓌스 사건의 재심을 명령했으며, 그 결과 드디어 무죄가 선고되었다. 졸라는 사건이 일단락되자 즉시 귀국했는데, 국민들의 열렬한 환영을 받았다.

허기진 소녀에게 외투를 벗어주다

소년 졸라는 독학으로 공부를 하는 동안 세관의 말단직에 일자리를 얻어 일을 하고 있었다. 하지만 제도가 바뀌는 바람에 직장을 그만둘 수밖에 없게 되었다. 졸라는 또다시 생계를 꾸려나가기 위해 정처 없이 파리 시내를 방황하면서 직장을 구하러 돌아다녔다. 그러나 일자리를 구하기란 쉬운 일이 아니었다.

그는 돈 한 푼 없이 하루 종일 굶은 채 안개 낀 파리 시내를 방황하기 일쑤였다. 날씨는 춥고 배고픔이 한층 더 강하게 엄습했다. 하지만 그는 문학에 대한 열정을 억누를 수 없었다.

어느 날 그는 배고프다는 생각을 떨쳐버리고 공원 벤치에 앉아 시를 쓰는 일에 골몰하고 있었다. 그가 노트에 정신없이 시를 적어나가고 있을 때, 한 소녀가 추위에 입술을 덜덜 떨며 가까이 다가와 말했다.

"오빠, 저는 하루 종일 아무것도 먹은 것이 없습니다. 저는 동전 한 푼도 없답니다. 저를 좀 도와주세요."

그러나 배고프고 돈이 없기는 졸라도 매한가지였다.

"나도 하루 종일 굶었어. 동전도 한 푼 없고."

그때 졸라에게 한 가지 좋은 생각이 떠올랐다. 그는 입고 있던 외투를 벗었다.

"이 옷을 헌옷 가게에 가지고 가서 팔거라. 밥 몇 끼 정도는 먹을 돈을 줄 거야."

날씨가 몹시 추웠으므로 소녀는 졸라가 벗어준 웃옷을 선뜻 받지 못했다. 너무나 미안한 생각이 들었기 때문이었다. 그러자 졸라가 이렇게 말했다.

"괜찮아. 나는 집에 또 입을 옷이 있으니까 미안해할 것 없어. 어서 받아가렴."

소녀는 하는 수 없이 그의 외투를 받아 들고 총총히 사라져갔다.

99%의 노력으로
인류에게 빛을 던진 발명가

20세기가 끝나가던 1998년, 미국의 시사주간지 『타임』은 새로운 밀레니엄 시대를 앞두고 지난 천 년 동안 인류 역사에 가장 큰 영향력을 끼친 인물을 선정했는데 1위의 인물로 토마스 에디슨(Thomas A. Edison, 1847~1931)을 뽑았다.

그는 "천재는 1%의 영감과 99%의 노력으로 이루어진다"는 신념을 가지고 초인적인 집중력을 발휘했다. 그는 어떤 목표가 정해지면 생활 자체를 철저하게 그것에 맞추었다. 우선 그는 계획을 하나 세우면 그와 관련된 책은 모조리 읽어치웠다. 그렇게 확실하게 지식을 습득한 다음에야 비로소 실험실 작업을 시작했다.

그는 백열전구, 축음기, 전기기관차, 타자기, 콘크리트 빌딩의 건설 기법, 금속판 제조법을 발명했고 영화와 전신장치, 전화의 발명에 획기적인 기여를 했다. 또한 자동차의 개발과 공급, 제조 시스템에 대한 아이디어를 제공하는 등 그의 창조적이고 획기적인 발명품 목록은 민기 힘들 정도로 엄청난 양이었다. 예를 들어 오늘날의 진공관은 그의 아이디어를 실용화해서 탄생한 것으로, 그것의 발명은 라디오, 장거리 전화, 텔레비전을 비롯한 무수한 발명품으로 이어졌다.

그러나 에디슨이 수많은 과정에서 일사천리로 성공을 거둔 것은 아니었다. 그는 전구의 필라멘트를 만들기 위해 식물탄화 실험만 6천 번도 넘게 했다. 그것은 하루에 10번씩 실험한다고 해도 꼬박 2년이 걸리는 작업이었다. 또한 6천 번을 실험했다는 것은 그만큼의 실패를 했다는 말이기도 하다. 그럴 때마다 그는 자기 자신에게 외쳤다.

"나는 실패한 것이 아니다. 나는 이제 실행되지 않는 수천 가지의 방법을 알아낸 것이다."

너무나 놀라운 발상의 전환이 아닐 수 없다.

젊은 시절 에디슨은 하루 평균 20시간씩 일했는데 그는 그것을 일이라 하지 않고 공부라고 말했다. 47세가 되었을 때 에디슨은 자신의 진짜 나이는 82세라고 말한 적이 있었다. 다른 사람들이 하루에 8시간만 일한다고 생각하고 자신이 일하는 시간을 계산하면 그 정도가 된다는 유머였다.

그의 한 친구가 어느 날 에디슨에게 물었다.

"성공을 원하는 사람은 누구나 자네처럼 하루에 18시간을 일해야 하는 건가?"

에디슨은 다음과 같이 대답했다.

"그건 전혀 그렇지가 않네. 사람은 누구나 온종일 쉬지 않고 어떤 일을 하고 있지. 그렇지 않은가? 직장에서 일하거나 집에서 쉬거나 신문을 읽거나 산책을 하거나 생각을 하며 살고 있지. 만일 그들이 7시에 일어나 11시에 잠자리에 든다면 그들은 16시간을 활용할 수 있는 거지. 유일한 차이는 그들은 많은 일을 하고 나는 오직 한 가지만 한다는 거야. 만일 사람들이 한 가지 목표에만 집중한다면 그들 역시 성공할 수 있을 걸세. 문제는 사람들이 목표를 가지고 있지 않다는 거지."

만년에도 에디슨은 매일 16시간씩 일에 매달렸는데, 자신이 유별난 것이 아니라 다른 사람들이 게으르다고 생각했다. 그가 기록한 아이디어 노트는 3,400권이나 된다.

집중력의 화신

　　　　　1928년, 미국 의회는 에디슨에게 금메달을 수여했다. 그의 수많은 발명이 인류에게 커다란 기여를 했다고 평가했기 때문이었다. 그런 에디슨은 사실 학교 교육을 3개월밖에 받지 못한 사람이다. 그의 담임선생은 에디슨이 교실에서 날마다 잠만 자기 때문에 사회에 나가 결코 성공할 수 없을 것이라고 말했다. 그러나 그는 인류사에 영원히 남을 만큼 위대한 인물이 되었다.

　에디슨이 이룩한 위대한 성공의 비결은 무엇이었을까? 그것은 바로 '집중력'이다. 에디슨은 집중력의 화신이었다. 그는 언제 어디서든 자신이 세운 목표에 몸과 마음을 불사를 정도로 열렬한 사람이었다.

　그는 한번 실험실에서 일을 시작하면 오랜 시간 계속해서 실험에 열중했다. 오전 8시 전에 실험실에 들어가 다음날 오후 2, 3시에 나오는 것은 보통이었다. 놀랄 만큼 정력가인 까닭도 있었지만, 집중력이 탁월했기 때문이었다.

　언제나 목표 추구 외의 헛된 행동에 시간을 허비하는 일이 없었던 그는 실패한 결과에서 옳은 길을 찾는 데도 뛰어난 능력을 가졌다. 그는 무수한 실패에도 지치거나 포기하는 법이 없었다. 하나의 실패에서 방향을 수정하고, 또 다음의 실패에서 재차 수정하여 목표 달성을 향해 일직선으로 나아갔다. 그의 위대한 상상력과 지성, 목표에 대한 집중력과 열의가 그를 인류 사상 최고의 발명가로 만든 것이다.

그러한 집중력은 일에만 발휘된 것이 아니었다. 그는 휴가 때면 마치 일할 때처럼 노는 데 열중했다. 휴가라는 목표 달성에도 심혈을 기울인 것이다. 그는 휴가 중에는 일에 관한 이야기조차 일절 거절하는 사람이었다.

어느 날 에디슨의 친구가 학교를 졸업한 아들을 데리고 찾아왔다.

"이제부터 어떤 마음가짐을 가지고 살아가야 하는지 내 아들에게 좋은 이야기를 들려주게나."

그는 연구실에 걸린 시계를 가리키며 청년에게 간단하게 말했다.

"시계를 보지 마라. 이것이 젊은 사람들에게 전해주는 나의 소중한 충고일세."

적어도 한 가지 일을 이루려는 사람은 그 목적을 달성할 때까지 모든 것을 잊고 그 일에 열정적으로 몰두해야 한다는 말이었다.

아버지의 과오를 씻기 위해
조국에 헌신한 과학자

우장춘(1898~1959) 박사는 해방 이후 자본과 기술의 부족으로 황폐화된 한국 농업의 부흥을 위해 혼신의 노력을 다한 세계적인 육종학자이다. '우장춘' 하면 지금도 '씨 없는 수박'을 떠올릴 정도로 우장춘은 우리나라 농업 발전에 지대한 공헌을 한 사람이다. 그러나 그가 명성황후를 시해한 사건인 '을미사변'의 조선인 주동자 우범선의 아들로, 아버지의 과오를 씻기 위해 조국에 헌신한 사실에 대해서 아는 사람들은 그다지 많지 않다.

1898년 4월 8일, 우장춘은 일본으로 망명한 아버지 우범선과 일본인 어머니 사이에서 출생했다. 그는 네 살 때 아버지가 암살을 당한 탓에 극심한 빈곤과 조선인이라는 주위의 학대 속에서 불우한 어린 시절을 보내게 된다. 어려운 생활 속에서도 어머니 사카이 여사는 아들이 공부할 수 있는 환경을 만들어주느라 온 정성을 쏟았고, 늘 용기를 잃지 말라는 격려를 아끼지 않았다.

270

"너의 조국은 조선이다. 조국을 위해 큰일을 하라."

그래서 그는 일본인 학생 사이에서도 의지를 굽히지 않고 공부에 전념했다. 그는 밤낮없이 육종에 대한 연구에 매진하여 1936년 5월 4일, 마침내 「종(種)의 합성」이라는 논문으로 농학박사 학위를 받고 육종학의 새로운 경지를 개척한 세계적 권위자가 되었다.

"너희들 일본인은 정치적으로 우리 민족을 지배하고 있으나 내가 하는 연구만은 너희들을 지배하고 뛰어넘을 것이다."

그는 항상 마음속으로 이런 다짐을 하면서 많은 종자를 개발해냈다.

8·15 해방이 되자, 그는 조국을 위해서 헌신할 것을 결심하고 일본과의 모든 관계를 끊고 귀국한다. 어머니와 아내와 아이들을 모두 남겨두고 온 귀국이었다. 그것은 부친의 죗값을 치르기 위해서 열악한 조국의 육묘사업에 자신의 한 몸을 투신하기로 한 결단이었다.

해방 후 우리 농촌은 우리나라의 농업을 주도하고 있던 일본의 기술자들이 떠나버린 후 종자를 구할 길조차 막막해져 큰 혼란에 빠져 있었다. 1950년 5월, 동래 농업과학연구소의 소장이 된 우장춘은 우량종자의 생산체계를 확립하여 식량을 자급자족하는 일이 급선무라고 생각했다. 그래서 맛은 좀 떨어지더라도 병충해에 강하고 생산량이 많은 종자를 농가에 보급하기 시작했다.

그러나 개발한 종자를 보급하는 일도 쉬운 일은 아니었다. 농민들은 그가 개발한 종자를 신뢰하지 않았다. 그는 농민들에게 한국 농업기술의 선진성을 보여주기 위해 '씨 없는 수박'을 만들어냈고, 그로 인해 우장춘은 순식간에 육종학의 마술사가 되었다. 그제야 농민들은 그의 말을 믿고 따르기 시작했다.

우장춘은 농민들의 희망이 되었고, 전후 망가진 농촌을 일으켜 세우는 기수가 되었다. 그는 새로운 볍씨를 개발하여 36도선 이북에서 불가능한 것으로 알려졌던 이모작이 가능하게 함으로써 식량 증산에 크게 이바지했고, 우리나라에 맞는 우량종자의 생산체계를 확립해 일본에 의존하던 채소 종자를 자급하는 길을 열었다.

비록 국모를 시해한 반역 망명자의 아들로 태어나 핍박을 받으며 자랐지만 우장춘은 아버지의 죄를 깨끗이 씻었다. 그의 좌우명은 '짓밟혀도 끝내 꽃피우는 길가의 민들레'였으며, 그는 이를 실천하는 삶을 살았다.

벼 이삭을 한 손에 쥐고

우장춘은 대통령이 불러도 실험 중이면 가지 않았고, 농림부장관 제의도 받았으나 거절했다. 그의 연구소는 학생들의 수학여행 경유지가 되기도 했는데, 늘 고무신에 점퍼를 걸쳐 '고무신 할아버지', '고무신 박사'로 불렸다.

하지만 그러한 그에게 조국은 그다지 따뜻한 면을 보여주지 못했다. 남북으로 갈려서 이데올로기 투쟁에 골몰하던 조국은 그에게 많은 아픔을 안겨주었다. 우장춘 박사는 한국으로 귀국한 후에 한 번도 가족들을 보지 못했다. 일본으로 들어가면 다시 못 나올지도 모른다는 염려에서였는데, 조국의 수사기관은 아무런 근거도 없이 이데올로기상 문제가 있다는 점을 들어 큰딸의 결혼식과 어머니의 장례식조차도 가볼 수 없게 출국 정지 처분을 내렸던 것이다. 우장춘은 시신 없는 어머니의 장례식을 치르며 불쌍한 조국의 현실에 오열했다.

동래구 온천동 온천초등학교 부근에는 1999년 10월 21일 개관한 '우장춘기념관'이 있고, 그 야외 마당에는 '자유천(慈乳泉)'이라는 우물과 우장춘 박사의 흉상이 서 있다. 이 자유천은 1953년 8월 18일 그의 어머니가 별세했을 때 유지들이 내놓은 부의금으로 판 우물이다. "너의 조국은 조선이다. 조국을 위해 큰일을 하라." 늘 이렇게 격려하신 어머니였기에, 자비로운 어머니의 젖처럼 끊임없이 쏟아져 나오는 우물이란 뜻으로 지어진 이름이다.

그는 그 후에도 조국을 아끼고 가꾸어야 한다는 애국심 하나만으로 온갖 고민과 어려움을 참고 연구에만 몰두해야 했다. 집념, 좌절을 모르는 초인적인 연구 의욕, 한번 시작한 일은 끝을 맺어야 밥을 먹는 책임의식의 소유자 등등이 우장춘을 가리키는 진솔한 인물평들이다.

1958년 캐나다에서 열린 국제유전학회에서 스웨덴의 유명한 유전학자 윤칭 교수는 우장춘 박사에 대하여 다음과 같이 말했다.

"나의 오늘을 위하여 귀중한 연구 자료를 보내주신 한국인 우장춘 박사에게 심심한 사의를 표하는 바입니다. 그가 유전학계에 공헌한 획기적인 업적과 함께 이국의 동료에게 베푼 친절은 영구히 기억될 것입니다."

그러나 우장춘은 지나치게 연구에 몰두하다 생긴 온갖 질병을 이겨내지 못하고 1959년 5월 20일에 서울 메디컬센터로 옮겨졌다. 거듭된 과로로 마침내 위궤양에 복막염까지 겹쳐 세 차례나 수술을 받았으나 병세가 악화되었던 것이다.

그는 임종 직전에 달려온 부인에게 이렇게 말했다.

"여보, 고생만 시켜서 미안하오. 이제는 여기서 같이 살도록 합시다. 나는 죽지 않으니 걱정 마시오."

그렇게 말한 그는 후진들에게 수확한 벼를 가져와 달라고 졸랐다. 1959년 8월 10일, 그는 가까이 있는 친구의 손을 잡고 "아마 내가 눈물을 흘리기는 어머님이 별세하였을 때와 이번이 꼭 두 번째일 것이다"라고 말하며 채 익지 않은 벼 이삭을 한 손에 쥐고 고이 잠들었다.

집념으로 비전을 제시한 기술명장

김규환(1955~)은 공장 사환으로 시작해 23년 만에 초정밀 분야에서 한국 최고의 명장(名匠)이 된 사람이다. 그는 초등학교 졸업의 학력으로 1975년 한 회사에 입사한 이래, 하루에 3시간만 자고 7시간씩 독서를 하며 독학으로 모든 것을 갈고 닦았다. 그 결과 그는 국가기술자격증에 도전할 수 있었고 9전10기 끝에 2급 자격증을, 4전5기 끝에 1급 자격증을 따내며 총 8개의 자격증을 따냈다.

얼마 전까지만 해도 한국에는 쇠를 가공할 때, 기온이 1℃ 변할 때마다 쇠가 얼마나 변하는지 아는 사람이 없었다. 김규환은 이것을 알아내려고 국내의 모든 자료를 찾아봤지만 어떤 자료도 구할 수 없었다.

그래서 그는 공장 바닥에 모포를 깔고 2년 6개월간 연구에 몰두했다. 재질, 모형, 종류, 기종별로 X-bar값을 구해 1℃ 변할 때 얼마나 변하는지 온도치수가공조견표를 만들었다. 기술 공유를 위해 이를 산업인력관리공단의 『기술시대』라는 잡지에 기고했으나 그 문서는 잡지에 실리지 않았다.

　얼마 후 공장으로 3명의 공무원이 김규환을 찾아왔다. 회사에서는 무슨 일이 일어난 줄 알고 잔뜩 긴장을 했다. 그런데 알고 보니 그가 제출한 자료가 기계 가공의 대혁명을 일으킬 만한 것이었기에 그것이 잡지에 실릴 경우 일본에서 알게 될까 봐 게재하지 않았으며, 노동부장관이 직접 김규환을 데리고 오라고 지시했던 것이다. 만약 이 자료를 잡지에 실었다면 일본에게 산업 기밀을 고스란히 갖다 바치는 엄청난 결과를 야기할 수도 있었던 것이다.

　김규환은 그 자료를 만들어내는 2년 6개월 동안 집에는 두 번만 갔다. 명절날 잠시 집에 가서 차례를 지내고 곧바로 공장으로 돌아왔다. 이러한 집념과 무서운 노력이 그를 세계적인 기술명장으로 만들었다.

　"내가 아무리 초등학교도 제대로 못 나왔다지만 생각해보이소. 1년 가야 책 한 권 제대로 안 읽는 놈이 이기겠나, 하루에 7시간씩 책 읽는 놈이 이기겠나. 당연히 책 읽는 놈이 이기는 기라니까요."

　김규환 명장의 독서는 기계 사용설명서를 읽어야겠다고 마음먹은 순간부터 시작되었다. 그 후 그는 기술 관련 서적, 자서전이나 위인전, 문학 작품과 역사물을 비롯해 지금까지 1만여 권의 책을 독파했다.

　그는 지금까지 2만 4,612건의 제안을 냈으며 수입에 의존하던 62개의 초정밀부품이 들어가는 기계를 국산화하는 데 기여했다. 김규환은 현재 대학을 졸업했고 5개 국어를 구사하며, 수많은 기업체와 교육기관의 초빙 1순위 연사로 각광받고 있다. 그는 국가가 주는 훈장 2개, 대통령 표창 4회, 발명특허대상, 장영실상을 5회나 수상했고, 드디어

초정밀가공 분야 명장으로 추대되었다.

　이것은 모두 그가 휴일도 반납하고 회사에서 독서와 연구에 몰두하면서 얻어낸 값진 결과이다. 많은 사람들이 하루 3시간 자면서 7시간 독서를 한다는 것이 과연 가능할까 하는 의문을 가지고 있는데, 그는 목숨 걸고 노력하면 안 되는 것이 없다는 신념을 가지고 그 일을 실천하고 있다.

　프랑스의 철학자 사르트르는 "혼자 있을 때 외로움을 느낀다면 같이 있는 사람, 즉 자신이 마음에 들지 않는 것이다"라고 말했다. 김규환은 자신을 사랑하고 소중히 여길 줄 아는 사람만이 자기 자신의 주인이 될 수 있다는 것을 보여주고 있다.

김 규 환 명 장 의 기 업 체 강 연

저는 초등학교도 다녀보지 못했고 5대 독자 외
아들에 일가친척 하나 없이 열다섯 살에 소년가장이 되었습니다. 기술
하나 없이 25년 전 대우중공업에 사환으로 들어가 마당 쓸고 물 나르
며 회사 생활을 시작했습니다. 이런 제가 훈장 2개, 대통령 표창 4번,
발명특허대상, 장영실상을 5번 받았고 1992년 초정밀가공 분야 명장
으로 추대되었습니다. 어떻게 제가 우리나라에서 상을 제일 많이 받고
명장이 되었는지 말씀드릴까요?

제가 대우에 입사해서 현재까지 온 과정을 말씀드리겠습니다. 제가
대우에 입사할 때 입사 자격이 고졸 이상 군필자였습니다. 이력서를 제
출하려는데 경비원이 막아 실랑이하다 당시 사장님이 우연히 이 광경
을 보고 면접을 볼 수 있게 해줬습니다. 그러나 면접에서 떨어지고 사
환으로 입사하게 되었습니다. 사환으로 입사하여 매일 아침 5시에 출
근하였습니다. 하루는 당시 사장님이 왜 일찍 오냐고 물으셨습니다. 그
래서 선배들을 위해 미리 나와 기계 워밍업을 한다고 대답했더니 다음
날 정식기능공으로 승진시켜 주시더군요. 2년이 지난 후에도 계속 5시
에 출근하였고, 또 사장님이 질문하시기에 똑같이 대답했더니 다음날
반장으로 승진시켜 주시더군요. 내가 만든 제품에 혼을 싣지 않고 품
질을 얘기하지 마십시오.

제가 어떻게 정밀기계 분야에서 세계 최고가 됐는지 말씀드리겠습

니다. 가공 시 1℃ 변할 때 쇠가 얼마나 변하는지 아는 사람은 저 하나 밖에 없습니다. 이걸 모를 경우 일을 모릅니다. 제가 이것을 알려고 국내 모든 자료실을 찾아봤지만 아무런 자료도 없었습니다. 그래서 공장 바닥에 모포 깔고 2년 6개월간 연구했습니다. 그래서 재질, 모형, 종류, 기종별로 X-bar값을 구해 1℃ 변할 때 얼마 변하는지 온도치수가공조견표를 만들었습니다. 기술 공유를 위해 이를 산업인력관리공단의 『기술시대』란 책에 기고했습니다. 그러나 실리지 않았습니다.

그런데 얼마 후 3명의 공무원이 찾아왔습니다. 처음에 회사에서는 큰일이 일어난 줄 알고 난리가 났습니다. 그런데 알고 보니 제출한 자료가 기계 가공의 대혁명 자료인 걸 알고 논문집에 실을 경우 일본에서 알게 될까 봐, 노동부장관이 직접 모셔오라고 했다는군요. 장관 왈 "이것은 일본에서도 모르는 것이오. 발간되면 일본에서 가지고 갈지 모르는 엄청난 것입니다."

일은 어떻게 배웠냐? 어느 날 무서운 선배 한 분이 하이타이로 기계를 다 닦으라고 시키더라구요. 그래서 다 뜯고 닦았습니다. 모든 기계를 다 뜯고 하이타이로 닦았습니다. 기계 2,612개를 다 뜯었습니다. 6개월 지나니까 호칭이 '야, 이 XX야'에서 '김군'으로 바뀌었습니다. 서로 기계 좀 봐달라고 부탁했습니다. 실력이 좋아 대접 받고 함부로 하지 못하더군요. 그런데 어느 날 난생 처음 보는 컴퓨터도 뜯고 물로 닦았습니다. 사고 친 거죠. 그래서 그때 알기 위해서는 책을 봐야겠다는 생각을 가지게 되었습니다.

저희 집 가훈은 '목숨 걸고 노력하면 안 되는 일 없다'입니다. 저는 국가기술자격 학과에서 9번 낙방, 1급 국가기술자격에 6번 낙방, 2종 보통운전 5번 낙방하고 창피해 1종으로 전환하여 5번 만에 합격했습니다. 사람들은 저를 새대가리라고 비웃기도 했지요. 하지만 지금 우리나라에서 1급 자격증 최다 보유자는 접니다. 새대가리라고 얘기 듣던 제가 이렇게 된 비결을 아십니까? 그것은 목숨 걸고 노력하면 안 되는 것 없다는 저의 생활신조 때문입니다.

저는 현재 5개 국어를 합니다. 저는 학원에 다녀본 적이 없습니다. 제가 외국어를 배운 방법을 말씀드릴까요? 저는 과욕 없이 천천히 하루에 한 문장씩 외웠습니다. 하루에 한 문장 외우기 위해 집 천장, 벽, 식탁, 화장실 문, 사무실 책상 등 가는 곳마다 붙이고 봤습니다. 이렇게 하루에 한 문장씩 1년, 2년 꾸준히 하니 나중엔 회사에 외국인들 올 때 설명도 할 수 있게 되더라구요.

(중략)

저는 「심청가」를 1천 번 이상 듣고 완창을 하게 되었습니다. 「심청가」에 보면 다음과 같은 구절이 있습니다. "한 번밖에 없는 인생, 돈의 노예가 되지 마라! 지금 하고 있는 일이 너의 인생이다! 지금 하고 있는 일에 최선을 다하는 자는 영화를 얻는다."

힘들고 어려운 길은 반드시 행복으로 가는 길입니다. 무엇을 하더라도 부처님께 공양하는 마음으로 하십시오. 목숨 걸고 노력하면 안 되는 것 없습니다. 목숨 거십시오. 내가 하는 분야에서 아무도 다가올 수 없을 정도로 정상에 오르면 돈이 문제가 아닙니다. 내가 정상에 가면 길가에 핀 꽃도 다 돈입니다.

강한 정신력으로 죽음과 맞선 과학자

          프랑스의 과학자 루이 파스퇴르(Louis Pasteur, 1822~1895)는 죽음 앞에서 최선을 다한 사람이다. 46세가 되던 해 어느 날, 아침에 눈을 뜬 그는 왠지 몸이 이상하다는 것을 느꼈다. 몸의 왼쪽 절반이 제대로 말을 듣지 않았던 것이다. 그 증상은 시간이 갈수록 악화됐다. 이제는 말도 할 수 없었고 몸을 움직일 수조차 없었다. 몸의 왼쪽 절반이 완전히 마비되어버리고 만 것이다. 그를 보는 사람들은 그가 곧 죽을 것이라고 생각하기 시작했다.

  그러나 그는 불굴의 의지를 불태웠다. 그는 자기가 하지 않으면 안될 많은 일들을 생각하며 반드시 그 일을 해내야 된다고 마음속으로 다짐하고 있었다.

  '내가 해야 되는 일들을 해내기 전에는 죽을 수 없어.'

  그는 반신불수의 불편한 몸으로도 자기 자신을 격려했다. 그리고 강한 정신력으로 자신을 다스려나갔다. 그러자 그는 기적같이 다시 몇

마디 말을 할 수 있게 되었다. 그는 믿을 수 없을 만큼 투지를 불태워서 얼마 후에는 정상적으로 말을 할 수 있는 상태로 회복되었다. 그는 조수들을 위해 메모를 써서 넘겨줄 수 있는 정도까지 몸이 좋아졌다. 여전히 왼손과 오른손이 마비되어 있었지만, 그는 그런 일에 자신의 의지가 꺾일 수 없다고 다짐했다. 3개월이 지났을 때 그는 자신이 시작한 누에고치 연구의 진행 상황을 확인하기 위해 현지로 출발했다.

반신불수 발작 이후, 그는 실험 기구를 직접 다룰 수가 없었기 때문에 기구들의 조작은 조수들이 해야 했다. 그때 파스퇴르와 함께 일한 조수들 중에서 메치니코프를 비롯하여 훗날 위대한 과학자가 많이 탄생했다는 것은 많은 가르침을 주는 이야기이다. 그들은 지칠 줄 모르는 파스퇴르의 연구에 감화를 받았으며, 동시에 그의 정열과 꺾일 줄 모르는 강한 정신력에 감동한 것이다.

파스퇴르의 연구는 70세 가까이까지 계속됐다. 65세 되던 1887년에 두 번째 뇌출혈 발작이 엄습해온 후, 그는 도저히 혼자서 실험을 할 수 없게 됐지만 제자들이나 동료들과의 대화는 여전히 계속됐다. 1888년 11월, 그의 이름을 딴 파스퇴르 연구소가 정식으로 발족했으며, 이로써 그는 인생의 원동력이었던 과학에 대한 정열과 꺾일 줄 모르는 강한 정신력이 다음 세대 사람들에게 계승된 것을 확인할 수가 있었다.

1895년 9월 28일, 파스퇴르는 가족과 동료, 그리고 학생들이 지켜보는 가운데 73세의 생애를 마감한다. 파스퇴르는 사반세기 동안이나 반신불수의 몸에 채찍질을 하며 연구를 계속했고, 거의 반세기 동안 프랑스 과학계를 지배했다. 파스퇴르는 그러한 불굴의 의지로 '세균학'

의 창시자로서 커다란 발자취를 남겼다.

그는 미생물이 발효와 질병의 원인이 된다는 것을 증명했으며, 광견병·탄저병·닭콜레라 등에 대한 백신을 처음으로 만들었다. 버터나 맥주로부터 추출된 미생물을 우유에 넣으면 우유의 맛이 시게 변하지만 미생물이 없으면 신선하게 유지된다는 것을 직접 증명하고, 저온살균법을 개발하여 프랑스의 맥주업, 포도주업, 양잠업을 위기에서 구해냈다. 열에 의해 해로운 세균을 파괴시키는 그의 저온살균법은 생산품들을 상하지 않게 생산·보관·운반할 수 있도록 함으로써 인류의 삶의 질 향상에 크게 기여했다.

면 역 학 을 창 시 하 다

파스퇴르는 광견병의 치료법을 발견한 사람이
기도 하다. 당시 광견병의 무서운 증세는 잘 알려져 있었다. 개나 늑대
에게 물려 이 병에 걸린 사람은 몸이 덜덜 떨리며 경직 상태가 되어 발
작, 마비를 일으키거나 질식사했다. 그런데 광견병은 세균이 아니라
바이러스로 감염되기 때문에 19세기에 사용되던 현미경으로는 감지할
수 없었다.

그러나 파스퇴르는 광견병 미생물을 발견할 수 없다고 실망하지 않
았다. 광견병에 걸리면 누구나 정신장애를 일으킨다는 것을 깨달은 그
는 이 병원균이 아무래도 뇌라든가 척수와 같은 중추신경 안에 있다고
생각하게 되었다.

그는 토끼를 상대로 실험에 들어갔다. 광견병에 걸려 죽은 개의 척
수에서 신경세포의 조각을 꺼내 토끼의 뇌에 이식했더니 2주일 후 그
토끼는 광견병에 걸렸다. 그는 그렇게 죽은 토끼의 척수에서 신경세포
의 조각을 꺼내 또 다른 토끼의 뇌에 이식하는 작업을 25회나 되풀이
했다. 그러자 균이 강해지며 병의 증상이 나타나는 기간이 일주일로
줄어들었다. 더 이상 균을 강력하게 할 수는 없다고 판단한 파스퇴르
는 강한 균에 감염된 척수의 조각을 빼내어, 이번에는 이를 약하게 할
수 있는 방법을 찾기 시작했다.

그는 광견병에 걸린 토끼의 척수를 무균 상태의 플라스크 속에 걸어

두어 건조시키면 더 이상 척수 속의 바이러스가 개에게 전염되지 않는다는 것을 알았다. 병원균이 약해진 것이다. 그는 광견병에 감염된 개에게 이 건조된 척수 물질을 연이어 주입한 결과 광견병이 호전되는 것을 발견했다. 그는 사람에게도 그 방법을 적용하면 광견병을 막을 수 있다고 생각했다. 그러나 사람에게 적용하는 것은 쉬운 일이 아니었다. 개에게 통하는 예방접종법이 사람에게 똑같이 적용될 수 있는지는 미지수였기 때문이었다.

1885년 7월 6일 일요일 아침, 요셉 마이스터라는 아홉 살 난 소년이 어머니에 의해 파스퇴르의 실험실로 실려 왔다. 그 소년은 이틀 전 알자스의 마을에서 미친개에게 온몸을 14군데나 물려 만신창이가 되어 있었다. 의사는 조만간 아이가 틀림없이 무서운 광견병 증세를 보일 것이라며 살아날 가망이 없다고 진단했다.

그러나 파스퇴르는 그 소년을 살릴 수 있다고 믿었다. 하지만 광견병 백신을 인간에게 접종하는 데는 불안을 느끼지 않을 수 없었다. 그는 의학 아카데미의 동료들과 상의한 끝에 위험을 각오하고 백신 주사를 놓기로 결심했다

7월 6일 밤, 파스퇴르는 15일 전에 광견병으로 죽은 토끼의 척수에서 추출한 독성이 약한 백신을 소년에게 주사했다. 그로부터 10일 동안 파스퇴르는 소년에게 전날의 것보다 약간씩 강한 백신을 매일 주사했다. 그러자 요셉 마이스터는 상처가 나았을 뿐만 아니라 광견병에도 걸리지 않았다.

이 소식은 이내 온 세계로 전파되었고, 유럽 각지에서 수많은 사람

들이 파스퇴르에게 진찰을 받기 위해 몰려왔다. 이렇게 되자 과학 아카데미는 광견병을 치료하기 위해 파스퇴르 연구소를 설립하기에 이르렀다.

한편 파스퇴르에 의해 목숨을 건진 요셉 마이스터는 훗날 파스퇴르 연구소의 수위로 근무하게 된다. 그런데 1940년 파리를 정복한 히틀러의 독일군이 연구소에 나타나 파스퇴르의 유해가 있는 건물의 문을 열라고 요구하자 이를 거부하고 자살했다.

예술은 사기다!

성공한 사람들은 예민한 감수성과 뛰어난 직관력을 가지고 있고, 특히 자기 분야의 일에서는 동물적인 감각을 지닌 사람들이 많다. 그런 감각이야말로 그들만의 천부적인 재능이라고 할 수 있는데, 한 가지 일에만 몰두해 몰입의 경지에 이를 때 그 감각은 더욱 빛을 발하고 가장 창조적인 작업들이 이루어진다.

그런 뛰어난 감각을 유감없이 발휘한 사람으로 세계적인 아티스트 백남준(1932~2006)을 들 수 있다. 비디오 아트의 창시자 백남준은 자기의 타고난 직관력과 아이디어를 전 세계에 유감없이 발휘한 한국을 대표하는 예술가라고 할 수 있다.

"예술은 사기다!"

1984년, 그는 자기의 조국에 34년 만에 돌아오면서 그렇게 일성을 터트렸다. 순간 한국의 예술계는 발칵 뒤집혔다. 당시만 해도 그는 해외에서만 명성이 높았을 뿐 국내에는 그의 작품 세계가 제대로 소개된

상태가 아니었다. 그런 탓에 예술에 대한 그의 남다른 해석과 견해를 국내 인사들은 잘 이해하지 못했던 것이다.

당시 백남준의 비디오 아트를 처음 접한 사람들은 그것이 누구나 할 수 있는, 가령 TV 수상기를 아무렇게나 생각나는 대로 연결하고는 무슨 행위예술을 하듯이 그럴듯한 이름을 붙여놓은 장난쯤으로 생각하는 경우가 많았다. 그러나 백남준의 탁월한 감수성은 현대 문명을 재해석하고 새로운 문명의 태동까지도 예시하는 것으로 세계 예술계의 평가를 받고 있었다.

백남준을 이야기할 때면 수식어처럼 따라붙는 말들은 비디오 아트의 창시자, 행위예술가, 플럭서스 예술가, 사상가, 멀티미디어 예술의 세계적 거장 등등 헤아릴 수 없을 정도로 다양하다. 그는 비디오 아트를 통해 현대 문명을 새로운 방식으로 해석해냈고, 현대 문명의 상징적 도시인 뉴욕에서 '동양에서 온 문화 테러리스트'로 불리며 독보적인 존재로 부각됐다. 그의 작품들은 상상을 초월하는 뛰어난 직관력으로 현대 문명을 관통해 미래의 비전을 제시하는 힘을 가지고 있다.

그는 세계 최초로 비디오 아트전인 '음악전시회-전자 TV'(1963) 공연을 시작으로 'TV 부처', 'TV 정원' 등의 작품으로 항상 새롭게 예술을 해석해 새로운 사고를 창출해내는 예술가로 이름이 높았다. 단순하고도 기발한 아이디어로 새로운 이미지를 도출하여 문화에 다양성을 제공하는 백남준은 자유로운 상상력과 더불어 모든 일에 거침없이 도전하는 호방한 예술혼을 보여주었다.

그는 마른 멸치 한 마리씩을 봉투에 넣어 '이 고기를 바다로 보내달라'며 관객들에게 나눠주고, 피아노나 바이올린을 부수고 태우고, 관객이나 출연자의 넥타이를 마구 가위로 자르는 등 관중의 넋을 뽑아놓는 기상천외한 일을 벌이기 일쑤였다. 그리하여 그는 끊임없는 창작정신과 불멸의 투지로 예술과 관객의 비소통적 체계를 효과적으로 무너뜨리는 것이다.

'백남준 예술은 무엇인가'라는 질문에 그는 "모든 기술이 인간화하지 못하면 기술 종속에서 벗어나지 못하듯이, 예술도 인간화하지 못하면 예술을 위한 예술로 전락한다"고 대답함으로써 예술은 사기라고 했던 말의 뜻을 설명했다. "예술은 사기다." 이 선언적 경구는 백남준의 예술철학을 웅변하고 있다. 백남준은 이제 세상을 떠났지만 항상 새 시대를 연 예술가로 인정받을 것이다.

"한마디로 전위예술은 신화를 파는 예술이지
요. 자유를 위한 추구이며, 무목적한 실험이기도 합니다. 규칙이 없는
게임이기 때문에 객관적 평가란 힘들지요. 어느 시대건 예술가가 자동
차로 달린다면 대중은 버스로 가는 것에 비유할 수 있습니다. 원래 예
술이란 사기입니다. 속이고 속는 거지요. 사기 중에서도 고등 사기입
니다. 대중을 얼떨떨하게 만드는 것이 예술입니다."

"내 작품은 도매로 한 점에 얼마 정도 하는데 소맷값은 항차 가치를
분별하사 알아서들 결정해야 할 거외다."

"나는 예술가로서도 명성을 얻었고 이만하면 이름 석 자는 날린 셈
인데 유독 돈 버는 데는 인연이 없었단 말일세. 주변에 있는 나 정도의
예술가들은 제법 많은 자본도 끌어들여 하고 싶은 일을 하거든. 이제
부터는 자본가들이 제 발로 어정어정 걸어 들어와 내 작품을 사가게
만들어야겠어."

"구겐하임에 내가 잘 아는 큐레이터는 내 영어를 30년 동안 알아듣
는 데 아무런 지장이 없다. 나는 30년간 똑같은 영어를 써왔다. 그런데
왜 당신들은 내 영어를 문제 삼는가."

"일 안 하면 욕 안 먹고 편하게 살 수 있다. 일하면 욕먹지만 그만큼 발전이 있다. 그런데 욕하는 부류의 상당 부분은 일 안 하면서 시기하는 자들이기 때문에 결국 일은 해야 한다."

"예술가에게 실수는 오히려 천재성을 증명하는 계기가 된다."

"나도 이제 쉰에서 다섯이 넘었으니 차차 죽는 연습을 해야겠다. 예전 어른이면 지관을 데리고 이상적인 묏자리를 찾아다닐 그럴 나이가 됐으나, 나는 돈도 없고 요새는 땅값도 비싸졌으니 그런 국토 낭비 계획은 없애고 대신 오붓하게 죽는 재미를 만드는 것이 상책이다."

아프리카의 성자

알버트 슈바이처(Albert Schweitzer, 1875~ 1965)는 스무 살이 됐을 때 자기 인생의 진로에 대해 많은 고민을 하기 시작했다. 공부를 계속해서 대학교수가 될 것인가? 아니면 아버지처럼 목사가 되어 호젓한 산골 마을에서 조용히 일생을 보낼 것인가?

그러다가 슈바이처는 자신이 너무 좋은 환경에서 태어나 지나친 행복을 누리고 있다는 사실을 깨닫게 됐다. 세상에는 버림받고 비참한 사람들이 많은데 이렇게 혼자서만 행복해도 되는 것일까? 과연 나는 이런 축복을 누릴 권리가 있는 것일까?

그는 자신을 둘러싸고 있는 세계가 온갖 괴로움으로 가득 차 있는데 자신만 행복에 빠져 살 수는 없다고 생각했다. 자신에게는 자신을 보호해주는 조국이 있고, 따뜻한 가정과 마음을 나눌 수 있는 친구가 있으며, 얼마든지 공부하고 즐길 수 있는 책이 있고 음악이 있었다. 하지만 세상에는 그렇지 못한 사람들이 너무나 많았다. 슈바이처는 그때부터 어떻게 하면 그런 행복을 고통받는 이들에게 나눠줄 수 있을까 고민하기 시작했다.

'과연 나는 그들에게 무엇을, 어떻게 나누어줄 수 있을까?' 슈바이처는 이런저런 고민을 하면서 천천히 자기 계획을 세워나갔다. 그는 남을 도우려면 스스로 실력이 있어야 한다는 생각에서 자신의 인생 계획을 다시 짜기 시작했다.

그는 서른 살까지는 음악과 학문에 전념해 실력을 쌓고, 그 후부터는 자신의 삶을 헐벗고 굶주린 사람들을 위해 헌신하기로 결심했다. 의학을 공부한 슈바이처는 마침내 아프리카 적도 부근의 오지 랑바레네로 건너가 흑인들과 공동 생활을 하면서 의료 봉사를 시작했다.

당시는 많은 유럽인들이 아프리카를 식민지화하고, 본래 그곳에 살고 있던 원주민들을 백인에 비해 저급한 인간, 뒤떨어진 인종으로 멸시하는 것이 보통인 시절이었다. 그러나 슈바이처는 "네 이웃을 네 몸같이 사랑하라"는 성경의 가르침에 따라 의료 혜택을 받지 못하는 아프리카인들을 위해 평생을 바쳤다. 슈바이처는 흑인들을 치료하면서 그들과 같이 생활하다 아프리카에서 숨을 거둠으로써 진정한 사랑과 봉사가 무엇인지를 인류에게 가르쳐주었다. 만년에 그는 자신의 삶을 이렇게 회상했다.

"때때로 나의 삶 속에도 근심과 고통과 슬픔이 심하게 닥쳐왔다. 어쩌면 좌절하고 말았을지도 모른다. 내게 부여된 책임과 피로의 짐을 감당하기란 너무도 힘든 일이었다. 나 자신만을 위한 시간, 나의 식구들에게 바치고 싶은 시간도 거의 찾기 힘들었다. 하지만 나는 축복 속에 살고 있다. 나는 자비를 베푸는 일에 몸 바칠 수 있다. 나는 많은 사랑과 친절을 경험했다. 자기 일처럼 나를 도와주는 분들도 많이 만났다. 나에게 주어진 모든 것을 운명이라 생각하고 최선을 다해 기꺼이 나를 바치고자 했다. 이 모든 것들이야말로 나에게 주어진 끝없는 축복이 아니고 무엇이겠는가."

슈바이처의 이러한 헌신의 정신은 훗날 테레사 수녀, '국경 없는 의사회' 등으로 이어지는 사랑과 봉사의 정신을 만들어냈다. 오늘날 세계 곳곳에는 슈바이처의 정신을 이어받은 봉사자들이 있고, 그들의 봉사는 인류를 하나로 묶어주는 사랑과 평화를 창조해내고 있다.

슈바이처가 랑바레네에서 새로운 대형병원을 짓고 있을 때였다. 어느 날 그에게 한 통의 전화가 걸려왔다. 여선교사 하나가 갑작스레 병이 났으니 왕진을 와달라는 부탁이었다. 환자가 있는 곳은 콩고의 지류를 따라 5일을 가야 하는 거리였다. 슈바이처는 즉시 왕진가방을 들고 선착장으로 갔다. 다행히도 작은 증기선이 한 대 지나가고 있었다. 그러나 작은 배는 이미 흑인들로 꽉 차 있었다.

슈바이처는 손짓을 하여 태워달라는 부탁을 했다. 선장은 사람 목숨이 달려 있는 일이라는 말을 듣고 슈바이처를 태워주었다. 그런데 작은 증기선의 뒤에는 무거운 화물선이 밧줄로 묶여 있어서 배는 괴로운 듯이 신음을 내며 거북이처럼 아주 천천히 앞으로 나아가고 있었다. 슈바이처는 그나마 배를 얻어 탈 수 있었다는 사실에 감사하기로 했다. 그런데 문제가 생겼다. 그는 선교사가 위독하다는 말을 듣고 급한 나머지 왕진가방만 들고 나와서 그 동안 먹을 음식을 가져오지 못했던 것이다. 그러나 검은 피부의 콩고인들은 당연하다는 듯 그에게도 음식을 나누어주었다.

사흘째 되던 날, 배는 더더욱 천천히 나아갔다. 위험한 급류가 흐르는 곳을 피해 배는 수심이 아주 낮은 곳에서 항로를 바꾸었다. 그런데 문제가 생겼다. 아직 갈 길은 멀었는데 한 무리의 하마떼가 항로를 가로막고 나선 것이다. 하마들은 몇 시간 동안이나 꼼짝하지 않고 물속에서 나오지 않았다. 초조해진 슈바이처는 참지 못하고 하마떼를 향해서 욕설을 퍼부었다. 그러나 아무 소용이 없었다.

이윽고 저녁이 찾아왔다. 하마떼는 슬그머니 물에서 나와 어디론가 사라졌다. 비로소 증기선 모터는 통통거리며 낮은 소리를 냈고, 배는 다시 움직이기 시작했다. 갑판 위의 사람들은 아무 것도 급한 게 없다는 듯 끝없이 단조로운 노래들을 불러댔다. 옆으로 수풀과 키 큰 야자수가 뻗어 있는 섬 3개가 불쑥 모습을 드러냈고, 그 위로 황금빛 태양이 지고 있었다. 뱃머리에 앉아 있던 슈바이처는 마침내 말을 잃었다 그는 드넓은 강물 위의 섬들을 바라보았다. 훗날 그는 다음과 같은 기록을 남겼다.

"랑바레네에서 강을 따라 8킬로미터를 내려와 이젠다 마을 앞에 있는 3개의 섬을 마주보고 있을 때 '생명에 대한 경외심'이라는 개념이 떠올랐다."

슈바이처는 무사히 여선교사가 있는 곳에 도착해서 그녀의 병을 치료했고, 그녀는 건강한 모습으로 병상에서 일어났다.

20세기의 가장 위대한 과학자

        20세기의 가장 위대한 과학자는 누구일까? 학문적 업적에서 본다면 아인슈타인을 비롯해서 무수한 천재 과학자들이 20세기의 역사를 바꾸어왔다는 것을 알 수 있다. 그런데 '인간적인 면에서 가장 위대한'이란 단서를 달 경우, 조지 카버(George W. Carver, 1864?~1943) 박사를 앞설 사람은 없는 듯하다.

    조지 카버는 부모가 누구인지, 자기가 태어난 해가 언제인지도 모르는 흑인 노예의 아들이었다. 당시 남북전쟁이 끝난 후 노예들이 자유의 몸이 되기는 했지만 아직 흑인들에게는 배움의 기회가 주어지지 않았다. 그는 이곳저곳을 떠돌면서 피눈물 나는 노력으로 낮에는 일하고 밤에는 공부하며 고등학교를 졸업했다. 27세에 미국의 명문 농과대학인 아이오와 농과대학 최초의 흑인 학생이 된 그는 식물학, 원예학, 세균학 등 농학 분야에서 천부적인 실력을 발휘하며 두각을 드러내기 시작했다. 30세가 훨씬 넘어서야 학업을 마친 그는 굳은 결심을 했다.

"나는 나의 동족의 존재 가치와, 그들이 어떠한 사람들이며 어떠한 일을 할 수 있는지를 세상 사람들에게 알리는 일에 일생을 바치겠다."

무지와 가난의 쇠사슬에 묶여 신음하고 있는 흑인들이 처한 현실을 몸소 겪어왔던 조지 카버는 대학교수직을 마다하고 흑인들을 가르치는 조그만 학교인 터스키기 학원의 교사가 되었다. 그 무렵 남부의 흑인들은 법적으로는 자유인이었지만 백인들의 소작농으로 노예나 다름없는 생활을 하고 있었다. 100년 이상 목화 농사만 지어온 그곳의 땅은 더 이상 목화를 재배할 수 없을 정도로 황폐해져 있었지만 무지한 흑인들은 목화 외에 다른 것은 생각할 줄 몰랐다.

그는 그곳에 땅콩을 심게 하고 땅콩을 이용하여 105가지의 요리법과 350가지가 넘는 발명품을 만들어내 '땅콩박사'란 호칭으로 불리기 시작했다. 땅콩버터, 잉크, 플라스틱, 밀가루, 페인트, 물감 등 현대인의 생활에 필수적인 수많은 제품들이 그의 손을 통해 만들어졌다.

그의 여러 가지 발명은 면화 재배만을 생업으로 알고 있던 미국 남부 지방을 진정으로 해방시키는 동시에 미국 경제를 살리는 데 크게 기여했다. 그는 자신이 발명한 모든 제품에 대한 정보를 누구에게나 대가를 받지 않고 나누어주었다. 조지 카버는 돈에도 관심이 없었고 더 큰 명예를 얻으려 애쓰지도 않았다.

사람들이 그에게 이렇게 묻곤 했다.

"돈을 많이 모아 가난한 흑인들을 돕는 데 쓰면 되지 않겠습니까?"

그때마다 조지 카버는 웃으면서 대답했다.

"내가 돈을 많이 소유하게 되면 나도 모르게 욕심이 생겨서 내 동족을 잊어버릴지도 모르죠."

조지 카버는 터스키기 학원에 처음 부임했을 때 받았던 주급 29달러를 46년 동안 그대로 받았다. 학교에서 월급을 올려주겠다는 것도 사양했다. 그는 평생을 양복 한 벌에 자기 소유의 집 한 채 없이 학교 실험실에서 생활하면서 모든 연구 결과를 어떠한 대가도 바라지 않고 공개했다. 그는 흑인들의 인권을 외친 적이 없지만 그 어느 인권주의자들 못지않은 큰 역할을 했다. 그의 묘비에는 이런 글이 씌어 있다.

"그는 명성과 부를 한꺼번에 누릴 수 있었으나 자신을 위해서는 아무것도 소유하지 않고 오직 세상을 유익하게 하는 일에 생을 바쳐 전 세계의 존경을 받았다."

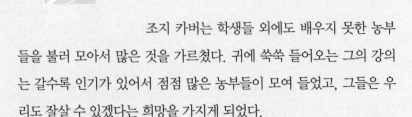

조지 카버는 학생들 외에도 배우지 못한 농부
들을 불러 모아서 많은 것을 가르쳤다. 귀에 쏙쏙 들어오는 그의 강의
는 갈수록 인기가 있어서 점점 많은 농부들이 모여 들었고, 그들은 우
리도 잘살 수 있겠다는 희망을 가지게 되었다.

그러나 그의 강의를 들을 수 있는 사람들은 학교 근처에 사는 농부
들뿐이었고 멀리 있는 농부들은 오고 싶어도 올 수가 없었다. 조지는
자신이 직접 농부들을 찾아가기로 결심했다. 이것이 그의 유명한 이동
학교의 시작이었다.

조지 카버는 틈이 나는 대로 농부들이 있는 곳이면 어디든지 찾아갔
다. 낡아빠진 수레에 농기구, 토양 표본, 농작물을 심은 상자, 씨앗과
그 외에 농부들에게 나누어줄 것들을 싣고 길을 나설 때면 그의 마음
은 어느 때보다 행복했다. 그는 농가나 사람들이 모여 있는 곳이면 어
디서나 수레를 세우고 농부들의 애로점을 듣고 개량 농법과 생활을 개
선할 수 있는 조언들을 이웃집 아저씨처럼 편안하게 전해주었다.

"검둥이 주제에 알면 얼마나 알겠어?"

처음에는 시큰둥하게 듣던 농부들도 차츰 조지 카버의 재미있고도
해박한 강의를 듣고 실천하기 시작했다. 그는 양파, 양배추를 비롯한
채소들을 재배하는 방법을 가르쳐주고 씨앗을 나누어주어 기르게 했
다. 당시 남부 지방에서는 돼지기름을 많이 섭취했기 때문에 여러 가

지 질병을 앓고 있었는데, 그들은 조지 카버가 채소를 많이 먹으면 이런 병에 걸리지 않는다고 가르치자 그대로 따라 했다.

조지 카버는 농사에 관한 것만 가르치는 것은 아니었다. 그는 부인들에게는 요리법을 가르쳐주었고, 겨울에도 채소와 과일을 먹을 수 있도록 서장하는 법, 집 안팎을 위생적으로 깨끗하게 관리하는 법 등 실생활에 관련된 모든 것을 가르쳐주었다.

그러나 문제가 있었다. 백인 지주의 땅을 소작하고 있는 농부들은 자기 멋대로 농작물을 바꿀 수가 없었기 때문에 아무리 흑인들이 배운 것을 실천하려고 해도 불가능했던 것이다. 그는 흑인들을 불러놓고 외쳤다.

"여러분, 돈을 모으십시오. 그래서 땅을 사십시오."

그 말을 들은 흑인들은 당장 반발했다.

"당장 입에 풀칠하기도 어려운데 저축할 돈이 어디 있소?"

그러나 조지 카버는 이렇게 그들을 설득했다.

"그렇게 생각하면 평생 내 땅을 가질 수 없습니다. 힘들겠지만 덜 먹고 덜 쓰더라도 돈을 모으십시오. 하루에 5센트만 모아도 1년에 15달러 65센트가 됩니다. 그 돈이면 3에이커의 땅을 살 수 있습니다."

조지 카버는 신념을 가지고 외쳤고 점차 그를 따르는 사람들이 늘어났다. 그는 당장 눈에 보이는 생활 개선뿐만 아니라 생각 자체를 바꿔주려고 애를 썼다.

조지 카버의 이동학교 수레가 지나가는 곳마다 차츰 농부들의 의식이 변화되고 목화밭에는 콩과 고구마가 자라났으며, 사람들의 얼굴에는 웃음이 피어났다. 옛날 같으면 그냥 버리거나 태워버렸던 잡초와 쓰레기들을 퇴비로 만들기 위해 집집마다 쌓아두는 풍경도 생겨났다. 그의 이동학교 덕분에 남부의 농촌 풍경이 완전히 달라졌다.

세상을 바꾼 위대한
용기와 결단

초판 1쇄 인쇄 l 2006년 9월 22일
초판 1쇄 발행 l 2006년 9월 27일

지은이 l 이채윤
펴낸이 l 최영수
펴낸곳 l 자유로운 상상

등록 l 2002년 9월 11일(제13-786호)
주소 l 서울시 서대문구 충정로 3가 3-95
전화 l (02)392-1950 팩스 l (02)363-1950
이메일 l hks33@hanmail.net

정가 9,500원
ISBN 89-90805-32-5 03800
* 잘못 만들어진 책은 바꿔드립니다.